PETRA TEUFL

Louisenstraße 13

Gestern war anders

BAND 2

FSC
www.fsc.org
MIX
Papier aus verantwortungsvollen Quellen
FSC® C083411

Impressum

Petra Teufl, Kleinfeld 5a, 93055 Regensburg

Lektorat: Ursula Hahnenberg · BÜCHERMACHEREI · buechermacherei.de

Satz u. Layout/e-Book: Gabi Schmid · BÜCHERMACHEREI · buechermacherei.de

Covergestaltung: OOOGRAFIK · ooografik.de

Bildquellen: #406142508 | AdobeStock

978-3-757-98494-6

Herstellung und Druck über tolino media GmbH & Co. KG, München.
Printed in Germany

Prolog

Die Louisenstraße leuchtete in der Herbstsonne. Die Linden entlang beider Straßenseiten glichen filigranen Gestellen für unzählige Goldplättchen. Herrlich! So liebte Immobilienmakler Reinhold Hecht seine Straße. Er schob die Hände in die Manteltaschen und spazierte, wie jeden Monatsanfang, die eine Seite der Louisenstraße rauf und die andere zurück.

Sein Blick wanderte stolz über die Fassaden der Häuser Nummer 4 und 6. Deren kürzlich abgeschlossene Renovierung hatte die neoklassizistischen Wohnhäuser in Schmuckstücke verwandelt. Im Handumdrehen hatte sein Büro die Wohnungen hochpreisig vermieten können. Jetzt war das, was er vor vielen Jahren mit dem Erwerb des Hauses Nummer 15 begonnen hatte, vollendet. Die Louisenstraße war in der Hand seines Immobilienbüros. Zumindest fast. Spätestens in der Mitte der Straße konnte Hecht es nicht mehr ignorieren. Haus Nummer 13, der Schandfleck der Straße. Das schmale, vom Straßenstaub ergraute Haus, das zwischen die wuchtigen Wohnriegel hineingeschoben zu sein schien, wirkte auf Hechts Gemüt, wie ein ständig bohrender Dorn. Wie oft hatte er versucht, dem alten Schröder den Kasten abzukaufen? Sehr oft! Aber Schröder war ein Sturkopf.

»Guten Tag Frau Wimmer«, grüßte er eine Frau um die sechzig in Kittelschürze und Pantoffeln. Hochkonzentriert fegte sie einzelne Blätter vor dem Hauseingang zusammen.

»Herr Hecht, lange nicht gesehen.« Frau Wimmer unterbrach sofort ihre Arbeit. »Machen sie wieder ihren Spaziergang?«

Hecht aktivierte sein Verkäuferlächeln und absolvierte pflichtschuldig eine Runde höflicher Konversation, bevor er auf die Nummer 13 deutete. »Gibt es etwas Neues dort drüben?«

Frau Wimmer schaute nachdenklich über die Straße zum Schaufenster des Antiquitätengeschäfts. »Also, in den letzten Monaten nicht. Die Renovierungen scheinen auch fertig zu sein. Endlich blockieren die Transporter von der Baufirma nicht mehr unsere Parkplätze.«

»Ach ja, Gerlach Bau«, murmelte Hecht vor sich hin. Die wollte er auch noch unter die Lupe nehmen. Offensichtlich ging da was nicht mit rechten Dingen zu. Wie sonst hätte sich Schröder eine Baufirma leisten können? Seine Mieterin stupste ihn am Arm und raunte verschwörerisch: »Seit der Laden so hübsch aussieht, war ich auch mal drin. Diese junge Frau, die seit dem Sommer im Haus wohnt, Julia heißt sie, hat mich bedient. Die ist ja wirklich sehr nett.«

»Jetzt hat der alte Schröder also mehr Kunden als früher, was?«

»Aber ja! Stellen Sie sich vor, der hat mich neulich auf der Straße gegrüßt. Also gesagt hat er nichts, aber er hat mir zugenickt. Der Mann sieht auch wieder gesünder aus. Der hat sich irgendwie verändert.« Frau Wimmer kehrte einige Blätter zusammen und kicherte vor sich hin. »Vielleicht ist er in die Julia verliebt.«

Also solche Spekulationen gingen Hecht dann doch zu weit.

»Das Schild neben der Haustür ist aber neu, nicht wahr?«, fragte er, wobei er die Augen zusammenkniff um die Schrift zu entziffern.

»Ja, stimmt. Das ist für die Kanzlei vom Mehler. Anscheinend hat der jetzt erweitert. Platz ist ja genug im Haus.«

Hecht hörte mit scheinheiliger Freundlichkeit zu. Dabei lag ihm ein saftiger Fluch auf der Zunge. Denn insgeheim hatte er gehofft, Robert Schröder würde langsam altersschwach und senil, so dass er für seine Kaufangebote empfänglicher wäre. Nichts da! Anscheinend blühte der alte Dickschädel noch einmal auf.

»Und wissen Sie, wer hin und wieder zu Besuch dort drüben ist?« Frau Wimmer beugte sich wieder zu Hecht, als verrate sie ein Geheimnis. Er schüttelte den Kopf. »Nein, wer denn?«

»Dieser Bankchef, der manchmal in der Zeitung steht. Also nicht von der Sparkasse oder so. Sondern der mit seiner eigenen Bank. Der fährt vor wie ein König. Dicke Limousine und Chauffeur.«

»Kellermann-Schäfer? Sind Sie sicher?«

»Aber ja doch.«

»Was will der denn da? Will er das Haus kaufen?«

»Woher soll ich das wissen?«, erwiderte Frau Wimmer entgeistert und schob den Besen energisch über die Gehplatten.

Das Gespräch hatte Hecht die Laune verdorben. Er verabschiedete sich und schritt weiter seine Straße ab. Ob er eines Tages den Grundbucheintrag für die Nummer 13 zu seinen Akten heften würde? Als Hecht die Louisenstraße überquerte um an der anderen Seite zu seinem SUV zurück zu schlendern, hatte sich seine Resignation gelegt. Natürlich, wenn er geduldig die Lage beobachtete, ein wenig herumschnüffelte und einige juristische Winkelzüge vollzog, würde er es schaffen.

Kapitel 1

»Donald Duck oder Mickey Mouse?« Patrick hielt der Besucherin zwei Kaffeebecher entgegen, auf denen jeweils in knalligen Farben ein Porträt der Comic Figuren prangte.

Die dezent geschminkte Mittfünfzigerin im grauen Kostüm und weißer Bluse, die Haare zu einem Nest gewunden und mit Haarspray verklebt, stand in der Mitte seines neuen Büros im ersten Stock der Louisenstraße 13 und hielt mit beiden Händen ihre Handtasche fest. Wie eine Gouvernante, die sich verlaufen hat. Patrick unterdrückte ein amüsiertes Grinsen.

Die Besucherin ignorierte die angebotenen Kaffeebecher. Stattdessen unterzog sie Patrick mit spitzen Lippen und hochgezogenen Augenbrauen unverhohlen einer kritischen Überprüfung. Dann drehte sie sich langsam im Kreis und ließ ihren Blick über die neuen, teilweise noch verpackten Büromöbel sowie die auf dem Boden verteilten Aktenstapel und Kisten wandern.

Patrick kannte dünkelhafte Musterungen nur zu gut. Damit konnte ihn die strenge Dame nicht verunsichern. Kollegen bei Gericht, die ihn nicht kannten, quittierten sein unkonventionelles Erscheinungsbild oft mit abschätzigen Blicken. Nur weil er nicht im Anzug, der inoffiziellen Uniform der Anwälte, zu Verhandlungsterminen erschien, nahmen Kollegen ihn nicht ernst. Sie glaubten, den Erfolg bereits in der Tasche zu haben. Wenn Patrick sich dann mit vorteilhaften Ergebnissen für seine Mandanten von den Kollegen verabschiedete, genoss er deren überraschte Blicke. Den Fehler, ihn zu unterschätzen, machten sie kein zweites Mal.

»Sie sind wohl der Anwalt hier?«, fragte die Besucherin spitz.

»Richtig, ich bin Patrick Mehler.« Er stellte die Becher auf den Schreibtisch und deutete auf die beiden Besucherstühle, die, gestern erst geliefert, noch in Plastikfolie verpackt waren.

»Bitte, nehmen Sie Platz und entschuldigen Sie das Plastik. Ich richte das Büro gerade erst ein.« Patrick setzte sich in den schwarzen Chefsessel hinter dem Schreibtisch. Den hatte er als Erstes ausgepackt.

»Mein Name ist Erika Mommsen«, sagte die Besucherin, während sie den Rock glatt über die Knie zog, bevor sie sich niederließ.

Als hätte es dieser Rock jemals gewagt, ein Fältchen zu werfen, dachte Patrick. Frau Mommsen brachte ihn aus dem Konzept. Die bisherigen Bewerberinnen auf seine Stellenanzeige für eine Bürohilfe waren zu den Vorstellungsgesprächen nach seinem Ermessen normal gekleidet erschienen. Ordentlich, wie man sich eben für eine Bewerbung anzieht. Nicht so gezäumt und gestriegelt wie Frau Mommsen. Oder war sie etwa eine Mandantin? Eine, die sein Anwaltshonorar anstandslos zahlen würde? Vielleicht hätte er sich doch kämmen und rasieren sollen und nicht in ausgebeulten Jeans, verwaschenem Sweatshirt und abgestoßenen Sneaker aus seiner Wohnung über den Flur in die neuen Büroräume schlurfen sollen. Jetzt war es zu spät.

»Was kann ich für Sie tun, Frau Mommsen?« Patrick kämpfte gegen den Impuls an, sich in die wuchernden Polster seines Sessels zu lehnen und die Beine auf den Schreibtisch zu legen. Angesichts von Mommsens stocksteifer Haltung erschien Lässigkeit unangebracht.

»Nun, ich denke, ich bin hier, um Ihnen behilflich zu sein.« Erika Mommsen nahm den Mickey Mouse Becher und nippte am Kaffee.

»Sie bewerben sich auf die Stelle als Anwaltsgehilfin?«

»Aber nein!« Mommsen lächelte nachsichtig. »Sie könnten mich sicher nicht bezahlen. So wie es aussieht, stehen Sie am

Anfang Ihrer Karriere als Anwalt. Direktor Schäfer vom Bankhauses Kellermann Schäfer schickt mich. Er möchte Ihnen unter die Arme greifen. Deshalb hat er mich auf diesen Außeneinsatz beordert. Ich soll Sie beim Aufbau einer sachgerechten Organisation unterstützen.«

Dank seiner trainierten Anwaltsmimik verzog Patrick nicht einen Gesichtsmuskel, war aber äußerst irritiert. Hielt Karsten ihn für einen blutigen Anfänger? Sicher wollte der einflussreiche Bankdirektor ihn nicht beleidigen, indem er Frau Mommsen auf diese Mission geschickt hatte. So wie er Julias Vater kennen gelernt hatte, war dies einer seiner unüberlegten Versuche behilflich zu sein. Bisher hatte er sich damit begnügt, ihm ungefragt Ratschläge zu erteilen, ein Darlehen zur Erweiterung der Kanzlei oder eine Stelle in der Rechtsabteilung des Bankhauses Kellermann Schäfer anzubieten. Patrick hatte Karstens Vorschläge jedes Mal freundlich abgelehnt.

Und jetzt schickte Karsten ohne zu fragen sein Personal. Julia hatte wohl doch recht mit ihrer Behauptung, dass ihr Vater sich solange in das Leben seiner kürzlich erweiterten Familie in der Louisenstraße 13 einmischen würde, bis alles so lief, wie er sich das vorstellte.

»Ich verstehe«, sagte Patrick, wobei er hoffte, eine gewisse Strenge und Souveränität auszustrahlen. »Karsten schickt Sie, um hier für Ordnung zu sorgen. Aber Sie sagten zu Recht, dass ich mir Ihr Gehalt nicht leisten könne.«

»Nun das ist ganz einfach. Direktor Schäfer leiht meine Arbeitszeit und Kompetenz für drei Monate an Sie aus. Bezahlt werde ich vom Bankhaus Kellermann Schäfer.« Mommsen tippelte mit ihren Füßen im Kreis, so dass sich der Stuhl drehte und damit ihr Profiblick für Büroorganisation. Patrick hätte sich zu gern über den Schreibtisch gebeugt, um zu sehen, ob der Rock bei dieser Bewegung kleine Fältchen warf.

»Sehen Sie, als Anwalt muss man auf bestimmte Dinge achten. Sie verstehen?«

»Nein, ich verstehe nicht«, widersprach Patrick leicht verärgert.

Mommsen tippelte weiter, bis sie wieder Patrick gegenübersaß.

»Nun, das fängt bei dem Geschirr an, mit dem Sie Ihren Mandanten den Kaffee servieren.« Sie deutete auf die Becher mit den Comic-Figuren. »Die beiden sind zwar ganz putzig. Aber für einen Anwalt wäre es angemessen, Getränke in Tassen anzubieten. Es sind die kleinen Dinge, die das Erscheinungsbild einer Kanzlei bestimmen. Und genau deswegen schickt mich Herr Schäfer. Wenn alles auf einem ansprechenden Niveau läuft, zieht er in Betracht, Ihre Kanzlei seinen Bankkunden zu empfehlen.«

»Aha.«

»In einer gut funktionierenden Kanzlei strahlt die innere Ordnung nach außen«, referierte Mommsen ungerührt weiter. »Läuft das Getriebe innerhalb der Kanzlei reibungslos, wirkt das auf Mandanten und zieht jene an, die das zu schätzen wissen.«

Patrick lehnte sich zurück und trank aus seiner Donald-Duck-Tasse. Frau Mommsen hatte also den Auftrag ihm, dem kleinen Anwalt, Stil beizubringen. Als wenn sich ein von Karsten vermittelter, gut betuchter Mandant scheuen würde, sich seiner Kanzlei anzuvertrauen. Als wenn Perserteppiche, langbeinige Sekretärinnen, große Fenster mit Ausblick in den Park oder die Höhe des Honorars etwas über die Qualität des Anwalts aussagen würden. Aber so tickten Karstens Bankkunden nun einmal. Sollten sie sich doch mit ihren Rechtsproblemen an Kanzleien aus dem Hochglanzprospekt wenden.

»Frau Mommsen, verstehe ich Sie richtig? Sie haben den Auftrag aus meinem kleinen Büro in der Louisenstraße eine Kanzlei zu machen, die auch in einem der protzigen Hochhäuser am Friedrichsplatz angesiedelt sein könnte?«

»Nun, diese Formulierung hätte ich nicht gewählt, aber Sie bringen es auf den Punkt, Herr Mehler«, bestätigte Mommsen, wobei sie drei Kulis vom Schreibtisch einsammelte und der Größe nach geordnet nebeneinander an die Kante der Schreibunterlage legte.

Patrick beobachtete sie und wusste, dass sich eine Zusammenarbeit, selbst wenn sie zeitlich begrenzt wäre, äußerst anstrengend gestalten würde.

»Es wäre für Sie sicher vorteilhaft«, fuhr Mommsen fort, ohne ihre ordnende Tätigkeit zu unterbrechen, »wenn Sie sich von Herrn Schäfer unter die Arme greifen ließen. Er kann sehr großzügig sein und hat einen ausgeprägten Instinkt für erfolgreiche Investitionen. So gesehen können Sie sich geschmeichelt fühlen.«

Patrick seufzte tief. Er würde Mommsens gestelztes Verhalten keinen einzigen Tag aushalten.

»Frau Mommsen ... «, weiter kam Patrick nicht, denn er hörte Schröder durch das Treppenhaus rufen, dass es an der Haustür geklingelt habe. Frau Mommsen reckte ihren Hals wie ein Erdmännchen auf Beobachtungsposten. Ihr Blick verriet, dass sie einen weiteren Vortrag über die Benimmregeln innerhalb einer Anwaltskanzlei für angebracht hielt.

»Entschuldigen Sie«, sagte Patrick schnell. »Die Klingelanlage ist leider defekt.«

»Dieser Zustand ist natürlich untragbar«, stellte Mommsen kopfschüttelnd fest. »Dann gehe ich runter und öffne die Haustür.«

»Nein, danke. Schröder ist im Laden. Der macht das normalerweise.«

»Wer bitte, ist Schröder?«

»Der Besitzer des Antiquitätengeschäfts im Erdgeschoss.«

Mommsen zog eine Augenbraue hoch. »Der Herr in Cordhosen und Holzfällerhemd?«

»Ja.«

»Nun, das ist sicher nett von dem Herrn. Aber er stellt keine angemessene Begrüßung für einen Mandanten dieser Kanzlei dar.«

»Schröder passt für jeden, der in dem Haus ein- und ausgeht«, stellte Patrick nachdrücklich fest. »Er hält sicher auch Ihnen gern die Tür auf, wenn Sie jetzt gehen.«

Um seine Entscheidung zu bekräftigen, stand er auf, nahm den grauen Popeline Mantel vom Haken und reichte ihn Karstens Entwicklungshelferin. Frau Mommsens Hals streckte sich ein weiteres Mal. Es dauerte einige Sekunden, bis sie begriff, dass ihre Mission gescheitert war. Kopfschüttelnd und Unverständliches vor sich hin murmelnd, klemmte sie ihre Tasche unter den Arm, nahm ihren Mantel entgegen und stolzierte an Patrick vorbei in den Hausflur.

»Ich hoffe, Sie bereuen Ihre Entscheidung nicht, Herr Mehler«, sagte sie streng, wedelte dann mit der Hand durch die Luft. »Ach, natürlich werden Sie es bereuen! Aber dann stehen Ihr Mentor Schäfer und meine Wenigkeit nicht mehr zur Verfügung.«

Patrick sah Frau Mommsen nach, die mit würdevoller Haltung die Treppe runterging. Er rieb sich nachdenklich über das stoppelige Kinn. Hatte er vorschnell gehandelt? Nein, sicher nicht. Er war bisher bestens zurechtgekommen und auf Mandanten, die mehr auf einen aufgeplusterten Umgangsstil als auf eine fundierte juristische Beratung Wert legten, konnten gut verzichten.

Zufrieden beobachtete Patrick, wie Frau Mommsen sich an die Wand drückte, um einen jungen Mann, der ihr auf der Treppe entgegenkam, vorbeizulassen. Er war sich nicht sicher, ob Mommsen höflich den Weg frei gab oder sich aus Angst möglichst schmal machte. Denn der Kerl wirkte mit seinem halblangen Haaren, zerrissenen Jeans, Lederjacke, Springerstiefel und alles in Schwarz, durchaus einschüchternd. Als dieser Frau Mommsen auch noch kaugummikauend mit »Hi« grüßte, schüttelte diese missbilligend den Kopf und eilte zur Haustür, die Schröder ihr höflich aufhielt. Erst als die Tür ins Schloss gefallen war, wagte Patrick, laut zu lachen.

»Wer war das denn?«, fragte Schröder irritiert.

»Eine Frau Mommsen vom Bankhaus Kellermann Schäfer.«

»So sieht'se aus«, brummte Schröder und verschwand durch die Hintertür in den Laden.

»Und ich bin Alex«, sagte der neue Besucher und schlenderte lässig in Patricks Büro.

Etwas mehr von Frau Mommsens Benehmen hätte diesem Kerl gutgetan. Vor allem, da Alex sich ungeniert in den Chefsessel hinter dem Schreibtisch fallen ließ, sich zurücklehnte und das Natürlichste tat, was man in dieser Sitzposition tun konnte: Er legte seine langen Beine auf der Tischplatte ab.

»Hey!«, stieß Patrick unwirsch aus. »Das ist mein Platz! Deiner ist der da.« Er deutete auf den Besucherstuhl.

Alex sah ihn breit grinsend an, hob betont langsam die Beine an, drehte den Sessel und ließ sie, als wäre es eine Gymnastikübung, in Zeitlupe zu Boden sinken.

Patrick schnappte sich die Becher vom Schreibtisch und trug sie in die Küche. Dieser Alex hatte es faustdick hinter den Ohren. Dem musste man von Anfang an klarmachen, wer hier der Boss war. Patrick stellte amüsiert fest, dass dieser Vorsatz wie eine Anweisung von Frau Mommsen klang. Er zog eine Wasserflasche aus dem Getränkekasten, nahm zwei Gläser aus dem Regal, atmete tief durch, setzte sein ernstes Anwaltsgesicht auf und ging zurück ins Büro.

Alex hockte mit angezogenen Beinen, die Springerstiefel in die Sitzfläche gestemmt, auf einem Besucherstuhl und blies genüsslich eine Kaugummiblase.

»Schuhe runter vom Stuhl!«, befahl Patrick und stellte Gläser und Flasche auf dem Schreibtisch ab.

»Wieso?«, feixte Alex kampflustig. »Ist doch noch Folie drauf.«

Patrick machte murrend eine ungeduldige Handbewegung, was zu seiner Überraschung Wirkung zeigte. Alex stöhnte irgendetwas von Spießertum und Alter, ließ aber seine Füße vom Stuhl gleiten.

»Was kann ich für dich tun, Alex?«, fragte Patrick, als er sich gesetzt hatte.

»Du erkennst mich nicht, was?« Alex griff nach der Wasserflasche, drehte den Deckel ab und goss in beide Gläser ein.

Patrick beobachtete ihn verwundert. Erkennen? Alex? Hatte er jemals einen Alex gekannt? So eine eigentümliche Gestalt wie den Kerl vor ihm, hätte er doch sicher nicht vergessen. Der lange, schlaksige Körperbau, das blasse, längliche Gesicht, das eine schmale Nase und blaue Augen kennzeichneten, wirkten, als wäre Alex einem Comic entsprungen. In Gedanken ging Patrick seinen Aktenschrank durch. Wo tauchte ein Alex auf? In einem Sorgerechtsfall? Einer Strafsache? Ladendiebstahl? Versicherungssache?

»Alex wie? Wie lautet dein vollständiger Name?«

»Alexander Schott! Patrick Mehler, du hast geschworen, mich nie zu vergessen«, erklärte Alex anklagend. »Du hast sogar gesagt, du würdest mich nachholen und auf keinen Fall zurücklassen.« Alex prostete ihm mit dem Wasserglas zu. »Soviel zur Glaubwürdigkeit von Anwälten.«

Patrick spürte, wie ihm das Blut absackte. »Der kleine Alex? Pflegekind bei den Fischers?«

Alex nickte, zwinkerte ihm mit dem rechten Auge zu und da war es Patrick klar. Hundert Mal hatte er mit Alex dieses Zwinkern vor dem Badspiegel bei den Fischers geübt. Er muss damals ungefähr zwölf Jahre und Alex fünf gewesen sein. Der dürre Junge, der ihm gerade bis zur Brust gereicht hatte, musste jeden Gesichtsmuskel verziehen, nur um das rechte Augenlid zu schließen. Patrick hatte sich über seine Fratzen kaputtgelacht, was ihm den Zorn des Fünfjährigen und dessen boxende Fäuste in der Magengrube eingebracht hatte.

Patrick war im Alter von etwa elf Jahren vom Jugendamt beim Ehepaar Fischer als Pflegekind untergebracht worden, nachdem er von einer anderen Familie und aus dem Heim abgehauen war. Rebellion gegen alles und jeden waren Patricks verzweifelte Versuche gewesen, nach dem Tod seiner Mutter irgendwie den Kopf wieder über Wasser zu bekommen. Bei den Fischers war er sogar zweieinhalb Jahren geblieben. Für ihn eine Ewigkeit. Die Pflegeeltern waren gar nicht so übel gewesen. Aber den schmerzenden Riss in Patrick und seine Angst im Leben zu ertrinken, hatten sie nicht lindern können.

Mit Hilfe des kleinen Alex hätte er es wahrscheinlich noch länger in der kleinen Wohnung im Hochhaus C 24 der Konradsiedlung am Stadtrand ausgehalten. Doch dann war Beate Fischer schwanger geworden. Für drei Kinder wäre die Wohnung zu klein gewesen und für eine größere reichte das Geld nicht. Klar, dass Patrick gehen musste. Noch bevor die Sozialarbeiterin vom Jugendamt mit neuen Vorschlägen für seine Unterbringung hatte auftauchen können, war Patrick weg gewesen. Ja, er hatte Alex versprochen, wieder zu kommen. Der Knirps hatte sich die Augen ausgeheult, als er Patrick beim Packen des Rucksacks überrascht hatte. Was hätte er dem Kleinen sonst sagen sollen? Ein halbes Jahr hatte Patrick dann auf der Straße gelebt und war schließlich bei Schröder aufgetaucht und geblieben. In die Konradsiedlung, zu Fischers oder Alex war er nie wieder gegangen.

»Ich habe dich nicht vergessen, Alex«, behauptete Patrick.

Alex zog skeptisch die Mundwinkel nach unten und zog einen Schlüsselbund aus seiner Hosentasche. Zwischen den Schlüsseln baumelte ein Anhänger mit Plastikelefant.

»Hast du den Gorilla noch?«, fragte Alex und schwenkte den Elefanten hin und her.

Patrick schüttelte bedauernd den Kopf.

»Keine Ahnung, wovon du redest.«

»Der Besuch im Zoo, als ich bei den Schlangen stehengeblieben war wegen der dicken Anakonda. Fischers und du habt das nicht gemerkt und seid weitergegangen. Die Fischers waren ganz aus dem Häuschen, weil sie meinten, der Löwe hätte mich gefressen oder so. Du hast mich dann gefunden.«

Alex ließ den Elefanten kreisen, als wollte er Patrick damit hypnotisieren. Aber das half auch nichts. Patrick starrte Alex an, als erzählte er die unglaubliche Geschichte vom blauen Pferd.

»Jedenfalls haben die Fischers mir dann diesen Elefanten und dir einen Gorillaanhänger gekauft«, erzählte Alex weiter. »Große Sache, weil sie sonst nie so spendabel waren. Du hast mich an dem Abend ins Bett gebracht und behauptet, der Gorilla und der Elefant würden sich immer wieder finden, weil sie so groß seien und so laut brüllen könnten, dass sie sich durch den ganzen Urwald hören würden.«

»Das weißt du noch?« Patricks Mund fühlte sich an, als habe er einen Löffel Sand gegessen. Wie lange war das her? Ein Leben oder mehrere?

»Natürlich!« Alex lächelte ihn an. »Du warst mein Held. Leider ziehen Helden irgendwann weiter.«

Patrick wich seinem Blick aus, wie damals, bevor er das Treppenhaus von C 24 runtergeschlichen war. »Das ist lange her«, stellte er fest. »Es tut mir leid. Ich war dreizehn, da weiß man nicht viel vom Leben.«

Alex sah ihn aufmerksam an und lächelte dann so vorbehaltlos freundlich, dass es Patrick die Sprache verschlug. Er trank einen Schluck, bevor er fragte, ob Alex ihn wegen der alten Zeiten besuche.

Alex schüttelte den Kopf, zog einen Zettel aus der Brusttasche der Lederjacke und reichte ihn Patrick über den Tisch.

»Ich habe Probleme mit der Polizei«, sagte er. »Mama Fischer meinte, du seist Anwalt geworden.«

»Woher weiß sie das denn?«

»Sie hat mal einen Anwalt gesucht und deinen Namen auf so einer Liste gefunden. Hat es gleich in der ganzen Nachbarschaft herumerzählt, so stolz war sie auf dich.«

Patrick faltete das Blatt auseinander, erleichtert, sich hinter der Wand der Professionalität verstecken zu können. Das Schreiben kam von der Kripo, unterzeichnet von Hauptkommissar Precht. Der schon wieder. Patrick las, dass Alex zu einer Zeugenaussage auf das Präsidium zitiert wurde. Als Grund reihten sich Paragraphen aneinander wie Chiffren einer Geheimsprache. Abgeschlossen wurde die Reihe mit dem Kürzel BtMG, Betäubungsmittelgesetz. Patrick hob den Blick und heftete ihn kritisch in Alex Gesicht.

»Drogen? Echt jetzt?«

»Hey! Du hast kein Recht, mich so anzuschauen!«, konterte Alex aufgebracht.

Patrick hob als Friedenszeichen sofort die Hände. Alex hatte recht. Aber bei Drogendelikten war er eben empfindlich.

Ganz am Anfang seiner Anwaltstätigkeit hatte er hin und wieder einen Drogenfall als Pflichtverteidiger übernommen. Sobald er sich das leisten konnte, hatte er diese Fälle abgelehnt. Für eine Erklärung seines Widerwillens gegen diese Kategorie von Straftaten brauchte er keinen Therapeuten. Sie lag auf der Hand. Seine Mutter war drogenabhängig gewesen und an einer Überdosis Heroin gestorben. Er las noch einmal Prechts Vorladung. Doch die angegebenen Paragraphen wirkten wie eine willkürliche Aneinanderreihung möglicher Delikte.

»Worum geht es? Da steht nur, du sollst als Zeuge befragt werden.«

Alex beugte sich über den Tisch und schnappte sich das Schreiben. »Keine Ahnung!«

»Gib den Brief wieder her!«

Patrick streckte fordernd die Hand aus.

»Wozu?«

»Soll ich dir helfen oder nicht?«, fragte Patrick gereizt. Im nächsten Moment musste er schmunzeln.

»Was lachst du? Ist nicht lustig so ein Wisch«, fauchte Alex und wedelte mit dem Papier.

»Wir streiten wie damals«, bemerkte Patrick amüsiert, lehnte sich über den Tisch und entriss Alex die Vorladung.

»Ich will nur wissen, ob ich dahin gehen muss«, sagte Alex und lehnte sich mit verschränkten Armen zurück, zog die Beine an, doch bevor die Springerstiefel die Sitzfläche erreichten, ließ er sie zurück auf den Boden sinken.

»Nein, musst du nicht«, antwortete Patrick ernst.

Alex sprang erleichtert auf. »Na dann, ist ja alles geklärt!«

»Setz dich!«, forderte Patrick und deutete auf den Besucherstuhl.

Nachdem sich Alex stöhnend zurück in den Sitz hatte plumpsen lassen, referierte Patrick in geschulter Anwaltsmanier über die Vor- und Nachteile, so einer Vorladung nachzukommen.

Alex zupfte an einer Haarsträhne und verdrehte die Augen.

»Wir gehen zu Hauptkommissar Precht«, fasste Patrick seine Argumentation zusammen. Erst als er Alex ängstlichen Blick bemerkte, fügte er aufmunternd hinzu: »Wenn du nicht weißt, zu welcher Sache du als Zeuge befragt werden sollst, kannst du nicht rechtzeitig reagieren, wenn es plötzlich gegen dich geht.«

»Ich hab aber nichts gemacht. Was soll also passieren?«

»Glaub mir, so schnell kannst du nicht schauen und plötzlich dreht sich der Wind gegen dich. Keine Sorge, du musst auch nichts sagen. Ich begleite dich.«

»Echt jetzt?« Alex strahlte ihn an.

Spätestens bei dem Gesicht hätte Patrick ihm sowieso nichts abschlagen können.

Kapitel 2

Schröder setzte bedächtig einen Fuß vor den anderen, als er die Wohnung im ersten Stock betrat, die einmal die Erinnerungswohnung gewesen war. In zwei Zimmer war Patrick mit seiner Kanzlei gezogen, im dritten lagerten die Erinnerungsstücke. Schröder wusste, welche Bodendielen knarzten und wollte nicht stören. Der ganz in schwarz gekleidete Kerl, oder junge Mann, oder wie immer er so einen punk-artig gestylten Typen bezeichnen sollte, saß bei Patrick im Büro.

Wie lange war es her, dass solche Gestalten in der Louisenstraße ein- und ausgegangen waren? Ihm kam es wie eine Ewigkeit vor. In den ersten Jahren, nachdem Patrick sich bei ihm niedergelassen hatte, war er hin und wieder mit einer Horde Jungen und Mädchen aufgetaucht, die ähnlich abgerissen dahergekommen waren. Sie hatten sich in eine der leerstehenden Wohnungen im Haus verzogen, um abzuhängen. Wie sich dieses Abhängen gestaltete, hatte Schröder damals nicht wissen wollen. Solange Patrick aufrecht geradeaus gehen und sich verständlich artikulieren konnte, solange er weder Schule noch Haushalt vernachlässigte, hatte Schröder nicht nachgefragt. Wichtiger war ihm gewesen, dass sein Pflegesohn sich bei ihm aufgehoben fühlte.

Warum Schröder, der weder von anderen noch von sich selber als netter Mensch bezeichnet worden war, sich um den verloren wirkenden Jungen hatte kümmern wollen? Seine Antwort gegenüber der Mitarbeiterin des Jugendamts war ein weitschweifiges Plädoyer für soziale Verantwortung gewesen. Die Sozialarbeiterin hatte ihn zwar ungläubig angeschaut, seine Erklärung aber in Patricks Akte notiert und einen Stempel unter die Angelegenheit gedrückt. Sich selber gegenüber musste

Schröder zugeben, auf Patricks trotzige Entschlossenheit reagiert zu haben. Auch der verlorene Ausdruck im Gesicht des Jugendlichen hatte ihn gerührt. Das behielt er allerdings für sich. Musste keiner wissen, dass er für einen kurzen Augenblick weich geworden war.

Es hatte jedenfalls nicht dazu geführt, dass er ausgesprochen einfühlsam oder verständnisvoll mit dem jungen Kerl umgegangen war. Schröder hatte seine Aufgabe darin gesehen als Leitplanken entlang des unbefestigten Lebensweges des Jungen zu fungieren. Und Leitplanken sollten immer einen gewissen Abstand zum Fahrzeug haben. Patrick konnte entscheiden, ob er sich an ihnen orientieren oder dagegen krachen wollte. Je nachdem hatten Schröder und sein Pflegesohn eine friedliche oder eine kämpferische Zeit in der Louisenstraße gehabt.

Im Gegensatz zu Patrick und seinen Freunden von damals hatte der junge Besucher nicht nach ungepflegtem Körper und gammeligen Klamotten gerochen. Der war wohl die Ausgabe eines Edelpunks. Eine dunkle Geschichte hing ihm dennoch an. Das hatte Schröder gleich an Miene und Körperhaltung gesehen. Eine Geschichte, die der Typ vielleicht einmal mit einem Erinnerungsstück bei ihm abgeben würde. Schröder hoffte, dass er sich irrte. Nicht jedem Erinnerungsstück hing eine tragische Geschichte an und nicht jeder Fall für einen Anwalt hatte mit Leid und Verbrechen zu tun. Aber viele – nein – die meisten!

Mürrisch vor sich hin grummelnd schloss Schröder die Tür zum Zimmer mit den Erinnerungsstücken und schaltete das Licht an. Heute war einfach kein Tag für sonnige Gedanken. Kein Wunder, das Wetter zwang einem geradezu die schlechte Laune auf – der Himmel grau und ein nicht enden wollender Nieselregen. Schon beim Aufstehen war er über seine Schuhe gestolpert. Dann hatte er die Zeitung so ungeschickt aus dem Briefkasten gezogen, dass die Seiten auseinandergefallen und zu Boden geglitten waren. Im Laden hatte er ein Glas zerbrochen und einen dieser lästigen Kunden einfach stehen gelassen.

Schröder setzte sich in den ledernen Ohrensessel in der Mitte des Zimmers und sah sich um. Das war also von der Erinnerungswohnung übriggeblieben – ein Erinnerungszimmer. Die Verkleinerung rührte nicht daher, dass er weniger Erinnerungsstücke lagerte, pflegte und ihre Geschichten sorgsam konservierte. Die Objekte waren jetzt nur in Seidenpapier gewickelt, gepolstert und katalogisiert in Kisten verpackt. Rein äußerlich nahmen die Erinnerungsstücke deutlich weniger Platz in Schröders Leben ein als vor vier Monaten, bevor Julia in seinem Laden aufgetaucht war. Schröder kam es vor, als wäre es erst gestern gewesen. Den Moment, als sie das Foto von Isabelle Kellermann-Schäfer und ihm als strahlendes Liebespaar in Italien auf die Theke gelegt hatte, würde er wohl nie vergessen. Schröder lächelte versonnen vor sich hin. Er konnte ja den Schlüssel vergessen, oder seinen Geldbeutel, oder die Schuhe zu wechseln – aber nie wieder würde er so wichtige Ereignisse vergessen, wie seine Liebe zu Isabelle und wie er sie zerstört hatte oder den Moment als er erkannt hatte, dass Karsten Schäfer sein Sohn und Julia Pfeiffer seine Enkelin waren.

Er betrachtete die entlang der Wände aufgestapelten Plastikkisten. »Eigentlich ganz praktisch«, murrte Schröder, um wenigstens etwas Freundliches von sich zu geben. Julia hatte darauf bestanden, die Kisten in einer Größe anzuschaffen, die er auch im gefüllten Zustand bequem tragen konnte. Sehr umsichtig, stellte Schröder regelmäßig fest, wenn er eine Kiste in seine Werkstatt hinuntertrug, um die darin verpackten Erinnerungsstücke für die turnusmäßige Behandlung auszupacken. Außerdem waren die teilweise sehr alten Objekte auf diese Weise besser vor Licht, Luft und Feuchtigkeit geschützt.

Vor ihrer Archivierung hatte er die Erinnerungsstücke offen in den Regalen gelagert, die jedes Zimmer der Erinnerungswohnung gefüllt hatten. Ihm fehlte der Anblick der vielfältigen Gegenstände. Wenn er die Räume betreten hatte und die Regale abschritt, hatte er seinen Blick von einem Objekt zum nächsten schweifen lassen. Er hatte nachgespürt, welches Erinnerungsstück Pflege bedurfte oder welche Geschichte er einem Kunden im Antiquitätengeschäft anbieten konnte. Auch der Geruch nach Vergangenem, das Gemisch der Aromen von Holz, Metall, Leder, Papieren, Stoffen, Polier-und Putzmittel und Staub in stockender Luft, war verschwunden. All das fehlte ihm.

Was hatte er stattdessen? Die Wände frisch gestrichen, das Fenster geputzt, die Kisten an den Wänden aufgereiht und gestapelt. Übersichtlich irgendwie. Schröder und fuhr sich mit der Hand durch das Haar. Und wo war jetzt dieses Gemälde verpackt, wegen dem er gekommen war? Er suchte die rote Mappe und entdeckte sie auf einem Tischchen, in dessen Schublade einmal Nähutensilien verstaut gewesen waren. Er blätterte die Seiten durch. Nach Abholnummern in aufsteigender Folge geordnet war jedes Erinnerungsstück gelistet und mit Stichworten beschrieben.

```
Porträt eines jungen Mannes,
abgegeben September 2002,
Abholnummer 23.56.856; Kiste 42
```

Als Schröder das 35 cm mal 20 cm große Bild in einem schlichten, vergoldeten Rahmen aus der Schutzverpackung gewickelt hatte, stellte er es an die Wand gelehnt auf eine Kiste. Er setzte sich wieder und betrachtete das Gemälde eines an einen Türstock lehnenden jungen Mannes, der ein weißes, modern geschnittenes Hemd mit Jeans und Turnschuhen trug. Sein Haar war gerade so durcheinander, dass man es noch als Frisur bezeichnen konnte. In der einen Hand hielt er ein klobiges Mobiltelefon der ersten Generation, in der anderen einen Stapel Papier. Das Gesicht verriet eine durchlässige Feinfühligkeit, wirkte verletzlich, und dennoch strahlte der Blick eine Bestimmtheit aus, die den Betrachter neugierig machte. Ein Mann der Neunziger. Bildaufbau, Pose sowie Farbwahl waren dagegen in einem Malstil, der an die Gemälde zu Beginn des 20ten Jahrhunderts erinnerte. Ein zart gehauchter Realismus nicht weit vom Impressionismus entfernt. Ein Mann der Moderne gemalt im Stil des Beginns seines Jahrhunderts. Diese eigentümliche Mischung, hatte Schröder schon vor zwanzig Jahren beeindruckt, als der porträtierte Mann ihm das Gemälde anvertraut hatte.

Zehn Jahre, nachdem er gemalt worden war, hatte dieser Mann als Kunde mit Schröder in dessen Salon gesessen. Die unschuldige Offenheit der Jugend, die in das Gesicht des Kunden gemalt worden war, hatte sich verloren. Schröder hatte bei der Übergabe des Erinnerungsstückes einem Mann gegenüber gesessen, dessen Miene von Traurigkeit und einem bitteren Zug um den Mund geprägt gewesen war.

»Erste Regel«, hatte Schröder dem Kunden erklärt, »keine Namen. Erinnerungen werden anonym erzählt und genauso bewahrt.«

Der Mann hatte an seinem Tee geschlürft und dann gemurrt, dass es für ihn gar keinen Sinn mache, die Geschichte zu diesem Bild ohne die Namen zu erzählen. Erst als Schröder meinte, der Kunde könne gern sein Bild nehmen und wieder gehen, gab dieser nach.

»Von mir aus, dann lasse ich die Namen weg. Ist auch egal. Ich will das Bild ja nur abgeben.«

»Dann können Sie es auch in einem Schließfach lagern oder in einem Keller. Schmeißen das Bild in den Fluss oder verbrennen Sie es. Wenn Sie es mir übergeben, dann nur mit seiner Geschichte. So arbeite ich.«

»Verstehe ich nicht«, entgegnete der Mann trotzig. »Sie sind doch Antiquitätenhändler, oder nicht? Kennen Sie denn alle Geschichten von dem ganzen Krimskrams in Ihrem Laden?«

Schröder hatte milde gelächelt, sich zurückgelehnt und dem Kunden seine Arbeit mit Erinnerungsstücken erklärt. Ein Gegenstand, mit dem eine persönliche Geschichte verbunden ist, sei ein Erinnerungsstück. Ein Gegenstand, dessen Geschichte verloren gegangen ist, sei eine Antiquität. Er kaufe und verkaufe Antiquitäten und könne in dem Rahmen das Bild erwerben, um es weiterzuverkaufen. Daran habe er aber kein Interesse, weil er nicht mit Bildern handele, sondern mit Möbeln und Kleingegenständen.

»Wollen Sie eine Erinnerung in Obhut geben oder nur ein Bild loswerden?«, hatte Schröder gefragt.

Die Miene des Kunden hatte sein inneres Ringen widergespiegelt. Schließlich rieb er sich mit den Händen über das Gesicht.

»Na gut, von mir aus. Dann eben auf Ihre Tour«, sagte er. Sein Blick verlor sich in seinem Porträt, als er erzählte: »Meine Familie betreibt seit drei Generationen ein inzwischen international agierendes Pharmaunternehmen.«

»Stopp! Keine Namen oder erkennbaren Attribute, bitte. Ich bestehe auf Anonymität! Erzählen Sie nur von sich. Welche Erinnerung wollen Sie von mir aufbewahrt wissen?«, hatte Schröder eingeworfen.

»Also gut, nochmal. Das Bild wurde vor zehn Jahren gemalt, als ich achtzehn Jahre alt war. Das Alter, in dem man in meiner Familie als vollwertiges Mitglied gilt. Zumindest, wenn man als Junge auf die Welt kommt. Mädchen werden erst ernst genommen, wenn sie verheiratet sind. Alle Einzelporträts der Familienmitglieder sind in meinem Elternhaus zu einem Ensemble zusammengestellt. Drei Generationen von Kindern und Eltern, wie ein Mosaik. Meines habe ich herausgenommen. Da ist jetzt ein leerer Fleck an der Wand. Die Bilder wurden alle in dem Stil der Porträts der ersten Generation von 1910 gemalt. Die Maler hatten da genaue Anweisungen und praktisch keine Freiheit bei der Gestaltung. Der moderne Mensch in der Tradition der Familie oder so ähnlich soll wohl die Botschaft sein. Egal. Vor zehn Jahren also, wusste ich noch nichts von dem, wie unsere Firma ihr Geld verdient. Ich war vertrauensselig, naiv und dumm.«

»Sie waren jung, das ist alles.«

»Von mir aus. Jedenfalls nach einem Chemiestudium trat ich in die Firma ein und entdeckte zufällig Forschungsunterlagen, die mich erschütterten. Ich versuchte, die miesen Methoden meines Vaters und der Geschäftsführung öffentlich zu machen. Ich ging zur Polizei und zur Presse, doch mein Vater verstand es, beide Wege zu blockieren. Jetzt ziehe ich die Reißleine und verschwinde, fange irgendwo neu an. Mit der Firma und ihren Machenschaften will ich nichts zu tun haben.«

Schröder hatte auf seine gewohnte Art zugehört. Dabei nahm er das Erinnerungsstück in die Hände und studierte es eingehend. Während der Kunde seine Geschichte erzählte, prägten sich ihm sowohl die Worte ins Gedächtnis als auch jede Einzelheit des Objektes. So verwebten sich für ihn die Geschichten mit den Erinnerungsstücken.

»Sie kriegen von mir eine Abholnummer«, hatte Schröder erklärt, als der Kunde fertig erzählt hatte. »Wer immer mir dieses Schildchen überbringt, bekommt den Gegenstand und seine Geschichte von mir. Was genau soll ich demjenigen irgendwann erzählen?«

»Ich will, dass Sie demjenigen erzählen, dass ich mich habe unterkriegen lassen, dass ich versagt habe. Ich habe es nicht geschafft, meinen Vater zu stoppen.« Der Kunde hatte Schröder sein Porträt abgenommen und eine Weile betrachtet. »Nein, das ist es nicht«, hatte er dann leise gesagt. »Das Bild zeigt, wer ich einmal war. Ein Junge, der an sich, seine Familie und an das Gute in der Welt glaubte.«

Er hatte lautlos gelacht, als machte er sich über sein junges Ich lustig. Dann hatte er Schröder ernst angesehen und gesagt: »Ich will diesen Zustand nicht vergessen. Ich befürchte, dass mich die Niederlage in der Auseinandersetzung mit meinem Vater zu einem misstrauischen Ekel macht. Ich bin nicht blöd. Ich weiß, dass man Erlebnisse nicht abstreifen kann wie eine Schlangenhaut. Aber wenn ich mein gutgläubiges Ich, das auf dem Bild porträtiert wurde, von Ihnen aufbewahren lasse, dann wäre ich ruhiger. So stelle ich es mir jedenfalls vor. Ganz schön naiv, nicht wahr?«

»Woher soll ich das wissen?«, hatte Schröder grimmig geantwortet. »Bin ja kein Lebensberater oder sowas.« Dann hatte er das Bild als Erinnerungsstück angenommen, dem Kunden die Abholnummer gegeben und ihn rausgeschmissen, zwar mit höflichen Worten aber eindeutig.

In den Sessel gelehnt, erinnerte sich Schröder an die Starre, in die ihn die Erzählung des Kunden versetzt hatte. Ein sehr dünner Faden in ihm hatte wohl geahnt, dass er sich selber in einem Zustand des dumpfen Vergessens befunden hatte. Heute würde er anders mit dem jungen Kunden reden. Jetzt, mit der wiedergefundenen Erinnerung an seine Liebe zu Isabelle und daran, wie nach der Tragödie über Nacht nach Argentinien abgehauen war, würde er sagen, dass Davonlaufen keine Lösung sei. Er würde sagen, wenn man einen Haufen Porzellan zerschlag, man den Scherbenhaufen besser wegräume, auch wenn man sich an den scharfen Kanten der Scherben schneide. Aber, wie er dem Kunden damals schon erklärt hatte, war er kein Lebensberater, sondern nur der Lagerist fremder Erinnerungen.

Ein Klopfen an der Tür riss ihn aus den Gedanken.

»Schröder?« Julia steckte den Kopf durch den Türspalt.

»Komm rein«, brummte er.

»Störe ich dich? Ich wollte eigentlich zu Patrick ins Büro, aber der scheint Besuch zu haben«, erklärte sie und ließ sich auf dem Rand einer Kiste nieder.

»Warst du wieder geschäftlich unterwegs?«, fragte Schröder angesichts des eleganten Hosenanzugs, den Julia trug.

Sie blies hörbar Luft aus. »Und wie!«, stöhnte sie. »Habe ich schon einmal erwähnt, dass ich Oma Belle nicht die Bohne dankbar dafür bin, dass sie mir testamentarisch den Vorsitz für die Kellermann-Stiftung vermacht hat?«

»Sehr oft«, antwortete Schröder schmunzelnd. »Ich glaube, ich habe dir jedes Mal vor Augen geführt, dass du laut Satzung der Stiftung nach einem halben Jahr den Vorsitz abgeben kannst. Somit musst du nur noch ein paar Wochen durchhalten.«

Julia äffte Schröders belehrenden Ton nach, während sie die Nadeln aus dem Haar zog. Der strenge Dutt zerfiel in eine rotblonde Mähne. Schröder lenkte seinen Blick zurück auf das Porträt. Julia mit langem Haar – das versetzte ihm immer noch einen Stich in der Herzgegend. Wie ähnlich sie damit ihrer Großmutter Isabelle sah. Da könnte er glatt an die Existenz mythischer Gestaltwandler glauben.

»Zurzeit bereiten wir den Jahresempfang der Stiftung vor. Eine höchst komplizierte Angelegenheit«, erzählte Julia. »Allein die Einladungen!« Sie hob mahnend den Zeigefinger und fuhr in der Manier einer Dozentin fort: »Du darfst nicht jeden einladen, darfst aber auch niemanden vergessen. Und

Oma Belles letzte Einladung als Vorlage noch einmal zu benutzen, ist unsäglich. Jedenfalls meint das Frau Schlüter, meine allwissende Assistentin. Der Stil der Einladung muss eine persönliche Note haben. Als wäre es mein sehnlichstes Verlangen, die Herren und Damen von so und so an dem Abend begrüßen zu dürfen.«

»Du bemühst dich, das muss reichen«, meinte Schröder ernst, obwohl er sich über Julias lebhafte Art zu erzählen amüsierte. Sie sollte nicht den Eindruck haben, er würde sich über sie lustig machen. Dafür verstand er ihren Zwiespalt zu gut. Natürlich wollte Julia die von ihrer Großmutter aufgedrängte Aufgabe ganz in ihrem Sinne erledigen. Doch die nervtötenden, bürokratischen Notwendigkeiten, die der Alltag einer Vorsitzenden mit sich brachte, waren für eine Reisefotografin nur schwer auszuhalten.

»Oh nein! Das reicht beileibe nicht«, protestierte Julia mit hochgezogenen Augenbrauen und spitzem Mund, zurück in der Rolle der Dozentin. »Frau Schlüter sagt, der Empfang sei das Highlight der Saison und er müsse perfekt ablaufen. Vor allem sollen die Gäste in Kauflaune versetzt werden, damit sie bei der Auktion zugunsten sozialer Projekte der Stiftung ihr letztes Hemd ausziehen. Als wenn die Stiftung zu wenig Geld hätte. Wirklich, Schröder, ich darf es dir nicht sagen wegen der Schweigepflicht und so – aber die Stiftung ist supergut bestückt.«

»Dann brauchst du das hier gar nicht für die Auktion?« Schröder deutete auf das Porträt.

»Ach du meine Güte! Das ist fantastisch! Welch ein Ausdruck des jungen Mannes«, hauchte Julia den Blick wie gebannt auf das Porträt geheftet.

»Du hast doch gesagt, du bedauerst es, nichts zu der Auktion beisteuern zu können«, sagte Schröder.

»Ja, weil ich nichts besitze, was die Gäste des Empfangs

interessieren könnte. Und aus Oma Belles Erbe kann ich noch nichts nehmen, da die Verteilung noch nicht abgeschlossen ist.«

»Wenn du willst, kannst du dieses Porträt spenden.« Schröder sah Julia fragend an. Er war sich nicht sicher, ob das wirklich ein passendes Objekt war, um die Geldbeutel der sogenannten feinen Gesellschaft zu öffnen.

»Gerne!« Julia drückte Schröder einen Kuss auf die Wange. »Es ist ein außergewöhnliches Bild.«

»Es stammt von keinem berühmten Künstler«, gab Schröder zu. »Aber die geschickte Kombination aus Moderne im alten Stil macht es bemerkenswert.«

»Und ich darf es anbieten?«

»Darfst du«, meinte Schröder trocken, »solange du meinen Namen raushältst. Außerdem ist es ein Erinnerungsstück. Das heißt, die Geschichte zum Bild muss der Käufer ebenfalls bekommen.«

»In Ordnung. Dann ist das Bild eben von einem anonymen Spender. Die Geschichte schreibst du auf und wir klemmen sie auf die Rückseite.« Sie überlegte kurz, bevor sie weitersprach: »Der Besitzer will das Bild nicht mehr haben?«

Schröder nickte. »So ist es. Vor einigen Jahren bekam ich einen Brief mit der Abholnummer. Ich solle mit dem Porträt machen, was ich wolle, es werde nicht mehr gebraucht. Es sei von einem Erinnerungsstück zu einer Antiquität geworden. Darüber hatte ich mit dem Kunden damals gesprochen und deshalb bin ich überzeugt, dass er persönlich den Brief geschrieben hat. Beweisen kann ich es nicht. Ein Name stand weder auf dem Umschlag noch in dem Brief. Der hätte mir allerdings auch nichts gesagt, weil ich die Namen der Kunden sowieso nicht kenne. Die Stiftung fördert doch auch junge Menschen, oder nicht?«

»Ja, wir haben da verschiedene Projekte«, bestätigte Julia.

Schröder nickte zufrieden. »Gut, dann wird das Bild passend weitergegeben, wenn es denn überhaupt verkauft wird.«

Julia stellte sich so dicht vor das Porträt, als wolle sie sich dem Sog des Blickes des verletzlichen jungen Mannes aussetzen.

»Es ist wirklich eindrucksvoll«, stellte sie bewundernd fest. »Ein Foto könnte diesen Moment nicht besser einfangen. So wie das Model zwischen Tür und Angel steht, als wisse es nicht, ob er den nächsten Raum betreten solle.« Sie drehte sich um und sah Schröder erwartungsvoll an. »Welche Erinnerung hängt mit dem Bild zusammen?«

Klar, dass sie diese Frage stellt, dachte Schröder. Julia liebte es, wenn er die Geschichten der Erinnerungsstücke erzählte und ihm gefiel es, wie sie zuhörte. Da er sich bei der Pflege von Beziehungen spröde und ungelenk vorkam, war er dankbar für diesen einfachen Weg eine Verbindung zu seiner Enkelin herstellen zu können. Er wollte gerade anfangen, als er Schritte auf dem Flur hörte, dann fiel die Wohnungstür ins Schloss und ein hüpfendes Gepolter ließ die Treppe ächzen.

»Die Geschichte muss wohl warten. Ich glaube, Patricks junger Totengräber ist gegangen«, stellte Schröder fest.

Julia sah ihn fragend an. »Totengräber? Als Mandant? Spannend! Jedenfalls muss ich langsam wissen, ob Patrick mich auf dem Empfang begleiten wird. Bei der Frage weicht er mir immer aus. Würdest du mit mir dahin gehen?«

»Auf gar keinen Fall!«, murrte Schröder und winkte Richtung Tür. »Zieh Leine! Ich wette, Patrick hat auch eine Geschichte für dich.«

»Danke, Opa«, sagte Julia und Schröder wurde verlegen. *Opa* klang immer noch seltsam in seinen Ohren. Er sah Julia nach, die das Zimmer verließ, um in Patricks Büro zu wechseln. Er hatte gar nicht das Recht, Opa genannt zu werden. Was hatte er denn dafür getan? Gar nichts! Schröder seufzte und fuhr sich mit der Hand über das Gesicht, als könnte er die Trübsal, die ihn erfüllte, wegwischen. War einfach nicht sein Tag heute. Vielleicht sollte er sich ein Erinnerungsstück mit in die Werkstatt nehmen, dem eine freundliche, zuversichtliche Botschaft anhing.

» Die Zitronenpresse aus Glas zum Beispiel. Die hatte eine Norwegerin gebracht. Die Zitronenpresse war zwar ein gebräuchliches Küchenutensil, jedoch war sie vor vielen Jahrzehnten ihrem Großvater, einem Landwirt aus Norwegen geschenkt worden. Das war zu einer Zeit, als es, wenn überhaupt, selten Zitrusfrüchte dort zu kaufen gab. Also galt die Zitronenpresse für die Familie als exotische Rarität und stand in die Vitrine bei dem guten Geschirr. Der Norweger schenkte die Zitronenpresse seiner Enkelin, die sie mit nach Deutschland nahm.

»Sie erinnert mich an meine Heimat, meine Familie und an all das, was es damals noch nicht gab. Ich möchte, dass die Erinnerung an die Zufriedenheit, die mein Großvater trotz des materiellen Mangels ausstrahlte, bewahrt wird«, hatte die Kundin erzählt.

Als erfolgreiche Managerin gewöhne sie sich viel zu schnell an den Luxus, den Geld zu bieten habe. »Ich befürchte, dass ich dabei vergesse, wofür die Zitronenpresse für mich steht. Es beruhigt mich, wenn Sie sich um sie kümmern.«

Die Norwegerin war eine der wenigen Kunden, die seit Jahren eine Art Miete für die Lagerung ihres Erinnerungsstückes überwies. Worin lag in dem Fall eigentlich der Nutzen seiner Arbeit? Schröder grummelte missmutig vor sich hin. Diese Frage war typisch für so einen Tag wie diesen.

Kapitel 3

Einige Tage später blieb Patrick verschwitzt mit dem Rennrad am Straßenrand stehen, zog die Softshelljacke aus und stopfte sie in die Fahrradtasche. Die Herbstsonne wärmte die Straßen der Stadt noch einmal durch. Die bunten Laubbäume strahlten unter blauem Himmel und die Außensitze der Cafés waren voll besetzt. Ein Atemzug voll Sommer mitten im Oktober. Wenn er nicht zum Polizeipräsidium Mitte hätte fahren müssen, um Alex zu der Zeugenvernehmung zu begleiten, hätte er sich Julia geschnappt und wäre mit ihr raus in den Wald gefahren. Schöne Vorstellung. Bis zum Wochenende würde das Wetter sich nicht halten. Das war auch in Ordnung. Die Vorstellung eines Wochenendes mit Julia im Bett erschien ihm sowieso strahlender als ein Wald mit rotgelbem Blätterdach.

Patrick fädelte sich zwischen stehenden Autos vor einer roten Ampel hindurch auf den Fahrradweg, durch den Park und dann immer geradeaus auf der Fahrradstraße. Er zog die diagonale Überfahrt einer Kreuzung dem Warten an zwei Fahrradampeln vor, radelte lieber auf dem Fußgängerweg als an einer Reihe parkender Autos vorbei. Er kannte den Weg zum Polizeipräsidium Mitte in- und auswendig.

Seit Schröders Verhaftung vor vier Monaten war er die Strecke oft gefahren. Der alte Meisterdieb Karlheinz Südhoff hatte in seiner Wut auf Schröder die Beute eines Einbruchs bei Juwelier Krämer heimlich bei ihm versteckt. Schröder war verhaftet worden und hatte die Situation genutzt, sich endlich daran zu erinnern, was er vor fünfzig Jahren verbrochen und zerstört hatte. Manchmal brachten scheinbare Katastrophen Steine ins Rollen, die mit ihrer Bewegung positive Entwicklungen anschoben. Ohne diese aus Schröders Vergessen hervorgepflügten Ereignisse wäre Julia nicht in die Louisenstraße gezogen. Unvorstellbar!

Zu Schröders Erinnerungen gehörte aber auch, dass er Kalle vor fünfzig Jahren in eine Situation getrieben hatte, in der dieser in Notwehr einen Menschen erschießen hatte müssen. Dafür gab es keine Entschuldigung. Das Mindeste, was Schröder für seinen alten Freund als bescheidenen Ausgleich tun konnte, war, Patrick als Anwalt für Kalle zu engagieren und die Kosten zu tragen.

Patrick war bei einigen Vernehmungen Kalles durch den zuständigen Hauptkommissar Lorenz Precht im Präsidium gewesen. Er glaubte, Precht in der Zeit einigermaßen kennengelernt zu haben und schätzte ihn als einen bedachten und integren Polizisten. Umso mehr wunderte ihn, dass der Hauptkommissar so eine mit Paragrafen gespickte Zeugenvorladung an Alex verschickt hatte. Das war nicht gerade die sanfte Tour. Im Gegenteil!

Wie gut, dass Alex mit dem Wisch zu ihm gekommen war. Oder nicht? War er zu befangen, wie es im Juristendeutsch hieß, um seinem Pflegebruder anwaltlich zu helfen? Er war ja jetzt schon auf hundertachtzig. Dabei hatte er sich noch gar nicht angehört, was Precht von Alex konkret wissen wollte. Wo war seine Disziplin als Anwalt geblieben? Patrick fühlte sich wie vor zwanzig Jahren als eine Gruppe Jugendlicher auf dem Spielplatz dem fünfjährigen Alex eimerweise Sand über den Kopf geschüttet hatte. Patrick hatte die Meute mit Gebrüll und Schlägen vertrieben, Alex den Sand aus Haaren und Kleidern geklopft und ihn nach Hause geschickt.

In Sichtweite des Polizeipräsidiums bemühte sich Patrick um eine gemäßigte Fahrweise. Unnötiger Ärger nutzte weder ihm noch seinen Mandanten.

Als Patrick sein Rennrad an einen Fahrradständer schloss,

kam Alex schon auf ihn zu. Patrick stellte zufrieden fest, dass keines seiner Kleidungsstücke Risse hatte, er das Nasenpiercing abgelegt und die halblangen Haare zu einem Pferdeschwanz zusammengefasst hatte. Alex fiel dadurch allerdings nicht weniger auf. Entweder war er ein Alien oder eine aus einem Vampirroman entsprungene Figur. Mehr als eine dezentere Wahl seines Outfits konnte Patrick von Alex nicht verlangen. Schließlich war Alex kein behütetes Söhnchen, sondern jemand, der trotz einer holprigen Kindheit etwas aus sich gemacht hatte.

Zumindest wollte Patrick an diese Version von Alex' Geschichte glauben. Er wusste nur, dass Alex die Schule einigermaßen hinter sich gebracht hatte und seitdem im Sunrise-Club, einem beliebten Tanztempel der Stadt, arbeitete. Die ersten Jahre vormittags als allgemeine Hilfskraft und später abends und nachts hinter der Theke. Über Jahre ein zuverlässiger Mitarbeiter bei ein und demselben Arbeitgeber. Das ließ Alex eigentlich als einen gefestigten Mitbürger erscheinen. Wäre sein Arbeitsplatz nicht ein Club, wo sich nach allgemeiner Meinung nur dunkles Gesindel herumtrieb. Das Einzige, was Patrick an Alex positiver Selbstdarstellung zweifeln ließ, war die bevorstehende Befragung durch Hauptkommissar Precht. Was der ihm jetzt über Alex erzählen würde, konnte vom Rauchen eines Joints bis zu weltweitem Schmuggel mit Kokain reichen.

»Du hast keinen Fahrradhelm auf, Herr Anwalt«, feixte Alex, die Hände tief in die Taschen der schwarzen Lederjacke vergraben.

»Würdest du einen anziehen?«, fragte Patrick, während er die Hosenspangen abzog und in die Tasche steckte.

Alex verzog das Gesicht, als hätte er an einem faulen Ei gerochen.

Patrick schulterte seine Tasche und fuhr sich mit den Händen ordnend durch das Haar.

»Zeig mal die Vorladung her. Wo müssen wir denn hin?«,

fragte er. Natürlich wusste er, wo Precht sein Büro hatte. Er wollte nur überprüfen, ob Alex die Sache ernst nahm und mitdachte. Tatsächlich zog der das Schreiben aus der Tasche und reichte es Patrick.

Ein Polizist führte sie in den zweiten Stock, einen langen Gang entlang bis vor Prechts Büro. Alex wurde immer langsamer. Patrick wartete, bis er neben ihm angekommen war, legte einen Arm um seine Schultern und zwinkerte ihm aufmunternd zu. Alex angespanntes Gesicht und zögerliches Lächeln konnte zweierlei bedeuten. Entweder er befürchtete, entlarvt zu werden, oder er ahnte ebenso wenig wie Patrick, womit Precht sie konfrontieren würde.

Der Polizist klopfte an die Bürotür und öffnete diese, als ein »Herein!«, zu hören war.

»Herr Mehler?« Precht kam mit ausgestreckter Hand auf Patrick zu. »Sie hätte ich nicht erwartet. Was machen Sie hier?«

Patrick schüttelte seine Hand. »Ich begleite Alexander Schott zur Zeugenaussage.« Er trat zur Seite, um Alex, der hinter ihm stand, vortreten zu lassen.

Precht musterte Alex abschätzig. »Der kann sich einen Anwalt leisten?«

Patrick wollte protestieren, doch Precht hob schnell abwehrend die Hände. »Nicht so empfindlich, Herr Anwalt«, beschwichtigte er, während er sich hinter seinen Schreibtisch setzte. »Ich habe nicht einmal gefragt, ob Sie von dem Drogengeld Ihres Mandanten bezahlt werden.«

»Herr Hauptkommissar Precht«, Patrick betonte jedes Wort überdeutlich, »wenn Sie in dem Ton weitermachen, sind wir schneller weg, als Sie erzählen können, worum es eigentlich geht. Mein Mandant ist freiwillig der Vorladung zu einer Zeugenaussage gefolgt, um seine Kooperationsbereitschaft zu zeigen. Er kann jederzeit gehen.«

Unaufgefordert setzte sich Patrick auf einen Stuhl vor dem Schreibtisch. Mit einer Geste forderte er Alex auf, sich auf den anderen zu setzen. Er holte einen Notizblock und einen Kuli aus seiner Tasche und sagte beiläufig: »Ich bitte Sie, meinem Mandanten zu erklären, zu welchem Sachverhalt Sie ihn befragen wollen.«

Precht zog eine Akte aus dem Stapel auf seinem Schreibtisch, klappte sie auf und sah Alex scharf an. »Herr Schott, Sie werden von einem Zeugen als Zwischenhändler seines Drogennetzwerkes genannt. Zu diesem Tatbestand befrage ich Sie heute.«

»Ich habe nichts mit Drogen zu tun!«, entgegnete Alex.

»Moment!« Precht blätterte suchend in der Akte, spitzte die Lippen und zog die Augenbrauen zusammen.

Alex nestelte nervös an der Naht seiner Lederjacke.

»Blättern Sie so intensiv in den Akten, weil Sie sich nicht vorbereitet haben?«, fragte Patrick. »Oder haben sie sowenig in der Hand, dass Ihnen keine Frage einfällt?«

Precht verzog abschätzig den Mund. »Ganz und gar nicht. Ich wollte mich nur vergewissern. Also der Sachverhalt ist folgendermaßen. Wir haben einen Zeugen mit besonderen Verfahrensrechten, kurz gesagt, einen Kronzeugen. Um sein Strafmaß zu verringern, legt er uns das Netzwerk seines Drogenhandels offen. Seine Lieferanten und seine Abnehmer. Bei den Abnehmern nannte er Alexander Schott als einen seiner Zwischenhändler. Diese kaufen ihm Tabletten, Partydrogen, Speed, Amphetamine und so weiter sowie Haschisch und Kokain im Wert von insgesamt einhunderttausend Euro wöchentlich ab.« Precht blätterte wieder in der Akte, die zu dünn war, um sie nicht mit einem geübten Blick erfassen zu können.

Patricks Geduld verpuffte wie Dampf. »Das ist ja sehr schön für die Polizei. Aber wie lautet die Frage an meinen Mandanten?«

Precht holte sechs Fotos aus dem Deckel einer anderen, viel dickeren Akte und breitete sie auf dem Schreibtisch aus.

»Kennen Sie einen dieser Männer?«

Alex sah Patrick fragend an und als er nickte, stand Alex auf und beugte sich über die Bilder. Er zog eins nach dem anderen zu sich heran, schob vier Fotos nach rechts und zwei nach links.

»Die beiden kenne ich. Der hier«, Alex tippte auf einen jungen Mann mit kantigem Gesicht und blonden Haaren, »der wohnt in demselben Haus wie ich. Zumindest sehe ich ihn öfter davor stehen und mit Leuten reden. Der andere«, er legte den Finger auf das Foto eines glatzköpfigen Mannes mittleren Alters, »der ist ab und zu in dem Club, in dem ich arbeite.«

»Wer sind diese Männer und wie heißen sie?«, wollte Patrick von Precht wissen.

»Klaus Makovsky der erste und Gerhard Doblinger der zweite. Beide sind ebenfalls Kunden unseres Kronzeugen. Deren Beteiligung am Drogenhandel ist nahezu bewiesen«, erklärte Precht, während er die Fotos wieder zusammenschob und in die Akte zurücklegte.

»Und das war's jetzt?«, fragte Alex erleichtert.

»Nein. Im Gegenteil, Herr Schott. Haben Sie bei einem oder beiden Männern irgendetwas Auffälliges beobachtet? Oder hat einer oder beide Ihnen Drogen zum Kauf angeboten?«

Alex schüttelte den Kopf. »Ich habe mit dem Zeug nichts am Hut und das wissen alle.«

»Nun, dann muss ich Ihnen sagen, dass beide Verdächtige die Aussage unseres Kronzeugen bestätigten, dass Sie Teil des Netzwerkes zur Verteilung der Drogen sind. Sie haben sich durch Ihre Aussage, Makovsky und Doblinger zu kennen, gerade selbst schwer belastet«, antwortete Precht sichtlich zufrieden.

»Moment!«, fiel Patrick entschieden dazwischen. »Sie können

von der Aussage meines Mandanten, dass diese Männer ihm in seinem Alltagsleben über den Weg laufen, nicht schließen, dass er von mit Drogen handelt. Das ist absurd. Ich muss also annehmen, dass Sie meinen Mandanten von vornherein als beschuldigt angesehen haben und die Vorladung als Zeuge eine bloße Masche war, ihn hierher zu locken.«

Patrick packte Block und Stift in die Tasche, stand auf und hängte sich diese um. »Wir gehen. Mit solchen verfahrensrechtlich fragwürdigen Methoden werden Sie bei mir nicht durchkommen, Herr Precht!«

»Da irren Sie sich, Mehler«, verteidigte sich der Hauptkommissar und klopfte nachdrücklich mit der Faust auf den Aktenstapel. »Erst durch das Erkennen der beiden Dealer wurde Ihr Mandant zum Beschuldigten. Ab jetzt vernehme ich ihn als solchen.«

»Dann werden Sie genauso wenig von ihm erfahren. Denn er wird keine weitere Aussage machen. Wenn Sie Alexander Schott aufgrund einer Aussage eines einzigen Mannes beschuldigen, will ich den Namen des Kronzeugen wissen.« Patrick hörte das Blut in den Ohren pochen. Was war aus dem umgänglichen Hauptkommissar geworden? Warum zog er so eine linke Tour durch?

Precht lehnte sich zurück und sah Patrick nachdenklich an. »Herr Schott, würden Sie bitte kurz vor der Tür warten? Ich möchte mit Ihrem Anwalt unter vier Augen reden.«

Patrick nickte Alex zu und er verschwand aus dem Büro. Precht stand auf, ging zum Fenster, sah auf den Parkplatz und setzte sich auf das Fensterbrett.

»Was ist los, Mehler?«, fragte er. »Wir sind doch sonst gut miteinander ausgekommen. Zumindest hatte ich bisher den Eindruck, dass Sie mit meinem Zynismus gut zurechtkommen.«

»Es gibt Themen, da bin ich empfindlich. Das eine sind

Drogen und das andere unfaire Winkelzüge. Ich weiß, wie leicht man einem jungen Menschen, der in einem Club arbeitet, etwas anhängen kann. Aber Alex ist unschuldig. Deshalb will ich jetzt den Namen des Kronzeugen wissen. Ich frage also Sie, Hauptkommissar Precht, was mit Ihnen los ist. Sonst waren Sie kooperativer.« Patrick beugte sich vor, als nehme er Precht ins Kreuzverhör.

Precht weigerte sich, den Namen des Kronzeugen zu nennen. Dieser werde selbst in den Akten, die Patrick als Anwalt irgendwann werde einsehen dürfen, geschwärzt sein. Der Kronzeuge stehe unter dem besonderen Schutz der Polizei, weil er durch seine Aussage die Rache der Lieferanten und Kunden befürchten müsse. Auch die genauen Daten zu einem angeblichen Handel des Zeugen mit Alex würden solange wie möglich nicht genannt werden. Erst bei der Anklage durch den Staatsanwalt würde Patrick diese Daten erfahren. Sehr spät, wie Precht selbstgefällig feststellte. Das konnte Alex Verteidigung bei einem Gerichtsverfahren erheblich erschweren. Patrick redete sich den Mund fusselig, zitierte Paragrafen rauf und runter, appellierte an Prechts Gewissen, blieb aber erfolglos.

»Ich schlage Ihnen allerdings einen Deal unter der Hand und jenseits von Aktennotizen vor«, sagte Precht, packte einen Kaugummi aus und schob ihn in den Mund. »In dem Ermittlungsverfahren gegen Karlheinz Südhoff, den Sie ja auch anwaltlich vertreten, kommen wir nicht recht weiter. Uns fehlen noch eindeutige Beweise gegen die Beschuldigten am Einbruch beim Juwelier Krämer. Wenn Südhoff uns die Namen der Täter nennt, dann gebe ich Ihnen den Namen unseres Kronzeugen. Sie können für beide Mandanten eine Strafmilderung aushandeln und wir könnten die Einbrecher endlich verhaften und vor Gericht stellen.«

Patrick sah den Hauptkommissar verblüfft an. »Sie müssen ganz schön unter Druck stehen, dass Sie so etwas vorschlagen.«

»Ich gebe zu, die Lage fühlt sich nicht wie ein lauschiger Sommermorgen an. Aber Sie können sicher sein, Sie kommen auch bald ins Schwitzen. Denn Sie werden es nicht schaffen, Ihren Mandanten aus der Drogensache rauszuboxen. Ein junger Mann, in einer Pflegefamilie aufgewachsen, der in einem Club arbeitet, da reichen Indizien, um jeden Richter zu überzeugen, dass Schott schuldig ist. Also, was sagen Sie?« Precht lehnte sich mit dem Rücken gegen das Fenster und verschränkte die Arme vor der Brust.

»Das kann ich nicht machen«, antwortete Patrick ernst. »Südhoff hat selbst mir gegenüber die Namen der Einbrecher nicht genannt und ich will sie auch nicht wissen. Und wenn ich sie wüsste, würde ich sie nicht einsetzen, um Alex freizukaufen.«

»Schade«, erwiderte Precht, stand auf, öffnete das Fenster und setzte sich hinter seinen Schreibtisch.

Patrick wandte sich grußlos zur Tür. Als er die Klinke drückte, sagte Precht mit drohendem Unterton: »Dieser Schott soll es sich da draußen nicht zu gemütlich machen. Ich kriege schneller den Stempel auf den Haftbefehl, als er denkt.«

Kaum hatten sie das Präsidium verlassen, ließ Patrick die Tasche achtlos auf den Boden fallen, stemmte die Hände an die Hüften, streckte sich und stieß ein Knurren aus.

Alex kam grinsend auf ihn zu. »Brüllt da jetzt der Gorilla in dir?«

Patrick dachte an den Schlüsselanhänger mit einem Gorilla, von dem Alex erzählt hatte. Ja, irgendwie passte das. Er hätte sich gern vor Precht aufgerichtet und brüllend mit den Fäusten gegen seine Brust getrommelt. Das hätte auch nicht viel bewirkt, außer, dass er sich jetzt besser fühlen würde.

»Na ja, es gibt einfach Dinge, da könnte ich ausrasten!«, erwiderte Patrick und hängte sich die Tasche wieder um.

»Dafür hattest du dich aber ganz gut im Griff da oben«, sagte Alex anerkennend. »Was habt ihr denn noch besprochen? Ging es um mich?«

Patrick stieß ein weiteres Knurren aus und antwortete, dass es düster für Alex aussehe, wenn ihnen nicht eine Strategie einfalle, die Prechts Ermittlungen ins Leere laufen lasse.

»Du glaubst mir doch, oder?« In Alex Stimme hörte Patrick den Knirps von damals. Forschend betrachtete er Alex Gesicht, in dem er nichts Heimtückisches entdecken konnte.

»Ja, ich glaube dir«, antwortete er.

»O. k., das ist gut.«

Alex sah auf sein Handy und meinte, es wäre Zeit für ihn, in den Club zu fahren. Seine Schicht fange bald an.

»O. k., dann verhalte dich unauffällig, erzähle niemandem von dieser Sache, verstanden? Keinem Menschen!«, befahl Patrick und sah Alex dabei solange streng an, bis er ernst nickte. »Ich melde mich bei dir«, versprach er, ging zu seinem Rennrad und schloss es auf.

»Danke«, sagte Alex, drehte sich um und ging davon.

Kapitel 4

Julia riss das Preisschild von dem anthrazitfarbenen, schulterfreien Abendkleid aus Wildseide und warf es mit Nachdruck in den Mülleimer. Sie stand in ihrer eigenen Wohnung. Louisenstraße 13, zweiter Stock links. Aus Protest! Wenn Patrick sie bei ihrem ersten und vielleicht einzigen öffentlichen Auftritt als Vorsitzende der Kellermann-Stiftung im Stich lassen wollte – bitte! Sie würde ihre Aufgabe als zuvorkommende Gastgeberin des Jahresempfangs der Stiftung locker ohne Begleitung schaffen! Wäre ja gelacht! Zur Strafe – Patrick empfand es hoffentlich als solche – würde sie die nächsten Nächte in ihrem eigenen Bett schlafen.

Seit vier Monaten lebte sie in der Louisenstraße. Doch in ihrer Wohnung hatte sie vielleicht fünfmal geschlafen. Entsprechend sah es hier auch aus, eher ein Lost Place als ein Zuhause. Sie hatte ihre Wohnung nur betreten, um sich aus dem Schrank frische Klamotten oder aus der Kommode ihre Fotoausrüstung zu holen. Ab und zu benutzte sie das Bad. Die Küche blieb ganz verwaist. Es gab nicht einmal Kaffee im Vorratsschrank. Die Räume rochen muffig und waren nicht beheizt. Egal, sie hatte schon in einsamen Hütten in den Bergen, in kleinen Zelten in Wüsten oder windigen Kammern auf Grönland geschlafen. Dagegen war ihre Wohnung geradezu eine Luxusunterkunft.

Praktisch gesehen war sie von Anfang an bei Patrick eingezogen. Es hatte sich so ergeben, fühlte sich natürlich an und weder er noch sie hatten das in Zweifel gezogen. Bis jetzt.

Julia ließ sich aufs Bett fallen. Sie hatte Patrick dreimal gebeten, sie zu dem Jahresempfang zu begleiten. Dreimal! Jedes Mal hatte er abgelehnt. Wenn es nach den Märchen ginge, die Julia kannte, dann hätte er beim dritten Mal zusagen müssen.

Das wäre heute Morgen gewesen. Sie hätte ihm besser zuhören sollen, als er von dem Wiedersehen mit Alex und seinen Problemen mit Hauptkommissar Precht erzählte. Sie hätte einfühlsam nachfragen und Verständnis zeigen sollen. Schließlich war offensichtlich gewesen, wie sehr ihn das bewegte. Er war so wütend gewesen, wie sie ihn noch nicht erlebt hatte. Und deshalb könne er abends nicht so tun, als bestünde die Welt aus Glanzpapierbildchen.

Aber es war verflixt nochmal nun einmal der Morgen des Jahresempfangs der Stiftung! Er wusste doch, wie schwer ihr dieser Tag fallen würde, wie viel Hürden sie überwinden musste, um abends freundlich und gelassen die Hände der Gäste zu schütteln. Julia schlug energisch auf die Decke, atmete tief ein und aus, doch der Knödel in ihrem Hals löste sich nicht auf. Sie war enttäuscht.

Patrick hatte reagiert, als habe sie ihm einen Heiratsantrag gemacht, oder gefragt, ob sie ihre Klamotten in seinen Kleiderschrank hängen könne – dabei hatte sie nur für einen wichtigen Abend seine Unterstützung erbeten. Und jetzt lag sie da und fühlte sich wie ein nasser Lappen.

Sie rappelte sich stöhnend auf. Lamentieren hatte keinen Sinn. Sie musste sich umziehen. Schließlich hatte ihre Großmutter, Isabelle Kellermann-Schäfer, diesen Auftritt jedes Jahr mit Charme und Geschick hingelegt. Und nun war das Julias Aufgabe. Dass es in ihrem Magen rumorte und sich ein säuerlicher Geschmack in ihrem Mund ausbreitete, lag nicht nur an Patricks Abfuhr. So etwas wie Prüfungsangst gewürzt mit Lampenfieber ließ ihre Nerven vibrieren.

Sie schloss die Augen und holte sich Bilder ihrer Reisen vor Augen. Als sie allein in der Sahara übernachten musste, weil der Jeep im Sand festgefahren war. Als sie tagelang allein durch den Kaukasus gewandert war und … und … – abenteuerlicher konnte ein Jahresempfang auch nicht sein. Sie würde ihre Großmutter würdig vertreten. Vertreten? Nein, leider. Das hieße ja, Oma Belle wäre nur bedauerlicherweise dieses Jahr verhindert, als Gastgeberin zu fungieren. Nein, Julia war die Nachfolgerin und somit musste sie Isabelle Kellermann-Schäfer ersetzen. Abscheuliches Wort.

Sie legte das Kleid über das Bett, nahm eine der schwarzen High Heels und pulte das Preisschild von der Sohle. Beides hatte sie auf die Schnelle in einer Boutique in der Innenstadt gekauft. Bis vor einer Stunde war sie noch durch den Saal des Schlosshotels gehetzt, hatte dem Personal letzte Anweisungen für die Dekoration und Beleuchtung gegeben und einen Soundcheck der Bigband abgenommen.

»Was für ein Kleid werden Sie heute Abend tragen?«, hatte Frau Schlüter, ihre eilfertige Assistentin bei Angelegenheiten der Stiftung, gefragt.

»Ich weiß nicht«, hatte sie gestammelt.

»Meinen Sie, Sie haben sich noch nicht entschieden oder meinen Sie …«

»Ich habe kein Abendkleid!«

Frau Schlüter hatte nervös gelächelt und auf Knopfdruck drei passende Boutiquen mit Adressen in der näheren Umgebung aufgezählt, Julia die Notizen aus der Hand genommen und zum Einkaufen geschickt. Gleich im ersten Laden hatte Julia ein Kleid, dessen Preis runtergesetzt war und farblich passende Schuhe gekauft. Weil sie nie High Heels trug, musste sie sich beim Anprobieren an den Regalen festhalten.

»Das lernen Sie schnell«, hatte die Verkäuferin versichert. »Sie müssen nur vorher in der Wohnung ein wenig auf- und abgehen.« Angesichts Julias Zweifel hatte die Verkäuferin auch auf die Schuhe Preisrabatt angeboten und Julia hatte zugeschlagen.

Nach einer heißen Dusche betrachtete Julia ihr Gesicht im Spiegel. Die Farbe ihrer Haare, sonst eher kupferrot, schien dunkler, ihre Haut dagegen heller geworden zu sein. Ihr fehlte die Sonne, der sie auf Reisen ausgesetzt war. Julia kam sich fremd vor. Das war nicht ihr Reisegesicht. Aber was war es dann? Die Haut heller, die Haare dunkler, aber noch nicht so blass wie vor ihrer ersten Reise nach dem Abitur. Ein Zwischengesicht. Das passt ja, dachte Julia angesichts ihrer unentschlossenen Lebenssituation. Hätte Oma Belle als Geist mit im Bad gestanden, hätte sie garantiert selbstzufrieden gelächelt.

»Das hast du gewollt, nicht wahr?«, murmelte Julia und schaltete den Föhn auf Stufe drei. »Du hast mir die ganzen Aufgaben mit Testament und Stiftung aufgedrückt, damit ich mir überlege, ob Sesshaftigkeit doch eine Option für mein Leben wäre.« Der warme Luftstrom fuhr durch ihre Haare. »Ich weiß nicht, Oma Belle, ob das funktioniert. Im Moment erscheint mir ein sternenklarer Nachthimmel über einer Steppe sehr verlockend.« Sie kämmte mit den Fingern durch die halbtrockenen Locken. »Die Schreibtischarbeit für die Stiftung kriege ich mit etwas Disziplin hin. Aber dieser Empfang! Wirklich, du hättest wissen müssen, dass der gar nichts für mich ist.«

Als sie das Bad verließ, hatte sie ihre Großmutter vor Augen, wie sie sich in einem Fernsehsessel zurücklehnte und gespannt auf die Liveübertragung von Julias großem Auftritt bei dem gesellschaftlichen Jahresevent der Stadt wartete.

Während sich Julia mit Wimperntusche und Lippenstift abquälte, fantasierte sie über die Möglichkeit, statt in Abendgarderobe in ihren Reiseklamotten, die allen Wetterbedingungen standhielten, auf dem Empfang zu erscheinen. In den Taschen der khakifarbenen Hose hatten alle Utensilien Platz, die in eine kleine Handtasche passten. Und in den Boots würde sie sich um einiges sicherer fühlen als in High Heels. Die Vorstellung, wie die Gäste reagieren würden, amüsierte sie. Ihr Vater wäre entsetzt, Frau Schlüter peinlich berührt und wer sonst noch da war, würde aus Höflichkeit gute Miene zum seltsamen Spiel machen. Wenn sie sich in Bezug auf den Stiftungsvorsitz bereits entschieden hätte, würde sie mit Vergnügen einen skandalösen Auftritt wagen. Hatte sie aber nicht. Die Krux an der Vorstandssache war, dass die anderen Mitglieder des Gremiums Julia als Vorsitzende ablehnen konnten, wenn sie sie als ungeeignet erachteten. Und dazu würde Julia den Herrschaften keinen Grund geben. Sie wollte nicht rausgeworfen werden, sondern selber entscheiden, ob sie die Aufgabe annehmen würde. Und deshalb mühte sie sich mit Schulterträgern, Ausschnitt und Reißverschluss des Kleids ab.

Julia schlüpfte sicherheitshalber in ihre Birkenstock, um die Treppen runterzugehen. Die High Heels trug sie in der Hand. Im Erdgeschoss klopfte sie an Schröders Tür. Würde er sich doch noch erweichen lassen, sie wenigstens aus Mitleid zu begleiten? Nein, sie würde nicht fragen, das wäre einem alten Mann gegenüber nicht fair, der gerade erst ein Einsiedlerleben aufgegeben hatte.

»Kann ich so gehen?«, fragte Julia, als Schröder die Tür öffnete und drehte sich im Kreis.

Schröder lächelte verlegen. »Du siehst absolut bezaubernd aus«, gestand er. »Sehr gewagt, muss ich sagen. Sehr gewagt.«

Julia riss entsetzt die Augen auf. »Was? Zuviel Ausschnitt? Zu viel Schminke?«

»Nein«, erwiderte Schröder »ich meinte Patrick. Er lässt dich allein gehen? Sehr gewagt!«

»Schröder, du bist ein Charmeur! Danke.« Julia knickste leicht und deutete auf das Päckchen in Schröders Hand. »Ist das das Porträt?«

Schröder reichte ihr das mit Polstermasse und Packpapier eingewickelte Bild und einen Briefumschlag. »Das ist die Geschichte zu dem Erinnerungsstück. Du kannst es in den Rahmen stecken oder dem Käufer, wenn es einen geben sollte, persönlich geben.«

»Danke«, sagte Julia und steckte den Brief in die kleine Glitzertasche, die sie aus Oma Belles Fundus ausgeliehen hatte.

»Viel Vergnügen heute Abend«, sagte Schröder schmunzelnd. »Patrick ist ein Dummkopf!«

»Hey, das habe ich gehört und ich erhebe Einspruch!«, rief Patrick, der die Treppe herunterkam und gleichzeitig an seinem Krawattenknoten zerrte.

»Himmel!«, stöhnte Schröder. »Wer hat den Jungen erzogen? Du erwürgst dich noch mit dem Strick.«

Julia stellte das Bild und die High Heels auf dem Boden ab. Sie musste etwas tun, damit Patrick nicht sah, wie sehr sie sich über sein Auftauchen freute. Ihr Gesicht fühlte sich schlagartig warm an und ihr Pulsschlag verdoppelte sich. War sie rot geworden? Sie nahm ihren Mantel vom Haken und atmete wie bei der Yoga-Entspannungsübung tief ein. Es half nur mäßig, weil sich Patrick in den einzigen Anzug gequält hatte, den er besaß, mit irgendeinem Klebezeug die Haare in eine Frisur gezwungen und die rutschigen Lederschuhe angezogen hatte – und weil er jetzt so strahlend stolz vor ihr stand – alles zusammen bedeutete ... was auch immer – auf jeden Fall: Er kam mit!

Sie drückte ihm ihren Mantel in die Hände und ordnete das Durcheinander unter seinem Hemdkragen.

»Du hast dich rasiert«, stellte sie fest.

»Das hielt ich für angebracht.«

»Ich hätte dich auch in Jeans und unrasiert mitgenommen.«

»Werde ich mir merken.«

Patrick half Julia in den Mantel. Als sie sich umdrehte, zog er den Kragen zurecht und flüsterte:

»Du siehst klasse aus!« Bevor sie etwas erwidern konnte, drückte er ihr einen Kuss auf die Lippen.

Es klingelte. »Das Taxi ist da«, bemerkte Julia und hob das Paket und die High Heels auf. Patrick nahm ihr grinsend die Schuhe ab. »Was hast du damit vor?«

Julia zog das Kleid hoch und deutete auf die Birkenstock. »Sicherheitsmaßnahme. Die Mörderschuhe ziehe ich im letzten Moment an.«

»Macht, dass ihr wegkommt«, brummte Schröder und scheuchte sie aus dem Haus.

Julia hakte sich bei Patrick ein und gemeinsam nahmen sie den Abend in Angriff.

Kapitel 5

Das Taxi hielt so vor dem mit Statuen umrahmten Portal des Schlosshotels, dass Julia beim Aussteigen ihren Fuß auf den roten Teppich setzte. Kaum war das Taxi abgefahren, bemerkte sie den erstaunten Blick des livrierten Hotelangestellten auf ihre Füße. Sie sah nach unten und entdeckte unter dem angehobenen Saum des Kleides die Latschen. Sofort ließ sie das Kleid sinken und sah panisch dem Taxi hinterher. Patrick räusperte sich neben ihr und schwenkte die High Heels hin und her.

»Gott sei Dank! Du hast sie!« Julia schnappte sich die Mörderschuhe, stützte sich auf Patricks Arm, zog sie an und stopfte die Birkenstock in die Manteltaschen.

»Wenn das Mal gutgeht«, bemerkte Patrick, wobei er die auf den Absätzen wankende Julia mit festem Griff um die Taille stützte. Mit einem schiefen Grinsen entzog sie sich seinem Arm und stelzte entschlossen auf den Eingang des Hotels zu.

»Ich bin schon oft in …«

»Ja, ich weiß«, warf Patrick amüsiert ein, »Du bist auf dünnen Baumstämmen über tiefe Schluchten balanciert und so weiter.« Er bot ihr noch einmal galant seinen Arm an. »Du bist zwar fit darin, eine Wildnis zu durchqueren«, flüsterte er ihr ins Ohr. »Aber in solchen Schuhen bist du sicher noch nie einer Versammlung eingeborener Honoratioren gegenübergetreten.«

»Warts nur ab«, erwiderte Julia siegesgewiss, stellte sich gerade hin, atmete durch und legte demonstrativ eine Hand in Patricks Armbeuge. »Nur für den Fall, dass du als Fremdling zwischen diesen Eingeborenen Angst bekommst.«

Patrick zog erstaunt die Augenbrauen hoch. »Ich? Angst? Vor denen da drin?«

»Ja, das wäre ganz natürlich, glaub mir. Aber du sollst wissen, du bist nicht allein,« feixte sie.

»Das beruhigt mich. Da fühl ich mich schon viel besser«, flüsterte er grinsend, als sie die Halle betraten.

Julias erste Schritte auf den hohen Absätzen waren noch etwas wackelig, doch mit Patricks Hilfe wurde es mit jedem Meter besser. Nachdem sie ihren Mantel an der Garderobe abgegeben und das Porträt einer Frau der Sicherheitsfirma anvertraut hatten, betraten sie den überbordend mit Blumen, Kerzen und Glitzerzeug geschmückten Saal. Der riesige Kronleuchter funkelte, als müsse er dem Glanz, den die Gäste bemüht waren auszustrahlen, etwas entgegensetzen. Während Julia bei sich feuchte Hände und Flachatmung feststellte, wirkte Patrick gelassen und so souverän. Angeber! Als nähme er jede Woche an einer Gesellschaft voller Smokings und aufgestylter Damen teil. Wenn ihm das alles so wenig ausmachte, war er vielleicht im Notfall als findiger Fluchthelfer zu gebrauchen. Man wusste ja nie. Julia plante bei jeder Reise in ferne Länder immer den Weg eines panischen Rückzugs mit ein. Sich hier unter die Festgäste zu mischen, erfüllte alle Eigenschaften einer Abenteuerreise mit unvorhersehbaren Gefahren.

Julia hatte weder als Erste auf dem Empfang erscheinen wollen noch als Letzte. Beide Varianten waren Anlass für zu viel Aufmerksamkeit. Am angenehmsten war ihr die Vorstellung, sich solange wie möglich in Tarnfarben in der Menge verstecken zu können. Da der Saal bereits gut mit Gästen gefüllt war, konnte der Plan aufgehen. Allerdings bekam sie bereits jetzt kaum Luft bei dem warmen Gemisch aus Parfüm- und Blütenduft. Sie hätte am liebsten die Fenster aufgerissen, um die kühle Frische der Abendluft reinzulassen. Aber damit hätte sie sich garantiert den empörten Zorn der Damen mit akkurat frisierten Haaren und in schulterfreien Kleidern aus dünnen

Stoffen eingehandelt. Während ihrer ersten Schritte durch die Gästegruppen grüßte sie artig nickend nach rechts und links, ohne zu wissen, wen sie gerade vor sich hatte.

»Ich würde mich jetzt gern wegbeamen«, flüsterte sie Patrick zu, der einem Kellner zwei Champagnerkelche abnahm.

»Wohin denn? In eine Luxussuite hier im Haus? Mit mir? Da bin ich dabei.«

Sie trat ihm auf den Fuß, als sie ihm ein Glas abnahm. »Nein«, zischte sie. »In ein Beduinenzelt in der Wüste. Ganz allein!« Sie stießen an und der erste Schluck perlte erfrischend durch die Kehle.

»Sieh es doch mal so«, raunte Patrick. »Du bist bei einem fremden Volk irgendwo in Polynesien zu Gast und bemühst dich, deren Gepflogenheiten einzuhalten.« Julia prostete ihm zu und trank das Glas in einem Zug aus.

Dann war es mit der Tarnung vorbei. Aus der Menge trat ihr Vater, Karsten Schäfer, in elegantem Smoking mit seiner Frau Christine in einem federleichten cremefarbenen Tüllkleid auf sie zu. Ihrer beiden Blicke wanderten diskret über Patrick. Julia hielt die Luft an. War ja klar, dass dem hohen Preisgericht für angemessene Garderobe Patricks Anzug nicht zusagte. Sie wappnete sich für einen Konter, falls auch nur ein abschätziges Wort über Patricks Outfit fallen würde. Doch Karsten und Christine, begrüßten sie mit Wangenküssen und Komplimenten. Und während sie Christines Lob für die wundervolle Dekoration des Saales entgegennahm, beobachtete sie, wie ihr Vater Patrick kumpelhaft auf die Schulter klopfte.

»Warum hast du meine Perle, Frau Mommsen, weggeschickt?«, fragte er mit einem Lächeln, als rede er über Maiglöckchen. Ein versteckter Angriff auf offener Bühne.

»Oh, Patrick, du hast eine Frau abgewiesen? Wegen mir?«, warf Julia in übertrieben anzüglicher Manier ein, um das

Konfliktpotential zu neutralisieren. Patrick, unerfahren mit den Finessen ihres Vaters, verstand ihren Wink nicht. Anstatt sich ablenken zu lassen, erklärte er Karsten freundlich und offen, dass Frau Mommsen einfach nicht in das Team seiner Kanzlei gepasst habe. Bitte? Welches Team? Julia verschluckte sich fast am Champagner. Dass Patrick Karstens Bühnenkampf mit einer Lüge parierte, hätte sie ihm nicht zugetraut.

»Frau Pfeiffer, da sind Sie ja endlich!« Vor ihnen tauchte Frau Schlüter in hochgeschlossenem schwarzen Cocktailkleid und Klemmbrett in der Hand auf. Sie wirkte wie eine strenge Zeremonienmeisterin.

»Was ist denn, Frau Schlüter? Ich bin pünktlich, dem Anlass entsprechend gekleidet und in charmanter Begleitung«, verteidigte sich Julia mit Unschuldsmiene.

»Das ist alles sehr schön«, erwiderte Schlüter geduldig und tippte mit rotlackiertem Fingernagel auf das Klemmbrett. »Es ist höchste Zeit, die Ausstellung der Objekte für die Auktion freizugeben.« Mit ausgestrecktem Arm wies sie in die Richtung, in die sich Julia bitte, jetzt sofort, begeben sollte.

Julia drückte Patricks Arm zum Abschied. Damit wollte sie ihm eigentlich sagen, er solle sich nicht von ihrem Vater provozieren oder vereinnahmen lassen. Eine Botschaft, die zwar kaum mit einer unauffälligen Geste zu vermitteln war, aber aussprechen konnte sie das in Gegenwart ihres Vaters nun auch nicht.

»Nur Mut, eine Kleinigkeit für dich!«, sagte Patrick aufmunternd, womit klar war, dass er ihre Zeichen falsch gedeutet hatte. Daran müssen wir noch arbeiten, dachte sie und folgte ihrer Assistentin, die sich einen Weg durch die Menge zu dem Ausstellungsraum bahnte.

Vor der geschlossenen Tür zupfte Julia einen Zettel aus ihrem Täschchen, faltete ihn auseinander und bemerkte, dass Schlüter dafür gesorgt hatte, dass sich die Gäste um sie versammelten. Die Zeremonienmeisterin drückte ihr ein Glas Champagner für den Toast in die Hand. Angesichts der auf sie gerichteten erwartungsvollen Blicke schaffte Julia gerade noch ein freundliches Lächeln. Dann brach ihr der Schweiß aus, sie fühlte, wie wackelig sie in den High Heels stand, und die Buchstaben ihres vorbereiteten Redetextes verschwammen zu grauen Linien. Schlüters Nasenflügel blähten sich auf, Panik stach aus ihren Augen. ›*Wenn es brenzlig wird*‹, hatte Oma Belle gerne geraten, ›*dann kneife dich fest in die Innenseite des Handgelenkes. Das vertreibt den Schreck!*‹. Mit einem Champagnerglas in der Hand war das nicht so einfach, stellte Julia fest. Doch schließlich holte der stechende Schmerz sie aus der Starre. Unterstützt von dem Champagner, der nicht mehr im Glas, sondern durch ihren Körper prickelte, improvisierte sie. Humorvoll erinnerte sie an ihre Großmutter, die Gründerin er Stiftung, ihr Engagement für soziale Projekte und ihr Talent für strahlende Auftritte als Gastgeberin. Es folgte ein Toast auf Isabelle Kellermann-Schäfer, ein weiterer auf eine erfolgreiche Auktion und da Julias Glas leer war, öffnete sie formlos die Tür zum Ausstellungsraum.

Die Gäste applaudierten und Schlüter seufzte: »Das haben Sie schön gesagt, Frau Pfeiffer.«

Julia wollte so schnell wie möglich aus dem Rampenlicht verschwinden, doch der feste Griff der Zeremonienmeisterin hielt sie fest. Missbilligend klärte sie Julia auf, dass von ihr erwartet wurde, die wichtigsten Gäste an der Tür persönlich zu begrüßen. Julia beugte sich der strengen Anweisung, schüttelte Hände, ging auf Plaudereien ein und wünschte sich an den Nordpol.

»Sehr gut, ganz prima!«, säuselte Schlüter, wenn Julia die richtigen Worte für den Smalltalk mit diversen Honoratioren fand.

Als alle Namen auf Schlüters Liste mit einem Haken versehen waren und Julia erleichtert durchatmete, tauchte Dr. Eckart, der Justiziar der Stiftung auf. Der Jurist mochte weder Julias legere Art im Umgang mit den Mitarbeitern der Stiftung noch ihre Entscheidung, die Gelder für soziale Projekte aufzustocken. Julia wiederum missfiel Dr. Eckarts herzlose Art, Projekte in lohnenswert und sinnlos einzustufen, sowie seine Bestreben Mittel für die Förderung von klassischen Kammerkonzerten anzuheben. Meistens ging sie ihm aus dem Weg. Doch da stand er und reichte ihr die Hand. Sein Smoking saß perfekt, das dichte graue Haar war ordentlich gescheitelt und ein angestrengtes Lächeln zeigte blendend weiße Zähne.

»Frau Pfeiffer, ich gratuliere zu diesem wunderbaren Ambiente für den Jahresempfang. So viel Geschmack hätte ich Ihnen nicht zugetraut«, sagte er so laut, dass Umstehende es hören konnten.

Frau Schlüter räusperte sich und zupfte Julia unauffällig am Kleid. Die Warnung war mehr als überflüssig. Wenn jemand versiert darin war, versteckte Angriffe zu orten und abzuwehren, dann war es Julia.

»Vielen Dank«, säuselte sie zuckersüß. »Ich hoffe, Sie haben einen angenehmen Abend.«

»Nun, Ihr Bemühen in allen Ehren«, raunte Dr. Eckart ihr von oben herab zu. »Aber eine Party zu organisieren, macht noch keine gute Vorsitzende aus Ihnen.« Damit ließ er Julia stehen und schloss sich den Gästen an, die in den Ausstellungsraum strömten.

»Prima pariert«, lobte Frau Schlüter.

»Nur äußerlich, Schlüter, innerlich ist mir übel«, erwiderte Julia, nahm ihrer Assistentin ein Champagnerglas ab und leerte es in einem Zug.

Sie entdeckte Patrick an einer Säule lehnend. Leider standen ihr Vater und Christine ebenfalls dort. Alle drei beobachteten sie. Na toll! Eine Jury, die ihr später garantiert eine genaue Analyse ihrer Fehler auftischen würde. Da können sie sich gleich mit Dr. Eckart und Schlüter zusammentun. Als wäre das hier eine Prüfung! Als wollte sie irgendeinen Schein machen, der beurkundete, dass sie sich in den erlauchten Kreis von Schickimicki bewährt hatte. Sie entschied, sich nicht der kritischen Beurteilung ihres Vaters auszusetzen, und winkte Patrick zu sich.

»Würdest du mir bitte noch einmal deinen starken Arm anbieten«, bat sie, als Patrick vor ihr stand. »Meine Füße tun weh und nach dem Champagner bin ich etwas wackelig.«

»Aber gern doch«, feixte Patrick mit einer leichten Verbeugung. Julia schnitt ihm eine Grimasse und hoffte, dass niemand sie beobachtete.

»Dein Vater ist übrigens sehr angetan von deinem Auftritt als Grande Dame der Veranstaltung«, sagte Patrick, während sie den Ausstellungsraum betraten.

»Ach ja?«, entgegnete sie skeptisch. »Dann hat er heute ausgesprochen gute Laune, oder hat er dir gegenüber doch noch eine Bemerkung über die Qualität deines Anzugs gemacht?«

»Hat er.«

»Und hat er dir die Adresse seines Schneiders genannt?«

»Das auch. Und obwohl ihm mein Anzug offensichtlich nicht gefällt, hat er mir die Visitenkarte eines Bankkunden gegeben.« Zum Beweis zog er die Karte aus der Tasche. »Eine junge Start-up Truppe braucht anwaltlichen Rat.«

Julia pfiff anerkennend. »Dann hast du bei ihm ein Stein im Brett.«

Sie schlenderten an den Vitrinen vorbei, in denen die Spenden für die Auktion präsentiert wurden. Darin reihten sich Schmuckstücke an Gutscheine für Wochenenden in einem Wellness-Hotel, Damenhandtaschen bekannter Modemarken, das Skizzenbuch eines Künstlers, das Trikot eines Fußballstars. An den meisten Gegenständen verriet ein Schild die Namen der Spender.

»Schade«, seufzte Julia. »So edel sind die Herrschaften dann doch nicht. Sie wollen schon, dass jeder sieht, wie großzügig sie gespendet haben.«

»Ja, das macht sie geradezu menschlich. Wenn ich einen Wunsch äußern darf, dann hätte ich gern den dicken goldenen Füllfederhalter dort. Der kommt von Prof. Dr. Kleinhardt, dem Chef des Verfassungsgerichts. Wenn ich mit dem fetten Teil Dokumente unterschreibe, macht das sicher Eindruck.«

»Gehört so ein dicker Füller zu den Statussymbolen eines Anwalts? Hat Papas Mitarbeiterin, die du so schnöde in die Wüste geschickt hast, dir dazu geraten?«

»Mommsen, Frau Erika Mommsen«, erklärte Patrick amüsiert. »Ja, das würde ihr gefallen, wenn so ein Füller auf meinem Schreibtisch läge.«

Sie bewegten sich mit der Schlange weiter, bis laute Stimmen durch den Raum hallten. Bevor Julia feststellen konnte, woher die aufgeregten Rufe kamen, zupfte Frau Schlüter bereits an ihrem Arm und deutete auf eine Menschentraube am Ende der Vitrinen Reihe. »Ich glaube, Sie sollten sich darum kümmern.«

Julia versuchte, durch die Menge hindurch zu erkennen, was vor sich ging. Eine laute schimpfende Gruppe von Gästen drängte sich um die Staffelei, auf der das Porträt präsentiert wurde, das Schröder für die Auktion gestiftet hatte. Doch die Staffelei war leer. Ein Gast in Smoking hielt das Bild mit beiden Händen fest und wehrte sich gegen einen Mann der Sicherheitsfirma, der es ihm abzunehmen versuchte. Die Menschen umringten die rangelnden Männer und protestierten gegen die Unvernunft des sturen Gastes.

»Ich denke, es ist ratsam, auch die anderen Sicherheitsleute zu rufen«, meinte Schlüter zaghaft.

»Ach was!«, erwiderte Julia unbeeindruckt. »Einen Streit zu schlichten, ist leichter zu bewerkstelligen als dieser Begrüßungsmarathon vorhin.« Sie zog die High Heels aus, drückte sie dem irritierten Patrick in die Hand und drängte sich barfuß durch die Menge in die Mitte des Kreises.

»Was ist hier los?«, fragte sie mit durchdringender Stimme. »Worum geht es?«

»Er will das Gemälde nicht wieder hinstellen«, schimpfte der Sicherheitsmann atemlos mit rotem Gesicht. Wieder packte er den Missetäter, der das Bild an seine Brust drückte, am Ärmel. Julia wies ihn mit einer beschwichtigenden Geste an, den Gast loszulassen. Der Unruhestifter wirkte aufgewühlt und außer sich, das rundliches Gesicht sowie die Halbglatze glänzten schweißnass und sein Blick glich dem eines gehetzten aber kampfbereiten Tieres. Julia forderte die neugierig und besorgt vordrängenden Gäste mit knappen Anweisungen an, zwei Schritte zurückzutreten.

Dann erst wandte sie sich an den Störenfried. Sie schätzte ihn auf Mitte fünfzig. Er war nur wenig größer als sie, trug einen Smoking mit Kummerbund, der sich um einen rundlichen Bauch spannte. In sachlichem Ton stellte Julia sich vor und fragte den Mann, der sie ansah, als wollte er ihr an die Gurgel gehen, was sie für ihn tun könne.

»Sie für mich? Dass ich nicht lache!«, zischte der Mann, wobei er Julia mit einem Blick taxierte, in dem sich Zorn, Entsetzen und Verachtung mischten. Julia atmete durch, und kniff sich zum zweiten Mal an diesem Abend fest in die Innenseite des Handgelenkes.

»Vielleicht sagen Sie mir erstmal Ihren Namen.«

»Von Groningen, Herbert von Groningen. Und dieses Bild dürfen Sie nicht verkaufen!«

Julia bemerkte, dass sich Patrick ihr Vater und Dr. Eckart durch den dichten Kreis der Schaulustigen gedrängt hatten.

Hoffentlich hielten sie sich da raus. Julia forderte die Männer mit strengem Blick auf, Abstand zu halten. Dann wandte sie sich wieder von Groningen zu und fragte, was ihn mit dem Bild verbinde. Von Groningen entspannte sich ein wenig. Er drehte das Bild um, so dass das Porträt für jeden zu sehen war und hielt es Julia entgegen.

»Das Bild gehört mir«, behauptete von Groningen. »Es zu versteigern, wäre Hehlerei, denn dieses Porträt muss von einem Dieb gestiftet worden sein.«

»Herr von Groningen, wie kann das Ihr Gemälde sein?«, fragte Julia. »Es wurde von einer durch und durch vertrauenswürdigen Person für diese Auktion gespendet.«

»Ach ja?«, höhnte von Groningen mit neu aufflammender Wut. »Wo ist er denn?« Er sah sich theatralisch suchend in der Menge um. »Zu feige, sich zu zeigen? Wäre ich auch, wenn ich Diebesgut auf diese Weise loswerden wollte.«

»Herr von Groningen, Sie gehen eindeutig zu weit!«, erwiderte Julia heftiger als beabsichtigt.

»Das werden wir ja sehen«, zischte von Groningen, zog sein Handy aus der Tasche und wischte über das Display. »Ich rufe jetzt die Polizei, die soll das klären.«

Polizeibeamte auf dem Jahresempfang von Oma Bells Stiftung! Julia fuhr es eiskalt durch die Glieder. Sie atmete durch, überlegte und entwarf eine Strategie. Zuerst fragte sie ihre bleich am Rande stehende Schlüter, ob sie einen Raum wisse, wo sie mit von Groningen in Ruhe reden könne. Als diese eifrig nickte, bat Julia ihren Vater, ob er für sie die Leitung der Auktion übernehmen würde. Auch dieser willigte wortlos ein.

»Keine Anweisung für mich?«, fragte Patrick erstaunt. »Soll ich dich begleiten? Als Anwalt oder als Beschützer?«

»Du darfst auf die Mörderschuhe aufpassen«, antwortete Julia und hauchte ihm einen Kuss auf die Wange. Dr. Eckart grinste schadenfroh aus der Menge. Der kam ihr gerade recht! Sie schwang ihr Glitzertäschchen über die Schulter, lächelte dem Justiziar zu und drehte sich von Groningen zu.

»Wenn Sie einverstanden sind, dann unterhalten wir uns unter vier Augen«, bot sie dem verstörten Gast an.

»Von mir aus«, raunzte dieser und drückte das Bild wieder demonstrativ an seine Brust. Die Musik setzte ein und lockte die Gäste zurück in den großen Saal, wo Karsten sie bereits mit dem Auktionshammer in der Hand auf der Bühne stehend erwartete. Schlüter führte Julia und von Groningen in ein Konferenzzimmer. Sie atmete erleichtert auf, als Julia sie bat, gemeinsam mit dem Sicherheitsmann draußen zu warten.

Kaum hatte Julia die Tür des Konferenzraumes geschlossen, war alles still. Nur in ihrem Kopf rauschten das Geraune und Schimpfen, die Musik und Schlüters Anweisungen nach.

»Kaffee oder Champagner?«, bot Julia von Groningen an, der seufzend auf einen Stuhl sank.

»Nein, danke. So viel Zeit werden wir hier nicht brauchen.« Er legte das Porträt behutsam auf den Tisch, zog ein Taschentuch hervor und tupfte sich den Schweiß von Gesicht und Glatze. Während Julia zwei Gläser Wasser eingoss, fragte sie sich, welche Geschichte mit dem Porträt eines jungen Mannes zusammenhing. Offensichtlich war sie noch nicht zu Ende. Wie sollte sie von Groningen erklären, wie das Bild zu der Auktion gekommen war? Mit Schröders Brief, den sie in der Tasche hatte? Nein, sie würde Schröder so lange wie möglich aus der Angelegenheit raushalten. Dessen Tätigkeit rund um die Erinnerungsstücke würde von Groningen ganz sicher nicht glauben. Dafür war er zu aufgewühlt, zu wütend – zu sehr Teil der Geschichte des Erinnerungsstückes. Sie setzte sich dem Mann gegenüber, dessen Augen wie erstarrt auf das Porträt gerichtet waren.

»Sie sehen sehr müde aus. Was halten Sie davon, wenn wir das Gespräch verschieben?«, schlug sie vor. Von Groningen hob den Kopf, sah sie an. Obwohl sein Blick voller Trauer war, zeigte sich um seinen Mund herum kalte Entschlossenheit. »Was schlagen Sie vor?«

Julia überlegte nicht lange. »Wir treffen uns nächste Woche in der Geschäftsstelle der Kellermann-Stiftung. Das Bild übergeben Sie dem Mann von der Sicherheitsfirma. Der bringt es umgehend zur Stiftung. Frau Schlüter begleitet ihn. Sie kennt die Kombination des Safes. Sie schließen das Bild ein, wo es bis zu unserem Treffen sicher verwahrt bleibt. Selbstverständlich dürfen Sie gerne mitfahren, damit Sie sich überzeugen können, dass alles so ausgeführt wird.«

Von Groningen schüttelte den Kopf und schob das Bild über den Tisch zu Julia. »Nicht nötig«, sagte er. »Ich werde mit meinem Anwalt kommen. Sie sollten sich auch entsprechend vorbereiten.«

Nachdem sich der Sicherheitsmann und Frau Schlüter mit dem Bild auf den Weg gemacht hatten, von Groningen sich durch die Hintertür verdrückt hatte, verließ Julia als letzte den Konferenzraum. Patrick saß, die Beine ausgestreckt, die Arme verschränkt, den Kopf gegen die Wand gelehnt, dösend auf der Bank neben der Tür. Die High Heels lagen neben ihm. Sie nahm die Schuhe, setzte sich und lehnte den Kopf an seine Schulter.

»Tanzt du heute noch mit mir?«, murmelte Patrick schläfrig.

»Auf jeden Fall. Aber ohne die High Heels. Außerdem müssen wir noch beruhigende Gerüchte streuen.«

»Du meinst so was wie ›*Alles einvernehmlich geklärt*‹ und ›*Missverständnisse beseitigt*‹?«

»Ja genau. Ein paar Nebelkerzen zünden, damit die Fantasie der Leute gar nicht erst bunt aufblüht.«

»Und wie ging deine Verhandlung wirklich aus?«

»Sie wurde auf nächste Woche vertagt.«

»Vertagen ist oft eine kluge Strategie. Wenn du einen Anwalt brauchst, ich habe noch Luft im Terminkalender.«

Auf dem Weg zum Saal, der swingenden Musik der Bigband entgegen, warf Julia ihre High Heels in einen Abfalleimer. Sie tanzten einige Runden, dazwischen beantworteten sie unbekümmert heiter die Fragen der Gäste nach dem unverschämten von Groningen und passten dabei auf, Karsten aus dem Weg zu gehen. Dessen kritischen Verhör wollte sich Julia an diesem Abend nicht mehr aussetzen.

»Na, ist doch gar nicht so schlecht gelaufen«, murmelte Patrick, als sie im Taxi nach Hause fuhren. Julia lehnte sich an ihn und zog die Beine auf die Sitzbank.

»Ja, ganz klasse!«, stöhnte sie. »Wenn das meine einzige Aufgabe als Vorsitzende der Stiftung wäre, würde ich sofort hinschmeißen.«

»Auf jeden Fall hast du bewiesen, dass du eine Führungspersönlichkeit bist. So wie du deinen Vater herumkommandiert hast. Alle Achtung!« Patrick lehnte seinen Kopf gegen Julias und schloss die Augen.

»Hey dahinten!«, schnauzte der Fahrer. »Nicht kotzen und nicht schlafen und kein Liebesgedöns da hinten, verstanden? Das ist ein anständiges Taxi.«

Kapitel 6

Es klingelte dreimal an der Haustür. Schröder kam gerade aus dem Bad und knöpfte das Karohemd zu. Er hatte noch nicht einmal die Kaffeemaschine in Gang gesetzt, geschweige denn einen Blick in die Zeitung geworfen. Der Tag hatte für ihn praktisch noch gar nicht angefangen. Wem um alles in der Welt kam es in den Sinn, zu dieser unchristlichen Zeit bei der Louisenstraße 13 in befehlsartiger Manier den Klingelknopf zu malträtieren?

Wer auch immer das war, er wollte nicht zu ihm, soviel war sicher. Das erkannte Schröder an dem Ton, den der Klingelknopf auslöste. Für seine Wohnung schepperte eine Glocke, bei allen anderen hörte er das Kratzgeräusch einer gequälten Leitung, das es nicht bis nach oben schaffte. Sebastian Gerlach, seinem Neffen, dankte Schröder oft für seine Hilfe bei der Renovierung der Wohnungen. Nicht, dass der Chef der Gerlach Bau GmbH davon etwas mitkriegen würde. Es war eher ein stiller Dank, den Schröder in sich hinein murmelte. Es wäre allerdings Zeit, dass Sebastian seinen Elektriker vorbeischickte, um auch die neue Klingelanlage zu montieren.

»Ich komme mir vor wie ein Concierge, der die Besuche im Haus kontrolliert«, schimpfte Schröder, wenn er Gäste für Patrick oder Julia ins Haus ließ. Vor vier Monaten, als nur Patrick und er im Haus gewohnt hatten, war eine Klingelanlage überflüssig gewesen. In Patricks Kanzlei waren nur wenige Mandanten gekommen und Besuch hatte er auch kaum gehabt. Wenn Patrick Freunde treffen wollte, dann hatte er das auswärts getan. Schröder selber war froh gewesen, wenn er niemanden sehen musste. Doch seit sich die Fälle in der Kanzlei häuften und Julia im Haus wohnte, ging es zu wie im Taubenschlag. Zumindest kam es Schröder so vor. Dabei, so rechnete Patrick ihm vor, kamen in einer Woche nicht mal eine Hand voll Besucher, die klingeln mussten. Denn sobald Schröder den Laden aufschloss, hängte er ein Schild an die Haustür, mit dem er die Besucher durch das Antiquitätengeschäft in das Haus lenkte.

Aber so spät war es noch gar nicht. Es war, Schröder schaute auf die Küchenuhr, gerade Mal halb acht. Vor der Tür stand Karsten, perfekt gekleidet und frisiert, als erwarte er heute noch einen Staatsbesuch.

»Guten Morgen, Robert. Wieso machst du auf?«, fragte er, schüttelte Schröder die Hand und betrat das Haus. »Ich habe bei Julia geklingelt.«

»Die Klingelanlage ist noch nicht installiert.«

»Du meine Güte. Ich schicke dir den Hausmeister der Bank vorbei. Der macht so eine Kleinigkeit mit Links.« Karsten wies mit der Hand zur Treppe. »Ist Julia schon aufgestanden?«

»Woher soll ich das wissen?«, brummte Schröder.

Sollte er Karsten darauf hinweisen, dass Julia wahrscheinlich in Patricks Wohnung zu finden war? Wusste Karsten, wie es um die beiden stand? Welch ein Ausdruck. Als ob sie an einer Krankheit litten. Andererseits, erinnerte er sich beschämt, konnte sich der Zustand des Verliebtseins durchaus wie eine schmerzende, unheilbare Sucht anfühlen. Falls Karsten bisher blind gewesen war und das offensichtliche Geflimmer zwischen Patrick und Julia nicht bemerkt hatte, würde er es herausfinden.

Noch bevor Schröder die Zeitung aus dem Postfach gezogen und die Haustür wieder zugedrückt hatte, war Karsten, schwungvoll zwei Stufen auf einmal nehmend, auf halbem Weg zu Julias Wohnung im zweiten Stockwerk.

Schröder kehrte zu seiner Morgenroutine zurück. Er nahm sich vor, heute noch Sebastian anzurufen, um ihm so freundlich, wie es ihm möglich war, Druck zu machen. Nicht, dass wirklich noch Karstens Hausmeister in der Louisenstraße herumfuhrwerkte. Er traute dem Bankdirektor zu, dass er so ein neumodisches Blinkdings einbauen ließ, bei dem man Zahlen eingeben oder Apps benutzen musste, nur um die Tür zu öffnen. Sowas kam ihm nicht in die Louisenstraße 13.

Schröder wappnete sich. Karsten würde bestimmt nach seinem Besuch bei Julia, auch bei ihm vorbeischauen. Er würde natürlich nicht viel Zeit haben, das war klar. Um als Bankchef Zeit zu haben, musste man den Terminkalender hintergehen, indem man Minuten unterschlug. So viel hatte Schröder während ihrer noch jungen Vater-Sohn-Beziehung schon gelernt. Aber Karsten legte großen Wert auf korrekte Umgangsformen. Und das Haus des Mannes, der ihm seit einigen Monaten als sein leiblicher Vater bekannt war, ohne eine kurze Konversation zu verlassen, wäre eindeutig unhöflich gewesen.

Schröder stellte gerade das Frühstücksgeschirr in die Spülmaschine, als er das Klopfen an der Wohnungstür hörte. Er stieß einen Laut aus, der als »Ja« oder »herein« interpretiert wurde, denn in ein Wortgefecht verheddert, betraten Karsten, Julia und Patrick die Küche. Karsten hatte die beiden anscheinend aus dem Bett geholt. In Bademäntel vergraben und mit verschlafenen Blicken waren sie Karstens morgendlicher Fitness nicht gewachsen.

»Du sollst dich nicht einmischen!«, wies Julia ihren Vater genervt zurecht.

»Ich habe an deiner Stelle die Auktion geleitet«, entgegnete Karsten, wobei er mit dem rechten Zeigefinger in seine linke Handfläche tippte, als stünde darin die unumstößliche Wahrheit. »Deshalb muss ich mich nicht einmischen. Es geht mich direkt etwas an. Es geht um …«

»… die Reputation und das Ansehen der Stiftung. Ich weiß!«, führte Julia den Satz stöhnend zu Ende.

»Außerdem ist von Groningen ein guter Kunde des Bankhauses Kellermann. Ich muss wohl nicht betonen, wie unangenehm das wäre, wenn durch deine Einfalt ...«

»Papa es reicht!«, fuhr Julia dazwischen.

Schröder füllte drei Becher mit Kaffee und stellte sie auf den Tisch.

»Entschuldige, Robert, dass wir dich überfallen«, sagte Patrick, trank einen Schluck schwarzen Kaffee und setzte sich an den Tisch. Julia tat es ihm gleich. Karsten fragte höflich, ob er sich setzen dürfe, bevor er Platz nahm.

»Was ist los?«, fragte Schröder, als für zwei Sekunden Stille zwischen den Parteien herrschte. Patrick setzte zu einer Erklärung an, wurde aber von Karsten überholt.

»Julia hat in ihrer unbedachten Art«, begann er mit vorwurfsvollem Ton, »gestern Abend ein Gemälde, um genau zu sein, ein Porträt eines jungen Mannes, als Objekt für die Auktion der Stiftung mitgebracht, zu dem sie nicht einmal eine Expertise vorweisen kann.«

Julia fuhr sich stöhnend durchs Haar. »Nur, weil von Groningen ein Kunde von dir ist, regst du dich so auf. Aber, stell dir vor, es geht nicht immer nur um die Bank.«

»Ich verstehe nicht«, sagte Schröder.

»Dein Gemälde wurde nicht versteigert«, erklärte Patrick sachlich. »Ein Herr von Groningen meldet Besitzansprüche an.«

»Vor allen Gästen!«, fügte Karsten empört an.

»Ja, Papa. Wir wissen es, wir waren dabei«, warf Julia ein.

»Robert aber nicht. Und um ihn geht es anscheinend. Oder habe ich da was falsch verstanden?«, konterte Karsten.

Schröder wurde es flau im Magen.

»Das ist doch jetzt völlig egal!«, entgegnete Julia. »Nächste Woche kläre ich das mit von Groningen.«

»Du? Allein?«, blaffte Karsten. »Du redest kein Wort mit

dem Mann! Ich schicke dir unseren Hausanwalt. Sag mir, wann und wo du dich mit von Groningen triffst.«

»Papa, jetzt mal halblang! Ich bin die Vorsitzende der Stiftung und als solche werde ich mit Groningen reden. Deinen Anwalt brauche ich dazu nicht.«

Karsten wedelte hilflos mit den Armen. »Julia, du bist eine unerfahrene Vorsitzende auf Probe, eingesetzt von einer Großmutter, die dich, was Verwaltungsdinge betrifft, überschätzt hat. Wenn du ihre Stiftung, ihr Erbe schützen willst, richtest du dich nach dem Anwalt, den ich dir schicken werde!«

Julia schloss die Augen, atmete durch und schüttelte entschieden den Kopf.

»Du bist immer noch so ein Sturkopf!«, schimpfte Karsten und schlug mit der flachen Hand auf die Tischplatte.

»Ich werde Julia begleiten«, sagte Patrick.

Julia funkelte ihn wütend an und Karsten entspannte sich. »Danke, Patrick. Das beruhigt mich.« Karsten warf einen Blick auf die Uhr und stand auf. »Ich muss los. Vielleicht klärt ihr das erstmal mit Robert und berichtet mir dann.« Im Vorbeigehen klopfte er Schröder kameradschaftlich auf die Schulter. »Der ganze Ärger tut mir leid.«

Kaum hatte er das Haus verlassen, lehnte sich Julia zurück. »Verräter!«, schimpfte sie und warf Patrick durch schmale Augenschlitze einen giftigen Blick zu.

»Moment mal!«, protestierte er. »Wolltest du jetzt noch ewig mit deinem alten Herrn herumstreiten? Ich hatte dir doch sowieso angeboten, dich zu dem Termin zu begleiten.«

»Und? Hast du gehört, dass ich angenommen habe?«, fauchte Julia, stand auf, nahm ihre Tasse, wünschte Schröder einen guten Morgen und verließ die Küche.

Patrick warf stöhnend den Kopf in den Nacken. »Was habe ich falsch gemacht?«, fragte er in Richtung Decke.

Schröder setzte sich an den Tisch. »Du hast ihr doch die Wohnung angeboten«, gab er schmunzelnd zu Bedenken. »Erzähl mir lieber, was gestern Abend los war. Was heißt, jemand hat Besitzansprüche auf das Bild angemeldet?«

Patrick fasste von Groningens Auftritt bei dem Empfang der Stiftung mit wenigen Worten zusammen. »Im Grunde ist noch gar nichts geklärt. Wie er seinen Anspruch begründet oder was er mit dem Porträt zu tun hat. Das wird nächste Woche besprochen. Weißt du mehr darüber? Verrät die Geschichte des Erinnerungsstückes irgendetwas?«

»Nein«, antwortete Schröder, stand auf und stellte seinen Kaffeebecher in die Spüle.

»Du wirst die Geschichte des Porträts wahrscheinlich erzählen müssen, um aufzuklären, wie Julia an das Bild gekommen ist«, gab Patrick zu Bedenken.

»Mal sehen«, murmelte Schröder, nahm den Ladenschlüssel vom Haken und betrat den Hausflur.

Schröder betrachtete den Himmel. Der kündigte einen bedeckten aber regenfreien Herbsttag an. Er beschloss, noch einmal die Sommerdekoration aufzubauen. Dazu gehörten zwei Gartenstühle vor dem Schaufenster, die blauweiße Marquise und ein buntes Windspiel aus Glas. Widerwillig musste er zugeben, dass ihm das Tüttelzeug Freude machte.

Julia hatte dafür gesorgt. Das Antiquitätengeschäft sollte einladender wirken, weniger streng und beängstigend. Es funktionierte. Nachbarn, Touristen und zufällige Passanten wagten sich inzwischen öfter in den Laden. Auf Julias Empfehlung hin, stellte Schröder auch die günstigeren Waren wie Figurinen, Häkeldeckchen, einzelne Becher und Gläser als Blickfang und Appetithappen im Eingangsbereich aus. Julias Fotografien von exotischen, handwerklichen Kunstgegenständen, die in lockerer Folge an den Wänden hingen, verliehen dem Antiquitätenladen mehr Leichtigkeit.

Nachdem er seine Runde durch den Laden abgeschlossen hatte, ließ er sich schwer auf die Chaiselongue sinken. Von Groningen – dieser Name sagte ihm gar nichts. Nach dem, was ihm Patrick von der Versteigerung erzählt hatte, war klar, dass er das Erinnerungsstück zu leichtfertig dem Trubel der Welt zurückgegeben hatte. Wie hätte er aber auch ahnen sollen, dass einer, der anscheinend Teil der Geschichte des Bilds war, auf dieser Auktion auftauchen würde. Jetzt hatte er den Salat und Julia den Ärger und das ergab alles einen viel zu großen Schlamassel. Es hätte doch wenigstens ein Herr Schmidt, Müller oder Kunz sein können, der das Porträt erkannte – ein Mann aus der grauen Masse der Stadt – nein es musste jemand sein, der Kunde in Karstens Bank war und ein *von* in seinem Namen trug!

Wie war das damals gewesen, als der Mann sein Porträt abgegeben hatte? Hatte er etwas übersehen oder vergessen? Schröder erinnerte sich nur, das Erinnerungsstück wie immer anonym und urteilsfrei angenommen zu haben. Er hatte das Bild ordentlich gelagert und die Geschichte erinnert – Punkt aus – für mehr war er nicht verantwortlich. Bei den Erinnerungsstücken war er sehr penibel. Da war ihm noch nie ein Fehler unterlaufen. Und das hatte, wie Schröder inzwischen wusste, einen bestimmten Grund. Denn nur, indem er seine ganze Aufmerksamkeit darauf gerichtet hatte, sich die Erinnerungen Fremder bis auf das i-Tüpfelchen genau einzuprägen und regelmäßig aufzufrischen, war er in der Lage gewesen, die dramatischen Ereignisse seines eigenen Lebens so lange vor sich selbst zu verstecken. Die Erinnerungsstücke hatte er wie Mauern um seine eigenen Erinnerungen hochgezogen.

»Du grübelst«, stellte Patrick fest, der sich zu Schröder in einen dick gepolsterten, mit Fransen verzierten Stuhl aus dem

19ten Jahrhundert setzte. »Mach dir keinen Kopf, Robert. Das mit dem Bild klärt sich sicher schnell auf.«

Schröder setzte sich auf. »Hoffentlich! Trotzdem tut es mir leid, euch in so eine unschöne Situation gebracht zu haben. Julia ist sicher wütend auf mich, was?«

»Ach was, nicht auf dich. Sie ist ziemlich angefressen wegen Karstens aufgeblasenen Auftritts vorhin.« Patricks Handy spielte eine orientalische Melodie. »Hat Julia mir installiert«, sagte er lächelnd, während er das Display prüfte. »Sie will unbedingt die Reiselust in mir wecken.« Er nahm das Gespräch an, stand auf, redete zwei Sätze und setzte sich wieder hin.

Schröder sah ihn fragend an. »Was machst du hier mitten am Vormittag? Keine Arbeit in der Kanzlei?«

»Alexander Schott heißt die Arbeit und kommt gleich durch die Ladentür«, antwortete Patrick und erzählte von seinem Pflegebruder. Wie dieser als Mandant in der Kanzlei aufgetaucht war und wie er selbst sich beim Verhör durch Hauptkommissar Precht ausgesprochen unprofessionell verhalten hatte. »Komische Sache mit der Vergangenheit«, stellte Patrick fest. »Ich war dreizehn Jahre alt, als ich von den Fischers abgehauen bin. Keine Ahnung, was die sich damals gedacht oder ob sie sich Sorgen gemacht haben. Ich habe nicht mehr an sie gedacht, obwohl sie als Pflegeeltern ganz okay waren.«

Schröder beobachtete, wie Patrick seinem Blick auswich, sich nervös die Hände rieb und auf dem Stuhl herumrutschte, als säße er auf einem Nagelbrett.

»Wirst du die Fischers besuchen?«, fragte er.

Patrick zuckte mit den Schultern. »Doch, ja – ich weiß nicht.« Er stand auf und deutete auf die Ladentür. »Da kommt Alex ja schon.« Patrick winkte jemanden herein, in dem Schröder den jungen, schlaksigen Totengräber erkannte, dem er bereits eine dunkle Geschichte vorausgesagt hatte.

»Hi!« Alex stellte sich neben Patrick und hob grüßend die Hand.

»Das ist Alexander Schott, mein Mitpflegling aus vergangenen Zeiten und das …«, er deutete auf Schröder, »ist Robert Schröder, Antiquitätenhändler, Hausbesitzer und Pflegevater. Nein, eigentlich nur Vater.«

»Der Wievielte?«, fragte Alex mit schiefem Grinsen.

»Benimm dich!«, mahnte Patrick. Dass Alex als dunkle Gestalt erschien, bemerkte Schröder, lag ausschließlich an seiner äußeren Erscheinung. Seine Miene hatte helle, freundliche Züge und sein Lächeln wirkte ehrlich.

»Alex wird mir etwas in der Kanzlei helfen«, erklärte Patrick. »Möbel rücken, putzen, vielleicht Telefondienst, falls er sich ordentlich ausdrücken kann.«

»Ja, ich muss das Anwaltshonorar abarbeiten. Nicht gerade brüderlich. Ist er sonst auch so?«, fragte Alex und wich Patricks Seitenhieb aus.

»Nein, kann ich nicht bestätigen«, antwortete Schröder und reichte Alex die Hand. »Willkommen in der Louisenstraße 13.«

Als die beiden abgezogen waren, sah sich Schröder im Laden um. Was war zu tun? Den Kronleuchter hatte er schon lange nicht mehr abgestaubt. Sehr praktisch! Wenn er auf der Leiter stand und sich mit dem Wedel aus Straußenfedern abmühte, betrat meistens kein Kunde den Laden. Das war ihm ganz recht.

Kapitel 7

Mitten auf einer unübersichtlichen Kreuzung wäre Patrick beinahe von einem Linksabbieger vom Rennrad gefegt worden. Die Portion Adrenalin und der Schock schrillten noch in seinen Muskeln, als plötzlich ein Fußgänger vor ihm auftauchte. Patrick legte eine Vollbremsung hin. Er kam zwei Zentimeter vor dem Hosenbein des Manns zum Stehen, sah sekundenlang in dessen vom Schreck verzerrtes Gesicht und als Zornesröte in diesem aufstieg, trat Patrick in die Pedale. Er hörte den Mann hinter sich brüllen. Was ihm einfiele, einfach abzuhauen, er solle sich wenigstens entschuldigen und Radfahrer seien alle miese Verbrecher. Für eine Entschuldigung hatte Patrick aber keine Zeit. Außerdem: Der Fahrradweg war für Fahrradfahrer reserviert und nicht für Fußgänger. Wenigstens auf diese verdammt einfache Regel sollte man sich einigen können. Dieser selbstgefällige Tölpel hätte sich bei ihm entschuldigen müssen! Aber auch dafür hatte Patrick keine Zeit.

Alex hatte ihn vor einer halben Stunde aus dem Bett geklingelt. Precht stehe mit fünf Polizeibeamten und einem Durchsuchungsbefehl vor seiner Tür, hatte er empört ins Handy gebrüllt. Wenn der Hauptkommissar glaubte, tun und lassen zu können, was er wollte, dann hatte er sich geschnitten. Alex Wohnung durchsuchen! Was glaubte er bei ihm zu finden? Drogenpäckchen im Küchenschrank? Lächerlich!

Patrick spurtete an einer Reihe parkender Autos vorbei. Zack! Kurz vor ihm öffnete sich eine Fahrertür – ein Schlenker, den er gerade noch ausbalancierte, bewahrte ihn vor dem Aufprall. Schluss! So würde er nicht bei Alex, sondern im Krankenhaus landen. Bei der nächsten Gelegenheit schloss er das Rennrad an einen Laternenmast und stieg in ein Taxi.

»Konradsiedlung, August-Bebel-Straße«, sagte er der Fahrerin, die ihn murrend über den Rückspiegel betrachtete. »Ungern!«, maulte sie Kaugummi kauend. »Gibt es kein schöneres Ziel, zu dem Sie fahren könnten?«

»Gäbe es, aber leider nicht jetzt.« Patrick lehnte sich zurück.

Die Fahrerin stöhnte und murmelte etwas von verkrachter Gegend und Pöbel, der nicht zu retten sei, setzte den Blinker und fädelte in den Verkehr ein. Patrick atmete tief durch. Jetzt konnte er, ohne Kopf und Kragen zu riskieren, seinen wirren Gedanken freien Lauf lassen. Schließlich brachte ihn das Taxi nicht nur physisch in seine Vergangenheit.

Seit Alex bei ihm in der Kanzlei aufgetaucht war, wuchsen Erinnerungsfäden wie Tentakel aus dem Untergrund in seine Gedanken. Es fiel ihm schwer, Alex Fall mit der notwendigen professionellen Distanz zu behandeln. Er musste die Fahrt in die Konradsiedlung nutzen, um sich zu beruhigen. Seinen dringlichen Wunsch, Hauptkommissar Precht einmal durch den Fleischwolf und wieder zurückzudrehen, unter Kontrolle bringen. Alex brauchte ihn als Anwalt und nicht als herumwütenden Pflegebruder, oder wie man ihr Verhältnis bezeichnen wollte. Dass Alex immer noch in demselben Hochhaus wohnte wie die Fischers, machte die Fahrt nicht einfacher.

Als die Taxifahrerin den Wagen über die Abfahrt von der Schnellstraße in die Konradsiedlung lenkte, breitete sich in Patrick ein seltsames Gefühl aus. Waren das Schuldgefühle? Schließlich hatte er sich als Jugendlicher davongemacht, ohne einen Blick zurückzuwerfen. Und als er bei Schröder einen sicheren Platz zum Bleiben gefunden hatte, war er nie auf den Gedanken gekommen, die Fischers oder wenigstens Alex zu besuchen. Vielleicht mischte sich eine Spur sentimentales Wiedererkennen in den Gefühlsmix, der ihm einen trockenen Mund und erhöhten Puls bescherte.

Sie fuhren an Wohntürmen vorbei, die wie zufällig im Gelände verteilt in den Himmel ragten. Die Fassaden in ausgeblichenem Ocker oder Grau, Straßen und Gehwege holprig, mehr gepflasterte Flächen als Grünanlagen und Müll, der sich in den Ecken und Rinnen sammelte. Eigentlich hatte sich nichts verändert, stellte Patrick fest, außer dass alles abgenutzter erschien als vor zwanzig Jahren. Die Kinder spielten immer noch vor den Hauseingängen, Jugendliche saßen in Gruppen auf Mauern und hörten laut Musik, die aus großen schwarzen Boxen dröhnte. Frauen und Männer standen rauchend vor dem heruntergekommenen Supermarkt. Halbstarke Teenager in Trainingsanzügen warfen sich einen Basketball zu und Frauen saßen auf den Bänken um den Spielplatz, neben sich einen Kinderwagen.

»Wo genau soll ich Sie rauslassen? Zu welcher Hausnummer wollen Sie?« Die Taxifahrerin fuhr langsam die August-Bebel-Straße entlang.

»Halten Sie dort bei den Streifenwagen, bitte.« Patrick deutete auf einen Parkplatz. Um drei Polizeiautos hatte sich eine Menschentraube versammelt, die auf ein Drama wartete.

»Sind Sie sicher? Ich meine, noch können wir einfach vorbeifahren. Dann hätten Sie weniger Scherereien. Sie sehen nett aus. Sollten sich nicht mit denen rumschlagen müssen.«

»Danke, aber ich bin Anwalt und diese Scherereien sind mein Broterwerb.«

»Armer Junge«, seufzte die Fahrerin und kassierte das Geld. Kaum war Patrick ausgestiegen, gab sie Gas und war schnell um die Ecke verschwunden.

Der Eingang zum Block C 24 war mit einem Quadrat aus Betonwänden umbaut, von denen die blaue Farbe blätterte. Die gläserne Eingangstür war verschmiert und aus den Ecken roch es gammelig. Patrick erinnerte sich, wie elend ihm zumute gewesen war, als er im Alter von elf Jahren neben einer Frau vom Jugendamt das erste Mal vor dieser Glastür und der Klingelanlage mit unzähligen Namensschildern gestanden hatte. Minutenlang war die Sozialarbeiterin mit ihrem Finger suchend über die Reihen der Schilder gefahren, bis sie schließlich auf einen Knopf drückte. »Merk dir den«, hatte sie gesagt. »Da wohnst du jetzt.«

Das dumpfe Nichts in seinem Kopf hatte Patrick nicht vergessen. Er war seit fast zwei Jahren Waise und in verschiedenen Einrichtungen untergebracht gewesen. Er hatte gelernt, wann er sich an und wann ausschalten musste. Die ersten Tage in einer neuen Umgebung, sei es in der Notunterkunft oder im Heim, waren definitiv Aus-Tage. Still sein, gehorchen, zuhören, beobachten und erst, wenn er das System seiner neuen Umgebung einigermaßen durchschaut hatte, langsam anfangen sich zu bewegen.

»Wenn du keinen Ärger machst«, hatte die Sozialarbeiterin gesagt, »dann hast du hier für die nächsten Jahre ein Zuhause.«

Beate Fischer, seine neue Pflegemutter, eine kleine Frau mit blondierten, strähnigen Haaren, zu viel Schminke im Gesicht in Leggings und langem Shirt, auf dem ein Regenbogen mit Glitzersternen klebte, hatte er bereits bei den Vorbereitungstreffen kennengelernt. Da ein Frauenarzt diagnostiziert hatte, dass sie niemals eigene Kinder haben werde, hatte das Ehepaar Fischer beschlossen, Pflegekinder aufzunehmen. Auf diese Weise kamen sie zu einer eigenen Familie.

Beate war nett, irgendwie, in ihrer Art sogar um ihn bemüht. Manfred Fischer war nicht so leicht einzuschätzen gewesen. Oft war er freundlich, manchmal spielte er sogar mit Alex und Patrick. Wenn er daheim war und nicht in der Kneipe, fläzte er meistens mit einer Bierflasche vor dem

Fernseher. Dass es ein zweites Pflegekind in der Familie gab, gefiel Patrick. Auch wenn Alex erst fünf Jahre alt war und mit ihm eigentlich nichts anzufangen war, fühlte er sich nicht ganz so einsam. Aber eigentlich war es Patrick egal gewesen, wohin die Erwachsenen ihn steckten. Er würde selber entscheiden, wo und wie lange er blieb.

Die ersten Wochen verliefen problemlos. Er gewöhnte sich an den Rhythmus von Arbeits-, Schul- und Essenszeiten, erkannte die Situationen, in denen er sich besser aus dem Staub machte und welchen Nachbarn er am besten aus dem Weg ging. Dann baute er um sich eine eigene Welt. Er traf sich mit Jungs aus der Schule im Keller, wo sie sich ein Lager eingerichtet hatten. Eine Gang wuchs zusammen. Aus nichtigen Gründen verfeindeten oder verbrüderten sie sich mit Gruppen aus anderen Straßen. Bald klauten sie Alkohol und Zigaretten, dann Geld aus der Kasse der Tankstelle oder brachen in Wohnungen ein, um Elektrogeräte, Schmuck und albernen Krimskrams zu stehlen. Solange er in der Schule durchkam, sich einigermaßen an die Regeln des Zusammenlebens in der Wohnung hielt und sich um Alex kümmerte, sahen die Fischers nicht so genau hin. Als Verkäuferin und Müllmann hatten sie schwer zu arbeiten, um ihr Einkommen zu verdienen. Außerdem wussten sie, was das Leben in den Wohnburgen jungen Menschen abverlangte.

Das Einzige, was Patrick ohne Widerspruch erledigte, war, Alex zur Schule zu bringen, ihn abzuholen, ihm bei den Hausaufgaben zu helfen und ihn zu trösten, wenn er wieder einmal wegen seiner Pergamenthaut und seines dürren Knochengestells gehänselt worden war. Zuerst hatte Alex ihn seinen Freunden als Bruder vorgestellt. Irgendwann betrachtete auch Patrick den Knirps als seinen Bruder.

Als Beate sich eines Abends zu ihm ans Bett setzte, seine Hand in ihre nahm und ihm mitteilte, dass sie gegen jede

Erwartung doch schwanger geworden sei und er deshalb, so leid es ihr tue, in einer anderen Pflegefamilie untergebracht werden würde, brach für Patrick eine Welt zusammen.

»Die Wohnung ist einfach zu klein für drei Kinder. Eine größere können wir uns nicht leisten«, hatte Beate unter Tränen erklärt.

Patrick hatte sich im Keller verkrochen und seit dem Tod seiner Mutter das erste Mal geweint.

Patrick fand auf der Klingeltafel Alex Namen, zählte die Stockwerke ab und stieß mit der Schulter die schmierige Haustür auf. Im Halbdunkel des abgeranzten Treppenhauses wusste er sofort wieder, wo der Lift war. Die Türen waren mit schwarzen Schriftzeichen besprüht und voller Dellen. Ob das noch dieselben waren, die er mit seinen Kumpels reingetreten hatte? Während er in den elften Stock fuhr, verdrängte er die Erinnerungen. Er kam schließlich als Anwalt zurück und nicht als Besucher seiner Vergangenheit.

Er war zu spät. Als sich die Lifttüren aufschoben, stand Hauptkommissar Precht im Gespräch mit drei uniformierten Polizisten in der Mitte des langen Ganges. Ihr Lachen hallte zwischen den Wänden. Precht bemerkte ihn und schwenkte triumphierend einen Beweismittelbeutel hin und her. »Anwalt Mehler, auch schon da?«, rief er höhnisch.

Die Uniformierten hoben einige Kisten auf und machten sich auf den Weg zum Lift. Mit einem flüchtigen Blick überzeugte sich Patrick, dass die Behälter für Beweismaterial leer waren. Sehr gut! Der Beutel in Prechts Hand und sein schiefes Grinsen war schlecht. Sehr schlecht! Patrick biss die Zähne zusammen und mahnte sich, gelassen zu bleiben.

»Wieso haben Sie nicht auf mich gewartet?«, fragte Patrick, während er auf Precht zuging. »Sie wissen, dass ich Schotts

Anwalt bin. Sie hätten mich vor der Durchsuchung informieren müssen.«

»Oh nein, da irren Sie sich. Ich wusste nicht, dass Herr Schott anwaltlichen Beistand für die Durchsuchung gewollt hat. Das hätte er mir sagen sollen. Wenn ich es gewusst hätte, dann hätte ich selbstverständlich gewartet«, erklärte Precht süffisant.

»Ihr Besuch bei Schott hat jetzt genau«, Patrick sah auf die Armbanduhr, »eine Stunde gedauert. Sie waren flott.«

»Überrascht Sie das? Wir Beamten können auch zügig, wenn es die Situation erfordert.«

»Welche Situation? Alles auf den Kopf zu stellen, bevor der Anwalt kommt?« Patrick drückte die Klingel zu Alex Wohnung.

»Ihren Sarkasmus können Sie sich nicht leisten«, konterte Precht und hielt den Beweismittelbeutel hoch. »Bei dieser Ausbeute müssen Sie leisere Tönen anschlagen. Mindestens zehn Gramm Marihuana!«

»Wo haben Sie das her? Aus Ihrem eigenen Nachtkästchen?«

»Mehler, Sie sollten Ihre Zunge hüten. Ich kann auch anders!«

Patrick wusste, dass er zu weit gegangen war. »Wonach genau haben sie gesucht?«, schob er in sachlichem Ton hinterher. Endlich öffnete Alex die Wohnungstür. Verständnislos sah er zwischen Patrick und Precht hin und her.

»Lesen Sie den Durchsuchungsbeschluss«, antwortete Precht, steckte den Beutel in die Sakkotasche und ging zum Lift. »Hätte auch ein Haftbefehl sein können«, rief er über die Schulter.

»Precht!«, rief Patrick durch den Hausgang. »Entschuldigen Sie!«

Precht, beim Lift angekommen, drehte sich um. »Was ist los mit Ihnen, Mehler? So kenne ich Sie nicht. Mit dem linken Fuß aufgestanden, was?«

»Die Fahrt hierher war nervtötend.«

Die Lifttür öffnete sich. Precht hielt die Hand vor die Lichtschranke, um die Tür aufzuhalten. »Sie haben meine Nummer, Mehler. Für jeglichen Informationsaustausch, Sie wissen schon.« Er hob die Hand zum Gruß und verschwand in der Kabine.

Patrick grüßte zurück, wobei er schnaubend Luft ausstieß, ähnlich wie bei der Fastkollision mit der Autotür. Wieso fuhr er bei Precht so schnell aus der Haut? Dass Polizei oder Prozessgegner nicht immer mit Samthandschuhen kämpften, gehörte zum Spiel dazu. Seit er allerdings für Alex arbeitete, fühlte er sich wie ein zähnefletschender Terrier, jederzeit bereit, herzhaft in eine Wade zu beißen.

Alex hatte die Wohnungstür angelehnt. Patrick klopfte und trat ein. Ein Garderobenständer voller schwarzer Jacken, daneben ein Schuhbänkchen mit drei Varianten schwarzer Boots verengten den schmalen Durchgang.

»Komm rein!«, forderte Alex ihn kleinlaut vom Zimmer aus auf. Der Raum war nicht groß, aber geräumig. An der hinteren Wand stand ein Doppelbett, ein blaues Sofa und dazu passende Sessel waren vor einem Flachbildschirm in der Mitte des Zimmers angeordnet. Ein Bistrotisch mit zwei Stühlen, in eine Ecke gequetscht, bildete den Essbereich. Alex stand im Schlafanzug in der Miniküche und schenkte Kaffee in zwei Becher.

Patrick setzte sich auf das Sofa, sah sich um und registrierte erstaunt, dass Alex Bude mit mehr Farben als schwarz ausgestattet war und sogar als ordentlich gelten konnte.

»Haben sich die Polizisten anständig aufgeführt?«, fragte er, als Alex die Kaffeebecher auf dem kleinen Tisch absetzte. Er verdrehte die Augen und ließ sich in den Sessel fallen.

»Ja, schon. Kann nicht motzen deswegen«, sagte er und fuhr

sich mit den Händen durch das strubbelige Haar. »Verdammt, Patrick. Das habe ich echt null erwartet. Es tut mir leid.«

Patrick trank einen Schluck schwarzen Kaffee und genoss den bitteren Geschmack auf der Zunge. »Ja, mir tut es auch leid, das kannst du mir glauben. Muss ich jetzt nicht ausführen, dass das dicker Bockmist ist, oder?«

Alex zog die Beine an den Körper und hockte wie ein verschrecktes Küken vor ihm.

»Ich gebe zu, ich habe nicht gedacht, dass Precht so schnell handelt«, gestand Patrick. »Er muss den Antrag für die Durchsuchung schon vor deiner Zeugenvernehmung beim Richter beantragt haben.«

Alex trank seinen Kaffee und sah ihn an, als erwarte er ein großes Donnerwetter. Aber Patrick war nicht danach zumute. Außerdem verriet Alex Miene, dass er genau wusste, was Prechts Fund zu bedeuten hatte.

»Warum?«, fragte Patrick und stellte seinen Becher ab.

»Warum, was?«, fragte Alex leise. »Warum kiffst du und hast das Zeug immer noch in deiner Wohnung? Oder warum hast du mich angelogen?«

Patrick lehnte sich zurück und steckt die Hände in die Hosentaschen. »Fang bei Nummer eins an und arbeite dich vor.«

»Ich kiffe hin und wieder, verstehst du?«, gestand Alex kleinlaut. »Nach einer langen Schicht im Club, zum Runterkommen. Mehr nicht. Ich habe es dir nicht erzählt, weil ich dachte, du hilfst mir dann nicht. Ich hatte vergessen, dass ich das Gras noch hier habe. Mehr ist nicht dran.«

»Von wem kaufst du das Zeug? Könnte derjenige Prechts Kronzeuge sein?«

»Nee!« Alex schüttelte amüsiert den Kopf. »Ich hole es zwei Stockwerke tiefer bei einem Studenten. Netter Kerl, aber kein

Dealer. Er kauft es an der Uni von irgendwelchen anderen Studenten. Kriegen die jetzt Schwierigkeiten?«

»Nur, wenn wir gezwungen sind, nachzuweisen, dass du das Marihuana nicht von diesem Zeugen gekauft hast.«

»Scheiße!«

»Ja, genau. Eine Verteidigung mit Schwerpunkt auf deinem guten Leumund aufzubauen, kann ich jetzt streichen. Damit hätten wir bei einer Verhandlung gute Karten gehabt. Dein Chef vom Sunrise Club, die Fischers, Freunde, Jugendamt, alle hätten glaubhaft aussagen können, dass du ein netter Kerl bist und mit Drogen nichts zu tun hast. Puff – das war's!«

»Verdammt!«

»Genau richtig.«

»Was jetzt?«

»Neue Strategie.« Patrick zog die Hände aus den Taschen und legte sie um den warmen Becher. »Wir brauchen den Namen von Prechts Zeugen. Warum hat er dich auf seine Drecksliste gesetzt? Das müssen wir klären, bevor Precht zum Staatsanwalt geht, um die Anklage durchzusetzen.«

»Woher soll ich wissen, wer das ist?«, fragte Alex wütend.

»Wir müssen jeden unter die Lupe nehmen, mit dem du Umgang hast ...«

»... Umgang hast«, äffte Alex Patricks trockene Belehrung nach. »Weißt du, wie viele das sind? Wir können ja bei Fischers anfangen. Die freuen sich sowieso auf deinen Besuch.«

Patrick winkte ab. »Nicht jetzt. Ich muss zurück ins Büro. Du kannst gleich mitkommen und mir helfen, die Räume einzurichten.«

Alex sah ihn schräg an. »Du nutzt meine Notlage aus!«

Patrick schmunzelte wie ein verruchter Seemann. »Hast du da was vergessen? Du arbeitest damit das Honorar ab. Außerdem habe ich dich dann besser im Blick.«

»Mistkerl!«, schimpfte Alex, stand auf, schnappte sich Klamotten vom Bett und verschwand im Bad. Kurz darauf streckte er wieder den Kopf durch die Tür. »Du glaubst mir doch, oder?«

Patrick überlegte kurz, bevor er überzeugt mit »Ja«, antwortete. Alex führte ihn nicht an der Nase herum. Er war zwar raffiniert, doch Patrick kannte Alex Mimik. Die hatte sich in den zwanzig Jahren nicht wesentlich verändert. Alex schien immer noch der Kleine zu sein, den er beschützen sollte. Nein, er hatte nicht nur einer Anordnung der Pflegeeltern befolgt. Es hatte ihm gutgetan auf Alex aufzupassen, ihn irgendwie stärker und ruhiger gemacht. Erstaunlich, wie sich das Vertrauensverhältnis zwischen dem kleinen Jungen und dem Teenager von damals scheinbar ohne Risse und Dellen wieder eingestellt hatte.

Kapitel 8

Schröder schälte sich mühsam aus Julias Mini. Ein Gefährt, das ihn eher an eine rollende Kugel als an ein Auto erinnerte. Er stemmte die Hände in den Rücken, um Knochen und Muskeln wieder in ihre natürliche Form zu strecken. Dabei wanderte sein Blick die Wilhelm-Straße entlang. Die Aussicht auf das Treffen mit von Groningen allein hatte ihm schon das Frühstück verdorben und dann musste es auch noch mitten im modernen Büro- und Geschäftsviertel stattfinden. Die Hochhäuser entlang der Straße wirkten, als hätten die Bauherren einen Wettstreit im Ausdruck von Macht und Geld ausgetragen. Wenigstens hing eine graue Wolkenschicht schwer über der ganzen Stadt und versagte der Häuserschlucht ihre Pracht glänzen zu lassen. Freiwillig wäre er niemals in diese Gegend gekommen.

Julia schloss das Auto ab, knotete den Gürtel ihres Mantels zu und kam, den Blick auf ihr Handy geheftet, auf ihn zu.

»Patrick hat sich immer noch nicht gemeldet«, stellte sie verärgert fest. »Von wegen der Termin bei Neubert dauere nicht lange und er wäre noch vor uns hier!«

»Der kommt bestimmt noch«, erwiderte Schröder besänftigend. »Dieser Neubert ist das der mit dem modernen Start-up-Unternehmen?«

»Ja ist er. Der superwichtige, unverzichtbare Mandant, der Geld in Patricks Kasse spülen wird«, antwortete Julia spöttisch. »Dass Neubert von Papa an Patrick vermittelt wurde, nehme ich besonders übel. Jetzt lässt mich Patrick im Stich, nur weil der Herr Bankdirektor sich wieder einmal eingemischt hat.« Sie stopfte das Handy in die Tasche und steuerte auf den Eingang des Büroturms zu, in dem die Kellermann-Stiftung ihre Geschäftsräume hatte. Was sollte er dazu sagen? Ihm war selber ganz mulmig zumute. Hoffentlich tauchte Patrick noch rechtzeitig auf, um sie zu unterstützen. Je mehr sie waren, wenn ein reizbarer von Groningen auf sie losging, desto besser.

Schröder knöpfte fröstelnd seinen Lodenjanker zu. Dabei sah er entlang der Gebäudefront nach oben. Blank polierte Fassadenplatten, dazwischen in phantasieloser Regelmäßigkeit schmale Fenster. Nichts wirkte einladend auf ihn. Ganz im Gegenteil. Wenn du kein weltbewegendes Geschäft zu tätigen hast, schien das Gebäude auszudrücken, dann geh weiter. Leider hatte er hier etwas zu erledigen.

»Robert, kommst du?« Julia stand schon in der Tür zu diesem Hochglanzturm. Sie passte in ihrem Business-Outfit in diese Umgebung, stellte Schröder fest. Dagegen kam er sich in Cordhose, Karohemd und Lederweste wie ein schrulliger Alter vor. Trotzdem. Er bereute nicht, seine Garderobe wegen so eines Schnösels wie von Groningen nicht geändert zu haben.

»Bist du startklar?«, fragte Julia, als sie vor der Lifttür in der polierten Eingangshalle standen. »Von Groningen ist echt kein netter Kerl, darauf musst du dich einstellen.«

»Keine Sorge«, sagte Schröder gelassener, als ihm zumute war. Er hatte sich vorgenommen, den netten alten Herren zu mimen. Schließlich hatte er Julia in eine Situation gebracht, in der sie etwas rechtfertigen musste, was im Grunde sein Fehler gewesen war. Er hatte das Porträt loswerden wollen. Seit der Brief des Kunden ihm vor drei Jahren die Freiheit gegeben hatte, mit dem Erinnerungsstück zu verfahren, wie er es für richtig hielt, geisterte es wie ein lästiger Fussel durch seine Gedanken. Und die Auktion hatte wie eine willkommene Gelegenheit ausgesehen, dieses künstlerisch hochwertige Bild, mit seiner undurchsichtigen Geschichte, loszuwerden.

Die Lifttür schob sich im fünften Stock auf und sie traten

direkt in den Empfangsraum der Kellermann-Stiftung. Alles piekfein hier, stellte Schröder fest. Die Hände tief in die Hosentaschen vergraben betrachtete er missmutig die Rezeption, deren Mahagoni Optik ihm wie ein Betrug aus Plastik vorkam. Der Schriftzug mit dem Stiftungsnamen an der Wand dahinter sowie das Foto der Gründerin Isabelle Kellermann-Schäfer gefielen ihm. Eine junge Frau in kurzem, engen Rock und bunter Bluse tippelte hinter der Theke hervor, grüßte Julia unterwürfig und nahm ihnen Mantel und Janker ab.

»Frau Schlüter, was habe ich denn jetzt wieder falsch gemacht?«, fragte Julia, eine aus einem langen Gang heraneilende Frau mit strengem Blick und Klemmbrett unter dem Arm.

»Nichts«, antwortete Schlüter mit erstaunter Miene. »Wie kommen Sie darauf? Es ist alles in Ordnung. Sie sind angemessen gekleidet und sogar pünktlich. Und der Herr bei Ihnen ist Ihr Anwalt?«

»Nein. Herr Mehler verspätet sich etwas. Das ist Herr Schröder, der Spender des Porträts«, erklärte Julia und stellte Schröder ihre Assistentin vor.

Es folgten Anweisungen von Julia an Schlüter und von dieser an die Mitarbeiterin vom Empfang. Von Groningen sei zuvorkommend zu behandeln und unverzüglich persönlich in den Konferenzraum zu geleiten.

Dann folgte Schröder Julia und Schlüter den Flur entlang und kam sich vor wie ein dummes Lamm, das wissentlich der Schlachtbank entgegenging. Schlüter öffnete eine breite, gepolsterte Tür zu einem Besprechungsraum.

»Bedauerlicherweise hat sich auch Dr. Eckart entschuldigt. Er hat auswärts einen Termin, will aber so schnell wie möglich da sein.« Sie deutete auf eine Anrichte mit Getränken und Snacks. »Bedienen Sie sich«, bot sie mit der Freundlichkeit einer Stewardess an.

»Einen auswärtigen Termin? Davon steht nichts im internen Kalender«, stellte Julia misstrauisch fest. »Das soll ich glauben?«

Frau Schlüter zuckte mit den Schultern. »Dr. Eckart ist heute noch gar nicht im Büro gewesen. Ich weiß auch nicht, was er zu erledigen hat.«

»Leichtfertig von mir, mich auf unseren Justitiar zu verlassen. Dann sind wir also erst mal ohne Anwalt? Das ist nicht gut«, stellte Julia besorgt fest. »Von Groningen bringt seinen nämlich garantiert mit. Aber Sie lassen mich bitte nicht auch noch allein, Frau Schlüter, nicht wahr?«

»Selbstverständlich bleibe ich!«, antwortete diese mit Nachdruck. »Wenn es recht ist, hole ich das Bild aus dem Safe. Ich nehme an, von Groningen möchte sich davon überzeugen, dass es noch da ist.«

Schröder nahm sich eine Limonade aus dem Getränkeangebot. Er war kein Fan pappsüßer Getränke, doch er hatte das Gefühl, in dieser Umgebung etwas Liebliches zu brauchen.

Julia sah auf ihr Handy, tippte herum und schimpfte, dass Patrick nicht auf ihre Nachrichten reagiere. Frau Schlüter kam mit dem Bild zurück, sah sich suchend um und stellte es schließlich an die Wand gelehnt auf einen halbhohen Büroschrank.

»Haben wir keine Staffelei? Oder irgend so einen Aufsteller?«, fragte Julia.

Schlüter errötete und verließ mit schnellen Schritten den Raum. Dabei stieß sie mit der Rezeptionistin zusammen, die gegen einen rundlichen, verkniffen dreinblickenden Mann mit polierter Halbglatze stolperte.

»Passen Sie doch auf!«, schnauzte dieser und schob die zierliche, sich stammelnd entschuldigende Mitarbeiterin grob von sich. Ach du Schreck, durchfuhr es Schröder. Dieser großspurig auftretende Mann musste von Groningen sein. Das konnte ja heiter werden! Ein Mann in schmal geschnittenem Anzug in einer Farbe zwischen grau und schwarz, Kurzhaarschnitt und blassem, kantigem Gesicht betrat ebenfalls den Konferenzraum.

»Also dann,« flüsterte Julia, setzte ein strahlendes Lächeln auf und ging auf die Gäste zu.

Schröder, dem sich die Nackenhaare aufstellten, musste zugeben, dass die offene Freundlichkeit, mit der Julia von Groningen begegnete, etwas Besänftigendes hatte. Dennoch ignorierte dieser Julias ausgestreckte Hand. Stattdessen deutete er auf seinen Begleiter, schnarrte dessen Namen und Funktionen herunter, als benenne er einen Jagdhund. Dr. Borst, persönlicher Anwalt von Groningens, verhielt sich professionell und grüßte mit steifen Kopfnicken in die Runde. Angesichts dieser feindselig gesinnten Herren kam sich Schröder ziemlich wehrlos vor. Wenn Patrick sich nicht bald blicken ließ, würde er ihn nicht mehr vor Julia verteidigen, schwor er sich.

»Darf ich Ihnen etwas anbieten? Kaffee? Saft? Wasser?«, fragte Julia, als hätte sie einen liebenswürdigen Gast vor sich und nicht einen unverschämten Grobian.

»Alles, woran ich interessiert bin, ist das Porträt«, antwortete von Groningen barsch, stellte sich breitbeinig vor das Gemälde und betrachtete es.

Schröder bemerkte zufrieden, dass sich von Groningens Miene entspannte. Das Erinnerungsstück entfaltete seine Wirkung. Und war da nicht eine gewisse Ähnlichkeit der Augenpartie und der Kieferform zwischen von Groningen und dem jungen Mann auf dem Bild? Schröder wollte schon auf ihn zugehen und ihn als einen Mann ansprechen, dem ein Erinnerungsstück unter die Haut ging. Doch da nahm von Groningen das Porträt, setzte sich an den Tisch und legte das Bild so vor sich, als sei die Eigentumsfrage bereits geklärt.

»Sie hätten es nicht so belanglos irgendwo abstellen dürfen«, sagte er vorwurfsvoll.

»Meine Assistentin besorgt gerade eine Staffelei«, entschuldigte sich Julia, was allerdings keinen Eindruck auf von Groningen zu machen schien. Sie setzte sich diesem gegenüber und bedeutete Schröder, sich neben sie zu setzen. Zwei gegen zwei, stellte Schröder fest, befürchtete aber, zur Mannschaft mit den schlechteren Waffen zu gehören.

»Sie sollten etwas Süßes trinken«, sagte er und prostete von Groningen mit seinem Limonadenglas zu.

»Was geht Sie das an?«, fragte von Groningen abfällig. »Wer sind Sie überhaupt? Der Hausmeister?«

»Es geht mich direkt an«, erwiderte Schröder lächelnd. »Wenn Sie etwas Liebliches, wie diese köstliche Limonade zu sich nehmen würden, könnte es dazu führen, dass Ihr Benehmen anständiger wird.« Er trank einen langen Schluck, stellte das Glas ab und grinste von Groningen breit an. Julia trat ihm unter dem Tisch gegen das Schienbein.

»Das ist Herr Robert Schröder«, sagte Julia in geschäftlichen Ton. »Er war so großzügig, das Bild für die Auktion beim Jahresempfang der Kellermann Stiftung zu spenden.«

Von Groningen sah nicht einmal auf. »Frau Pfeiffer, wo ist Ihr Anwalt? Ich hatte Sie darum gebeten mit Anwalt zu erscheinen, damit entsprechend tragbare Beschlüsse gefasst werden können.«

Dr. Borst öffnete eilfertig eine Schreibmappe, nahm einen Kuli zur Hand und sah Julia erwartungsvoll an.

»Leider ist etwas dazwischen gekommen. Herr Mehler verspätet sich«, antwortete sie und sah wieder auf das schwarze Display ihres Handys.

Frau Schlüter betrat den Raum und fädelte eine Staffelei durch die Tür. Sie trug das Gestell, das offensichtlich nicht mehr gebraucht wurde, in eine Ecke und setzte sich neben Julia.

Drei zu zwei, dachte Schröder, fühlte sich aber trotzdem noch unterbewaffnet.

»Auch, wenn Herr Mehler und Dr. Eckart, der Justitiar der Stiftung, noch nicht da sind«, sagte Julia, »denke ich, wir können schon anfangen. Herr von Groningen, wollen Sie uns bitte erklären, welchen Anspruch Sie gegenüber der Stiftung erheben?«

Anwalt Borst beugte sich zu seinem Mandanten, schüttelte den Kopf und flüsterte auf ihn ein.

»Ach was!«, stieß dieser brüsk aus. »Ich fange an, auch wenn das juristisch gesehen nicht meine Pflicht ist. Schließlich lässt sich mein Anspruch auf das Gemälde mit Leichtigkeit begründen und darlegen. Ich muss nichts verbergen, wie die da drüben.« Er deutete auf Julia und Schröder.

»Persönliche Beleidigungen sind fehl am Platz«, konterte Julia kühl. »Unterlassen Sie das bitte.«

Schröder räusperte sich, um ein zufriedenes Grinsen zu verbergen. Gut pariert, Vorsitzende, hätte er gern ausgerufen.

»Blähen Sie sich nicht so auf, Frau Pfeiffer. Sie sind doch nur eine Zwischenlösung als Vorsitzende der Stiftung, soweit ich weiß. Es ist demnach sowieso unklar, wie viel Ihre Aussagen wert sind«, schnauzte von Groningen, wischte dann mit der Hand durch die Luft und fragte, ob er jetzt erzählen solle oder nicht. Nach einem prüfenden Blick durch die Runde erklärte er, dass der Porträtierte sein jüngerer Bruder Viktor sei. Das Gemälde sei ein Teil eines Ensembles von Porträts der Familienmitglieder und hänge an der Wand in seinem Elternhaus. »Das ist leicht festzustellen und zu beweisen. Das Bild steht meiner Familie zu. Darin besteht nicht der geringste Zweifel. Ich will also ...«

»Moment!«, warf Julia ein. »Für mich gibt es da schon noch Fragen. Wie ist das Porträt Ihrer Familie abhandengekommen? Wurde es gestohlen? Oder verkauft?«

»Sie kommen sich schlau vor, was?«, fauchte von Groningen, wurde aber von einem Anwalt gebremst.

»Wenn Sie erlauben, erkläre ich den Sachverhalt«, sagte dieser mit sonorer Stimme. »Viktor von Groningen verschwand vor zwanzig Jahren spurlos. Sie müssen meinem Mandanten sein emotionales Engagement nachsehen. Aber die Familie suchte all die Jahre intensiv nach Viktor und muss auch in Betracht ziehen, dass er einem Verbrechen zum Opfer gefallen ist. Sie sind völlig im Ungewissen über Viktors Schicksal.«

Schröder sank weit in seinem Stuhl zurück. Natürlich, der Kunde damals hatte erzählt, dass er die Brücken hinter sich abbrechen wolle. Er hatte vollstes Verständnis für dessen Plan gehabt. Schließlich hatte er selber als junger Mann genau so gehandelt. In der Nacht seines Einbruchs in die Kellermann Villa, bei dem Isabelles Vater ums Leben gekommen war, war er vom Schock betäubt in den nächsten Flieger gestiegen. Jahrzehntelang hatte er sich weder bei seiner Familie noch Freunden gemeldet.

Von Groningens Gesicht glich zwar einer Marmorbüste, doch wie es hinter der Fassade aussehen mochte, wollte sich Schröder gar nicht vorstellen. Nach zwanzig Jahren vergeblicher Suche erschien ihm dessen aggressives Auftreten verständlich. Vor zwanzig Jahren, als Viktor bei ihm im Salon gesessen war, hatte er nicht versucht, den jungen Mann davon abzuhalten, Familie und Freunde im Ungewissen zu lassen. Den einzigen Grund dafür erkannte Schröder in seiner dämlichen Sturheit. Das Prinzip, Erinnerungsstücke und deren Geschichten ohne Urteil anzunehmen und wie ein Beamter zu verwalten, hatte für ihn an erster Stelle gestanden. Und das nicht aufgrund reiflicher Überlegungen oder tiefgreifender philosophischer Überzeugungen. Nein, er hatte jahrzehntelang seine eigenen Erinnerungen auf diese Weise eingemauert. Über die Auswirkungen seines Nichteinmischens in die Geschichten der Erinnerungsstücke, hatte er nie nachgedacht. Doch jetzt saßen sie ihm gegenüber.

Nach den Worten des Anwalts herrschte betroffenes Schweigen im Raum, als ein hochgewachsener grauhaariger Mann eintrat. Schlüter beeilte sich, Dr. Eckart, den Anwalt der Stiftung, mit der Runde bekanntzumachen. Sie erklärte dem Justitiar, der neben ihr Platz genommen hatte, den Stand der Verhandlungen. Dr. Eckart blätterte in seinen Unterlagen und erklärte dann mit knappen Worten, dass er lediglich die Kellermann-Stiftung vertrete und es sich bei dem ungeklärten Eigentumsverhältnis des Bildes um eine Privatangelegenheit zwischen von Groningen, Schröder und Julia Pfeiffer handele. Die Stiftung sei zwar Veranstalterin der Auktion gewesen, aber das Bild sei in Form einer privaten Spende der geschäftsführenden Vorsitzenden Julia Pfeiffer beigesteuert worden.

»Wir haben lediglich versäumt, die Expertise zu dem Bild einzuholen. Wir nehmen routinemäßig zu jedem Auktionsstück eine Überprüfung der Eigentumsverhältnisse vor. In dem Fall allerdings war dies wegen der kurzfristigen Abgabe nicht mehr möglich. Sollte jemand aus diesem Umstand einen Schaden erlitten haben, werden wir einen Ersatz prüfen.«

Er schloss seine Mappe, stand auf und in Julias Richtung sagte er, dass die Stiftung einen eventuell zu leistenden Schadensersatz selbstverständlich ihr in Rechnung stellen werde. Julia schnappte nach Luft. Ratlos sah sie zu Schlüter, die irritiert mit den Schultern zuckte. Der Stiftungsanwalt schien zufrieden mit seinem Auftritt, verabschiedete sich mit einem knappen Kopfnicken und verließ den Raum.

Julia war blass, von Groningen schüttelte verständnislos den Kopf, Schlüter machte Notizen und Schröder verstand die Welt nicht mehr. Die Kellermann-Stiftung ließ Julia, ihre derzeitige

Vorsitzende, im Regen stehen? Einfach so? Und Patrick war nicht da, um anwaltlich auf den Tisch zu hauen. Er musste Julia helfen. Aber wie? Seine Arbeit mit den Erinnerungsstücken erklären? Hier? Jetzt? Einem Mann, der so aussah, als wolle er ihm ungebremst den Hals umdrehen?

Während er noch nach den passenden Worten suchte, schlug von Groningen mit der flachen Hand auf den Tisch. »Nachdem der ganze Quatsch mit Ihren Anwälten geklärt ist, Frau Pfeiffer, will ich endlich wissen, wie dieser Mann«, er zeigte mit dem Finger auf Schröder, »in den Besitz des Bildes gelangt ist. Ich will wissen, wo mein Bruder ist, und ich will wissen, was mit den Unterlagen geschehen ist, die mit Viktor und dem Bild verschwunden sind.«

Schröder biss die Zähne zusammen. Als lebenserfahrener Mann sollte er gelernt haben besonnen zu reagieren. Er sah Julia fragend an. Sollte er loslegen? Ihre Geste sagte eindeutig: »Mach, wie du meinst.«

»Wir machen das folgendermaßen«, sagte Schröder ruhig und schaffte es sogar, von Groningen gelassen ins Gesicht zu sehen. »Sie können Viktors Porträt mitnehmen. Sie ähneln ihrem Bruder. Das ist mir Beweise genug dafür, dass Sie Teil der Familie sind, von der Ihr Bruder mir vor zwanzig Jahren erzählt hat. Außerdem stimmt Ihre Erklärung zu dem Porträt mit dem überein, was ich von Viktor erfahren habe. Nehmen Sie also das Bild und wenn es Sie interessiert, wieso Ihr Bruder mir sein Porträt gegeben hat, dann besuchen Sie mich in der Louisenstraße 13. Aber machen Sie sich keine Hoffnung. Ich weiß nichts über Viktors Aufenthaltsort. Alles andere erzähle ich Ihnen gern unter vier Augen.«

Von Groningen kniff die Augen zusammen, spitzte die Lippen und legte den Kopf schief, als er Schröder prüfend ansah. Schröder konnte sehen, wie sich das Für und Wider in dem Mann die Bälle zuwarfen. Es war still im Konferenzraum, aber nicht ruhig. Jeder schien die Spannung mit belanglosen Tätigkeiten zu überbrücken. Wasser nachschenken, Unterlagen ordnen, Stuhl zurechtrücken. Und dann holte von Groningen tief Luft, nahm das Bild an sich, stand auf und sagte mit steinerner Miene: »Danke. Ich nehme Ihr Angebot an.«

Die Fahrt durch den dichten Stadtverkehr zurück in die Louisenstraße verlief zäh. Viel Verkehr, viele Ampeln und während der ersten Kilometer herrschte drückendes Schweigen im Auto. Julias sorgenvolle Miene war nicht auszuhalten.

»Ich hätte das Ding einfach in den Müll werfen sollen!«, schimpfte Schröder schließlich, als sie wieder einmal an einer roten Ampel hielten. »Hoffentlich meldet sich dieser selbstgerechte Gockel nicht und will mehr über das Bild wissen.«

Bei Grün fuhr Julia mit quietschenden Reifen an. »Für dich ist die Sache doch ganz gut ausgegangen«, sagte sie den Blick auf den Verkehr gerichtet. »Das Erinnerungsstück ist zurück in der Familie, wo es herkommt. Aber ich stand da wie die letzte Idiotin. Patrick hat uns im Stich gelassen, und Dr. Eckart hat alles auf mich abgewälzt. Der hat es genossen, mich wie eine dumme Anfängerin dastehen zu lassen.«

»Nein, so schlimm war es nicht«, beschwichtigte Schröder.

»Doch!« Julia, trat das Gaspedal durch und wechselte die Spur. Schröder hielt sich am Armaturenbrett fest und erwartete einen Rumms von der Seite.

»Diese Show hat Eckart nur abgezogen«, wetterte Julia, »um mich fertig zu machen. Er wird mich bei den anderen Mitgliedern des Vorstandes als unfähig darstellen, nur weil er selbst Vorsitzender der Stiftung werden will.«

»Ich dachte, du willst diesen Job sowieso so bald wie möglich loswerden«, gab Schröder vorsichtig zu Bedenken.

Julia hupte einen Autofahrer wütend an, der sich vor sie in die Schlange drängte.

»Na und? Abserviert werden, will ich auch nicht!«, erwiderte Julia energisch. Sie bog auf die Schnellstraße ein und setzte den Mini auf die linke Spur. »Ich vermisse die Berge!«, rief sie plötzlich aus. »Ich vermisse Täler, Meere und all das Reisezeug. Ich vermisse das Fotografieren. Ich nehme es ihr wirklich übel.«

»Wem? Was?«, fragte Schröder besorgt den Verkehr beobachtend.

»Oma Belle, dass sie mir das aufgebrummt hat. Ich bin nicht sie, ich kann das nicht dieses ewig Gleiche, dieses ewige Nett sein und das mit dem Empfang – klar vergeige ich das!« Julia schimpfte den Rest der Fahrt mal laut und mal leise auf alle, besonders auf Patrick.

Schröder vermied jegliche tröstenden Worte. Die wären von Julia in der Luft zerfetzt worden. So war es nun einmal. Ab und zu platzte ein Kragen und man wusste nie, welcher Tropfen ein Fass zum Überlaufen bringen würde.

Kapitel 9

Julia hatte am nächsten Tag die Ladenschicht übernommen. Schröder wollte den ganzen Tag in Ruhe in der Werkstatt arbeiten, weil er mit einem Auftrag zur Restaurierung eines Esstischs im Verzug war. Außerdem liege ihm das Treffen mit von Groningen noch im Magen, hatte er entschuldigend erklärt, was ihn mürrisch und wortfaul und damit völlig untauglich für Kundenkontakte mache.

Patrick war sie aus dem Weg gegangen. Seine Erklärung, warum er sie im Stich gelassen hatte, wollte sie gar nicht erst hören. Julia war sich sicher, sie würde windig, faserig und staubig ausfallen. Sie hatte dafür eine Nacht in ihrer kalten Wohnung, mit Alpträumen und Einsamkeit in Kauf genommen. Schröder hatte berichtet, Patrick könne den Laden nicht übernehmen, weil er einen vollen Terminkalender habe. Wahrscheinlich hechelte der Herr Anwalt seinem Mandanten Neubert hinterher, dachte sie giftig, schnappte sich ein Poliertuch und rückte dem Silberbesteck zu Leibe. Sie rieb den Schleier von einem Löffel und polierte energisch weiter, obwohl das Silber bereits strahlte.

Wie konnte Patrick sie so im Stich lassen und weder auf ihre Nachrichten reagieren, noch irgendetwas tun, was ihre Wut linderte? Wahrscheinlich war es ihm gleichgültig, wie sie sich fühlte. Sie ließ die Hände sinken. Verdammt! Alles fühlte sich mit einem Mal so schwer an. Hatte sie sich so in ihm getäuscht? Der Druck in der Brust ließ sich nicht weg atmen. Nur nicht heulen! Sie hatte noch nie einem Mann hinterher geweint. Wieso war ihr jetzt danach zumute? Nochmal verdammt! Es tat weh. Hatte sie sich ihre Beziehung so blankpoliert wie diesen blöden Löffel?

Sie konnte Patrick nicht ewig aus dem Weg gehen. Nicht,

wenn sie weiter in der Louisenstraße wohnte. Abhauen? Innerhalb einer halben Stunde hätte sie ihr Zeug zusammengepackt. Und dann? Wohin? In Oma Belles alte Wohnung? War allemal besser als Patrick gegenüberzustehen und anstatt mit ihm zu streiten, den Mund vor lauter Enttäuschung nicht aufzukriegen. Ja genau, so würde es ablaufen. Die Kehle wäre ihr wie zugeschnürt, wenn sie ihm ins Gesicht sehen müsste, ohne darin Bedauern zu erkennen. Und wenn er doch anders reagierte?

Sie nahm sich den nächsten Löffel vor und rieb bis die grauen Schlieren verschwanden. Sie hasste es, ihr Herz an etwas oder jemanden zu hängen und dann baumelte es einsam im Wind. Dann lieber einen ordentlichen Streit und danach das Herz wieder in den Koffer gepackt und ab auf einen anderen Kontinent. Damit hatte sie Erfahrung. Sie hatte mit einigen Liebhabern oder Männern mit ungeklärtem Beziehungsstatus gestritten. Diese Auseinandersetzungen hatten in der Regel zu schnellen Trennungen geführt. Wie stritt man aber, wenn man ein Problem damit hatte, einfach die Koffer zu packen und zu gehen? Hatte sie ein Problem damit? Ja eindeutig! Sich vertreiben zu lassen war keine Option. Weder im Hinblick auf die Stiftung noch die Louisenstraße. Herzschmerz hin oder her.

Das Beste, um sich von dieser grau verschleierten Gefühlslage mit der Tendenz zum Schmerz abzulenken war, sich um die eigenen Angelegenheiten zu kümmern.

Julia öffnete ihren Laptop und holte sich ihre To-Do-Liste auf den Bildschirm. Hinter den meisten Aufgaben, die Oma Belle ihr in ihrem Testament zugewiesen hatte, waren bereits Häkchen gesetzt. Oma Belle hatte die Verteilung jedes Cents, Schmuckstücks, Möbels und Kunstgegenstands mit anwaltlicher Unterstützung an ihre drei Kinder, sieben Enkel, drei Urenkel, Cousins und Cousinen in ihrem Testament festgelegt. Damit hatte sie jeglichem Familienstreit den Wind aus den

Segeln genommen. Isabelle Kellermann-Schäfer, umsichtiges Familienoberhaupt bis zum letzten Atemzug.

Auch die Liste der Erledigungen in Bezug auf die Stiftung war im Grunde abgearbeitet. Der letzte Punkt war allerdings noch nicht abgehakt.

Erledigungen Stiftung

	Ja	Nein
Vorsitz übernehmen?	☐	☐

In sechs Wochen stand die Versammlung des erweiterten Vorstands im Terminkalender. Dort sollte sie bekanntgeben, ob sie den Posten der Vorsitzenden tatsächlich ausführen wolle. So hatte es die Gründerin Isabelle Kellermann-Schäfer in die Satzung der Stiftung schreiben lassen. Sie ernannte eine Nachfolgerin und die solle nach einer Probezeit entscheiden, ob sie für fünf Jahre weitermache. Gleichzeitig sollten die Mitglieder des Vorstandes abstimmen, ob sie hinter der Nachfolgerin stünden. Sollte diese sich als ungeeignet erweisen, konnte sie durch den Vorstand abgewählt werden.

Die Zeit, die Julia für eine Entscheidung blieb, erschien ihr viel zu kurz. Sich für fünf Jahre verpflichten! Woher sollte sie das wissen? Vielleicht sollte sie eine Astrologin aufsuchen, um zu erfahren, was über sie in den Sternen geschrieben stand. In einem Punkt jedenfalls war sich Julia sicher: Nur, weil ein Dr. Eckart offensichtlich Indizien sammelte, um sie als eine fahrlässige, unvernünftige und damit völlig unverantwortliche Vorsitzende darzustellen, würde sie sich nicht zu einer impulsiven Entscheidung verführen lassen. Weder für noch gegen die Übernahme des Vorsitzes.

Wieso tauchte jetzt kein Kunde auf? Eine Ablenkung käme ihr jetzt mehr als recht, um dem Grübeln ein Ende zu setzen. Dann musste eben das E-Mail-Fach dafür herhalten. Sie setzte sich mit dem Laptop an einen eleganten Sekretär aus Kirschbaumholz. Applikationen schwarzer, streng verlaufender Linien betonten die strenge Form des Möbels. Ohne diese hätte das Stück mit seinen kleinen Schubfächern und Klappen verspielt gewirkt. Julia strich mit der flachen Hand über die Schreibplatte und stellte sich vor, wie Menschen an diesem Schreibtisch ihre Korrespondenz in sorgfältiger Handschrift erledigt hatten.

Sie schrieben Briefe, in denen sie von den alltäglichen Sorgen und Freuden berichteten, Fragen stellten und beantworteten, Vereinbarungen festhielten und besiegelten. Julia spürte dem gemächlichen Rhythmus der Briefschreiber nach, die nach den richtigen Worten suchten.

Sie öffnete ihr E-Mail-Fach und atmete erleichtert auf – die Liste der eingegangenen Nachrichten war lang und würde sie eine Zeit lang beschäftigen. Einige persönliche Nachrichten von Freunden aus aller Welt beantwortete sie sofort. Veraltete Anfragen für Fotoaufträge löschte sie. Post aus der Vergangenheit an eine andere Julia. Eine, die sich freute, wenn sie ihren Kalender mit kurzfristigen Reiseterminen füllen konnte. Das war vorbei. Zumindest noch für die nächsten Wochen. Eine aktuelle Anfrage eines Verlags für Kalender mit Naturaufnahmen brachte Julia ins Träumen. Es ging um Fotos von Wasserfällen. Julia sah sich unterhalb des Salto Ángel in Venezuela und in Höhe der Niagara Fälle in den USA stehen oder in den Plitvicer Seen in Kroatien schwimmen. Wehmütig schrieb sie eine Absage und schickte sie schnell ab.

Nachdenklich sah sie aus dem Fenster auf die Straße. Wie trüb das Wetter im Herbst war. Selbst die letzten braunen

Blätter an den Linden entlang der Louisenstraße machten einen bemitleidenswerten Eindruck. Wie sollte sie da ihr Fernweh in Schach halten? Eine geschmeidige Katze huschte unter ein parkendes Auto, drei jugendliche Mädchen schlenderten tuschelnd vorbei und Frau Else Engelbrecht näherte sich der Ladentür. Dankbar für die Ablenkung sprang Julia auf und öffnete der weißhaarigen Dame. Else Engelbrecht hatte sich wie gewohnt in Schale geworfen. Auf ihren weißen Dauerwellen balancierte eine filigrane Kappe, die zu ihrem dunkelblauen, in schwungvolle Falten gelegten Mantel passte. Ein Wunder, das der Wind ihr den Kopfputz nicht von den Locken geweht hatte. Der elegante Gehstock verhalf ihr zu einem stolzen Gang.

»Frau Pfeiffer, Sie sind noch da?«, freute sich Engelbrecht, als sie eintrat. »Ich dachte, Sie seien schon wieder auf und davon. Ruft Sie kein Dschungel oder irgendein Berggipfel?«

»Schön Sie zu sehen, Frau Engelbrecht.« Julia rückte einen bequemen Sessel zurecht und bot ihn der Besucherin an. »Der Dschungel muss warten, bis ich hier fertig bin.«

»Ah ja, natürlich – der Nachlass Ihrer Großmutter«, bemerkte Engelbrecht und nahm Platz. Den Gehstock stellte sie vor sich und legte beide Hände auf den Knauf.

Eine wahre Lady, dachte Julia amüsiert. Oma Belle und Else Engelbrecht hätten ein prima Team abgegeben. Die alte Dame drehte ihren Kopf in alle Richtungen, nickte anerkennend und meinte, der Laden wirke viel freundlicher als früher. »Ich weiß nicht genau, was sich geändert hat. Aber ich denke, das ist Ihre Handschrift, nicht wahr?«

»Ich habe etwas umdekoriert«, gab Julia zu.

»Dagegen sehen Sie etwas müde und abgespannt aus, meine Liebe. Bedrückt Sie etwas?« Else Engelbrechts prüfendem Blick konnte sich Julia nicht entziehen. Vielleicht lag es auch an der Erinnerung an Oma Belle.

»Es war etwas viel in letzter Zeit«, gab sie zu.

»Und dann noch der Ärger bei dem Jahresempfang«, sagte Engelbrecht mitfühlend. »Ich habe davon gelesen – sehr bedauerlich, die Sache.«

»Das war gar nicht so dramatisch wie es in der Presse stand. Ihnen kann ich es ja verraten. Das besagte Porträt war ein Erinnerungsstück aus Schröders Fundus.«

Engelbrecht klopfte mit dem Gehstock auf den Boden. »Hab ich es mir doch gedacht! Und? Er regelt die Angelegenheit auf seine Weise, nicht wahr?«

Julia nickte lachend. »Soll ich ihn holen? Er arbeitet in der Werkstatt.«

»Nein, lassen Sie nur«, winkte Engelbrecht ab.

»Wollen Sie heute nicht Ihren Handschuh besuchen? Erinnerungen auffrischen? Zwiesprache mit Ihrem verstorbenen Gatten halten?«, fragte Julia und setzte sich auf die Chaiselongue.

Sie erinnerte sich gern an ihre erste Begegnung mit Else Engelbrecht. Dabei hatte sie ihr die Geschichte ihres Erinnerungsstücks erzählt. Es handelte sich um einen einzelnen Damenhandschuh aus zartem Nappaleder, kunstvoll mit Blumenranken bestickt. Der zweite zu dem Paar lag im weit entfernten Grab ihres geliebten Ehemannes. Wenn Engelbrecht den Handschuh besuchte, ersetzte das ihren Gang auf den Friedhof an sein Grab.

»Ich bin hier, um den Handschuh abzuholen. Ich fahre für zwei Wochen zu meiner Tochter nach Hamburg, da habe ich ihn lieber bei mir. In meinem Alter weiß man nicht, ob man zurückkommt«, sagte sie. »Nicht, dass ich sterbe, und ohne den Handschuh begraben werde. Wie soll ich dann im Jenseits meinen Heinrich finden?«

»Frau Engelbrecht, Sie werden nicht …«

»Nein, keine hohlen Phrasen, bitte!«, unterbrach Engelbrecht mit strenger Miene. »Packen Sie mir lieber den Handschuh ein.« Sie winkte gebieterisch in Richtung der Verkaufstheke und Julia gehorchte.

Sie holte den Handschuh aus einer der Schubladen der Theke und legte ihn vorsichtig auf die Glasplatte, zog Seidenpapier und eine passende Schachtel hervor. Dabei spürte sie, dass Else Engelbrecht sie genau beobachtete.

»Ich bin ganz vorsichtig«, versicherte Julia, während sie den Handschuh in das Seidenpapier einschlug.

»Das weiß ich doch, meine Liebe«, versicherte die alte Dame. »Ich mache mir lediglich Sorgen um Sie. Sie sind gar nicht so fröhlich wie sonst. Vermissen Sie Ihre Großmutter?«

»Ja, sehr.«

»Das ist schön«, seufzte Else Engelbrecht.

Solange Julia mit der Schachtel hantierte, fiel kein weiteres Wort. Dabei spulte sich eine lange Reihe von Sätzen in Julias Kopf ab, die sich mit Wasserfällen und Vorstandswahlen und vor allem Patrick beschäftigten. Es drängte sie, Engelbrecht ihr Herz auszuschütten. Engelbrecht war aber nicht Oma Belle und sie war kein heulender Teenager, sondern eine erwachsene Frau!

»So, fertig«, sagte sie zufrieden und übergab Engelbrecht die mit roter Schleife verzierte Schachtel.

Die alte Dame erhob sich und schritt Richtung Tür. Dann hob sie ihren Gehstock und fuhr mit ihm durch die Luft.

»Sie sollten etwas Staubwischen«, empfahl sie. »Das vertreibt düstere Gedanken.«

Julia hielt ihr die Tür auf, wünschte eine gute Reise und sah Else Engelbrecht nach, die sich nahezu majestätisch entfernte.

Wenn Frau Engelbrecht nicht die geeignete Person war, um sich Rat zu holen, dann war es vielleicht ihre Mutter, überlegte Julia und setzte sich wieder vor den Laptop. Sie kannte ihre Mutter zwar weniger als einfühlsame Zuhörerin und

Beraterin, eher als Diskussionsgegnerin mit scharfen, logischen Argumenten. Aber vielleicht war es gerade diese unbestechliche Denke, die ihr jetzt helfen konnte.

Die Verbindung baute sich auf und Prof. Dr. Dr. Nicole Pfeiffer, komplett in weiße Schutzkleidung für die Laborarbeit samt Haube und Einmalhandschuhe gehüllt, winkte Julia auf dem Bildschirm entgegen.

»Hey Mama!«

»Julia, wie geht es dir? Warte, ich muss nur schnell die Proben in den Kühlschrank stellen.« Nicole verschwand aus dem Bild und gab den Blick auf ein kleines vollgestopftes Labor frei.

»Ich dachte, du forschst bei so einem Gletscher in den Pyrenäen? Jetzt bist du doch in einem Labor.«

»Der Vignemale Gletscher ist gleich hinter diesem Container. Die Kollegen sind draußen und bringen mir Proben, die ich analysiere. Aber wenn ich fertig bin, gehe ich raus und stehe mitten in dieser fantastischen Berglandschaft«, erzählte die Wissenschaftlerin begeistert und strahlte über das ganze Gesicht. »Julia, das musst du gesehen haben! Dieser Glanz der Morgensonne auf den Felsen, ich sage dir …«

Ihre Mutter schwärmte weiter von unglaublichen Lichteffekten, der klaren Luft, den Tieren und diesem und jenem und Julia saß sprachlos vor dem Bildschirm. Tat ihre Mutter gerade so, als wäre ihre Tochter eine unverbesserliche Stubenhockerin, die sie überreden musste, sich endlich mal die Welt anzuschauen? War das auf dem Bildschirm wirklich die Nicole, die seit zwanzig Jahren in ein und demselben Labor gearbeitet und regelmäßig über Julias Reiseleben geschimpft hatte?

»Sag mal, Julia, wo bist du denn gerade? Ist das hinter dir Schröders Laden? Bist du immer noch in der Louisenstraße?«, fragte Nicole.

»Ja, bin ich. Oma Belles Testament, du weißt schon«, antwortete Julia und wollte gerade über die schwierige Situation sprechen, als ein durchdringendes Piepen aus einer Ecke des fernen Labors ertönte.

»Ach herrje! Ich muss weitermachen«, sagte Nicole, und prüfte besorgt eine Anzeige. »Ich rufe dich wieder an. Mach's gut, und grüß deinen Vater, wenn du ihn siehst.«

Und weg war sie. Für einige Sekunden starrte Julia auf den schwarzen Bildschirm und stieß die Luft aus. Was war denn das jetzt? Der zuverlässig lichtscheue Labormensch Nicole Pfeiffer schwärmte von der Natur der Bergwelt und sie saß seit Monaten in der Louisenstraße und erledigte Büroarbeiten für die Stiftung. Julia klappte den Laptop zu. Wenn ihre Mutter ihre Lebensart verändern konnte, warum sollte sie es dann nicht auch versuchen? Julia starrte auf das Streifenmuster des Polsterstoffes eines Stuhls, als stünden in den Webkanten geheime Botschaften. Für längere Zeit an einem Ort bleiben, mit allem, was dazugehörte? Streit zum Beispiel, oder Konkurrenz mit Dr. Eckart. Ein Alltag, der weniger mit Abenteuern gespickt war, sondern eher mit Regelmäßigkeit und Disziplin. Und da war noch die Verantwortung, die sie für die Stiftung übernommen hatte. Wenn auch erstmal vorübergehend. Aber es fühlte sich gar nicht so schrecklich an, wie sie immer befürchtet hatte.

Die Ladenglocke bimmelte und rettete Julia aus dem Gedankenlabyrinth. Zwei Frauen mittleren Alters betraten das Antiquitätengeschäft. Da diese sich ähnlich sahen, vermutete Julia, dass sie Schwestern waren.

»Suchen Sie etwas Bestimmtes?«, fragte sie. »Kann ich Ihnen etwas zeigen?«

»Wir wollen uns mal umschauen«, antwortete eine der Frauen. »Wir suchen ein besonderes Geschenk für die Taufe unserer Großnichte.«

Julia gefiel die Idee und wollte schon loseilen, um passende

Objekte anzupreisen. Doch eines hatte sie von Schröder gelernt: Kunden brauchten Zeit sich in einem Antiquitätengeschäft zu orientieren. Doch womit sollte sie sich beschäftigen, solange die Kundinnen die Regale abgingen und die Inhalte der Körbe und Fächer begutachteten? Teetrinken! Das war's! Hier fehlte eindeutig das Angebot, sich beim Stöbern, – wozu man, wie Schröder immer betonte, Muße brauchte, – eine gute Tasse Tee zu genehmigen.

»Haben Sie Lust auf Tee?«, fragte Julia unvermittelt. »Ich wollte mir gerade welchen machen.« Die Kundinnen sahen sich kurz an und nahmen das Angebot dankend an. Julia verschwand in Schröders Küche. Die beiden Großtanten würden schon nicht den Laden leerräumen. Als Julia mit dem Teetablett zurück in den Laden kam, saßen die beiden auf Stühlen, die um einen Beistelltisch angeordnet waren und unterhielten sich angeregt. Julia schenkte Tee in die Tassen eines englischen Service, bot Milch und Zucker an und als jede versorgt war, setzte sie sich dazu.

»Haben Sie schon etwas gefunden, was passend wäre?«, fragte sie.

Lebhaft zählten die Kundinnen auf, was sie in Betracht gezogen hatten. Porzellanbecher oder Emaille-Döschen wären doch ganz nett, meinte die Jüngere. Oder Schmuck? Einen silbernen Kerzenleuchter? Kinderbesteck, auf dem Märchenfiguren gestanzt waren?

Julia hörte aufmerksam zu. Dann stand sie auf und holte aus dem Regal eine hölzerne Kiste, stellte sie auf den Tisch und öffnete sie.

»Ein Kompass?«, fragte die Ältere.

»Das ist mal was Anderes«, meinte die Jüngere erfreut.

Julia führte den Schiffskompass vor, erklärte, dass Schröder ihn erst kürzlich aufgemöbelt habe, dass er funktioniere und auch optisch ein Schmuckstück sei. Während sie Tee tranken, überlegten sie hin und her, bis sich die Schwestern begeistert ansahen.

»Eine tolle Idee«, sagte die Ältere.

»Der Kompass sagt mehr als tausend schwülstige Kalendersprüche«, bestätigte die Jüngere.

»Klein Anna wird das aber nicht verstehen, zumindest die ersten Jahrzehnte nicht«, wandte die Ältere ein.

»Stimmt. Aber die Vorstellung, dass der alte Kompass in Annas Kinderzimmer stehen wird und sie ihn einmal mitnimmt, wenn sie ihre eigenen Wege geht, gefällt mir sehr gut.«

»Mir auch«, bestätigte die Ältere.

Und damit war der Handel besiegelt. Julia packte den Kompass ein und kassierte das Geld. Eine überdurchschnittliche Tageseinnahme für Schröders Laden. Als sie den Laden am Abend abschloss, fügte sie auf ihrer To-Do-Liste eine Notiz dazu:

Erledigungen Alltag

	Erledigt	Anmerkung
Einkaufen	☒	
Termine Stiftung klären	☒	
Tee für den Laden	☐	Dringend!

Kapitel 10

Schröder hatte seine Arbeit in der Werkstatt unzufrieden beendet. Mit der Restauration des Esstisches war er nicht so weit gekommen, wie gehofft. Dafür war ihm die Lasagne gut gelungen. Er sah auf die Uhr. Es war bereits viertel nach sechs. Julia war noch mit dem Abschließen des Ladens beschäftigt. Und Patrick? Warum war er noch nicht da?

Gestern war Schröder allein am Tisch vor der Kürbissuppe gesessen. Julia hatte sich damit entschuldigt, dass sie Patrick nicht sehen wolle. Verständlich, nachdem er sie bei dem Treffen mit von Groningen im Stich gelassen hatte. Patrick hatte zu viel Arbeit auf dem Schreibtisch, hatte er behauptet. Aber Essen musste jeder. Egal, wieviel Arbeit man hatte. Dass Patrick sich zwei Tage hintereinander nicht in seiner Küche blicken ließ, war Schröder nicht gewohnt.

Wenn der gestresste Anwalt auch heute nicht zum Essen erscheinen wollte, dann sollte er es ihm jetzt erklären. Natürlich war es keine lebenslange Verpflichtung, abends zusammen zu essen, auch wenn sie es jahrelang so gepflegt hatten. Er war kein sensibler alter Mann, der bei jeder Veränderung in Tränen ausbrach. Er würde damit umgehen können, zukünftig allein zu Abend zu essen, wenn ihre täglichen Treffen nicht mehr in Patricks Zeitplan passten. Er wünschte sich eine klare Ansage, das war alles.

Also stieg Schröder missmutig die Treppe in den ersten Stock rauf und betrat die Kanzleiwohnung. Alex saß am Schreibtisch in dem Zimmer, das einmal von einer Anwaltsgehilfin genutzt werden sollte. Er hatte die Füße hochgelegt und war mit seinem Handy beschäftigt.

»Hast du nichts zu tun?«, fragte Schröder schroff.

Alex setzte sich sofort auf und schob das Handy in die Tasche. »Nee, die Räume sind eingerichtet und an den Schreibkram oder das Telefon lässt mich Patrick nicht.«

Schröder brummte etwas von Verschwendung und Sinnlosigkeit, als er die Tür zu Patricks Büro öffnete.

»Anklopfen, habe ich gesagt!«, schnauzte Patrick, ohne von dem Schriftstück aufzusehen, das er studierte.

»Entschuldige, Herr Anwalt«, erwiderte Schröder.

»Ach, du bist es. Was gibt es?«, fragte Patrick und sah auf. »Die Küchenschürze steht dir.«

»Küchenschürze, sagt dir das was?« Schröder wedelte mit einer Ecke der rot-weiß gestreiften Schürze.

»Essen«, stellte Patrick fest und sah auf die Uhr.

»Ja genau. Du warst die letzten beiden Tage abgetaucht. Wird Zeit, dass du wieder auftauchst.«

»Tut mir leid, hatte viel zu tun. Karsten hat mir einen Fall anvertraut, bei dem ich mich erst einarbeiten muss. Wirtschaftszeug.«

»Weiß schon«, brummte Schröder. »Neubert ist der Name. Julia hat ihn gestern erwähnt, als sie vergeblich auf dich gewartet hat.«

Patrick verzog das Gesicht, als hätte er in eine Zitrone gebissen. »Ja, war blöd von mir, ich weiß. Aber Karsten hatte angerufen und …«

»Karsten schon wieder«, unterbrach Schröder unleidig. »Soll er doch gleich einziehen, wenn er sich schon in alles einmischt.«

»Karsten kümmert sich nur gern um seine Familie«, sagte Patrick in süßlichem Pfarrerton. »Ist doch nett von ihm.«

»So so, gehörst du jetzt schon zu Karstens Familie? Wie das? Hast du mir etwas zu sagen?«

Patrick starrte ihn verständnislos an. »Ich meinte eigentlich dich«, sagte er. »Du bist doch sein Papa.«

»Bin ich nicht«, widersprach Schröder unwirsch. »Ich bin sein Erzeuger.«

Patrick schmunzelte, klappte die Akte zu und sie verließen das Büro.

»Um ehrlich zu sein«, gestand Patrick, »ich kann das Honorar von Neubert gut gebrauchen.« Er warf einen Blick auf Alex im Vorzimmer, der wieder in die lässige Sitzposition zurückgefallen war. »An seinem Fall ist kein Cent zu verdienen.«

»Dafür wertvolle Arbeitskraft«, korrigierte Alex grinsend.

»Für die ich gerade keine Verwendung habe.«

»Was ist mit der Dachwohnung?«, fragte Schröder. »Die muss noch gestrichen werden, bevor jemand einzieht.«

»Wände streichen? Ich?« Alex sah Schröder entsetzt an.

»Gute Idee!«, bestätigte Patrick zufrieden.

Alex sackte zusammen wie ein Boxer in der letzten Runde. »Dafür musst du mir aber einen astreinen Freispruch verschaffen, Herr Anwalt.«

»Kommt essen!«, sagte Schröder und ging voran.

»Wer hat gekocht?«, fragte Alex.

Schröder wedelte mit der Küchenschürze. »Es gibt Lasagne.«

»Super!«, rief Alex, drängte sich an Patrick vorbei, überholte Schröder und war als erster in der Küche.

Schröder mochte es eigentlich, wenn beim Essen nicht so viel geredet wurde. Doch hier stimmte etwas nicht. Insgeheim hatte Schröder gehofft, Patrick und Julia hätten sich ausgesprochen. Dass dem nicht so war, konnte er spüren. Die Atmosphäre war dicht und stickig. Alex schien das nichts auszumachen. Er schaufelte sich die Nudeln ungehemmt in den Mund. Er war vielleicht an dicke Luft gewöhnt, da wo er herkommt, mutmaßte Schröder. Er dagegen konnte den Eiertanz, den Patrick und Julia aufführten, nicht ignorieren. Sie sahen sich nicht an, fragten nichts, reagierten einsilbig auf Schröders Bemerkungen und Appetit hatten sie offensichtlich auch nicht.

Er könnte das Radio einschalten, dann spürte man die schlechte Stimmung nicht so. Oder irgendetwas Belangloses erzählen? Eine Geschichte zu einem Erinnerungsstück? Es müsste eine heitere sein, eine mit Happy End. Schröder fiel keine ein.

»Wie war es heute im Laden?«, fragte er Julia.

»Habe ich dir doch schon erzählt, Robert«, antwortete sie und schob den halbleeren Teller zur Seite.

»Kein Hunger?«, fragte Schröder, nur um die Stille zu vertreiben.

Julia schüttelte den Kopf und wischte sich mit der Serviette den Mund ab. Schröder betrachtete Patrick. Entspannt war der auch nicht. Er hatte die Lasagne zu einem Brei verrührt und stocherte lustlos in dem Gemisch herum.

»Ist was los oder warum sitzt ihr hier so verstockt rum?«, fragte Alex unbedarft, wobei er erst Patrick dann Julia prüfend ansah.

Schröder lehnte sich erleichtert zurück. Die Unverfrorenheit der Jugend war doch manchmal hilfreich.

»Entschuldige, Alex, das hat nichts mit dir zu tun«, antwortete Julia freundlich, als sei sie erleichtert, dass Alex aussprach, wozu sie nicht den Mut hatte.

Patrick legte seine Gabel auf den Teller, lehnte sich zurück und sagte, als beginne er ein Plädoyer: »Julia ist sauer auf mich, weil ich mich um einen wichtigen Mandanten gekümmert habe, anstatt sie zu dem Termin bei der Stiftung zu begleiten.«

»Das stimmt so nicht!«, konterte Julia aufgebracht. »Du sagtest, du würdest nachkommen oder dich melden, falls du den Termin nicht schaffst. Hast du aber nicht. Nichts davon. Auf meine Anrufe und Nachrichten hast du auch nicht reagiert. Anwalt Mehler beliebte mich zu ignorieren.«

Patrick sah hilfesuchend zu Schröder, der lediglich mit dem Kopf schüttelte. Er würde Patrick nicht aus dieser Patsche helfen.

»Ja gut«, stieß Patrick aus, als werfe er das Handtuch. »Ich war so in die Besprechung mit Neubert vertieft, dass ich alles andere vergessen habe. Aber das war tatsächlich wichtig. Sehr wichtig! Für mich und meine Kanzlei!«

»Du willst dich doch nur mit Karsten gut stellen!«

»Quatsch! Ein junges Start-up Unternehmen ist genau der Mandant, den ich für die Erweiterung der Kanzlei brauchen kann.«

»Und warum kannst du das nicht sagen?« Julia verschränkte die Arme.

Schröder amüsierte sich heimlich über ihren Kampfgeist und wünschte ihr viel Glück. Alex hatte offensichtlich auch für Julia Partei ergriffen. Er sah Patrick ebenso auffordernd an wie sie. Nach einigen Sekunden Schweigen, in denen die Kontrahenten mit Blicken die Fronten absteckten, übernahm es wieder Alex, die Sache in Bewegung zu halten. Er stieß Patrick mit dem Fuß so heftig gegen das Schienbein, dass dieser zusammenzuckte.

»Ja, schon gut!«, stöhnte Patrick. »Ich hätte eine Nachricht schreiben können. Ich war in einem Neubert-Tunnel, habe nichts mehr sonst mitgekriegt. Es tut mir leid. Bitte entschuldige.« Mit dem Blick eines treuen Hundes streckte er seine Hand über den Tisch Julia entgegen.

Julia lachte auf und legte ihre Hand in seine.

»Küssen!«, forderte Alex begeistert und klatschte in die Hände. Schröder stand auf und trug die Auflaufform zur Anrichte, damit keiner merkte, dass ihn die Szene rührte.

»Darf ich jetzt eine Anfrage stellen?«, fragte Alex.

»Was für eine Anfrage?« Patrick hielt weiter Julias Hand fest, als er sich Alex zuwandte.

Schröder ließ sich wieder auf seinen Platz am Tisch nieder.

Alex zog nervös die Füße auf die Sitzfläche, doch der Stuhl war zu klein. Also setzte er sich gerade hin, rang mit den Händen ebenso wie mit den Worten und breitete schließlich seine Lage vor Julia und Schröder aus.

»Da die Kripo in meiner Wohnung das Marihuana gefunden hat«, erklärte er abschließend, »ist meine einzige Chance aus der Anklage wegen Dealens rauszukommen, wenn ich denjenigen finde, der mich hingehängt hat und ihn zur Rede stelle.«

»Wie kann man so blöd sein!«, stöhnte Julia. »Behält sein Tütchen in der Wohnung, obwohl gegen ihn wegen Drogen ermittelt wird.«

»Ich weiß«, stöhnte Alex schuldbewusst.

Schröder beobachtete Alex genau. Hatte er es nicht geahnt, dass mit dem jungen Mann auch eine schwierige Geschichte einherging? Da war sie. Oder nicht? Je besser er Alex kennen lernte, desto mehr war er davon überzeugt, dass ihm sein schwarzes Outfit lediglich als Tarnung oder Abschreckung diente. Schröder glaubte Alex Geschichte. Und das nicht nur, weil Patrick diese bestätigte.

»Wie lautet jetzt deine Anfrage?«, wollte Schröder wissen.

Alex holte tief Luft, bevor er beteuerte, dass er in seiner Umgebung niemanden kenne, der ihn so in die Scheiße reiten würde. Deshalb bleibe nur der Sunrise Club übrig.

»Da bediene ich während einer Schicht an der Bar unzählige Typen. Das sind garantiert nicht alles Unschuldslämmer. Für mich ist das völlig klar: Prechts Hauptzeuge kann nur ein Gast aus dem Club sein.« Alex sah erwartungsvoll zu Patrick, der ihm nachdenklich zugehört hatte.

»Das ist gar nicht blöd«, bestätigte dieser. »Aber falls das so ist, wie sollen wir den finden?«

»Also ich stelle mir das so vor. Wenn ich arbeite, könnte jemand die Kunden beobachten«, antwortete Alex.

»Jemand? Du meinst mich?«, fragte Patrick skeptisch.

Alex sah unsicher Julia und Schröder an. »Vielleicht könnte jemand mitgehen?«

Schröder winkte sofort ab. »In so ein Ding kriegt ihr mich nicht rein! Dafür bin ich zu alt.«

»Du bei Techno-Sound und Laserlicht! Das würde ich gern erleben!«, lachte Julia. »Aber ich bin dabei.«

»Super!« Alex hielt Julia seine Hand zum Abklatschen hin, was sie auch schwungvoll tat.

»Und du, Patrick? Gehst du mit mir tanzen?«, fragte sie verschmitzt.

»Tanzen?«, fragte Patrick entsetzt. »Ich? Das denke ich nicht. Aber ich lass dich da auf keinen Fall allein hingehen.«

Während der nächsten Stunden erlebte Schröder eine lebhafte Diskussion über die Bedingungen einer verdeckten Ermittlung, technische Ausrüstung und Möglichkeiten, Verdächtige zu identifizieren. Da er nur einen Bruchteil des hitzigen Durcheinanders an Meinungen und Vorschlägen verstand, beschränkte er sich darauf für ausreichend Getränke zu sorgen. Nach einigen Raumskizzen des Clubs und verworfenen Zeit- und Ablaufplänen, lehnte sich Patrick zurück und stöhnte ausgiebig. »Ich hoffe, ich riskiere damit nicht meine Zulassung als Anwalt.«

»Das ist eindeutig Nothilfe, die du deinem Mandanten leistest«, erwiderte Julia überzeugt.

»Ja, weil ich von der Staatsmacht unschuldig drangsaliert werde«, meinte Alex ironisch und klopfte Patrick auf die Schulter. »Dafür kriegst du einen Orden.«

Während Julia im Internet eine kleine Überwachungskamera bestellte, fasste Schröder zusammen: »Alex versteckt diese Spionagekamera hinter der Theke zwischen den Flaschen. Die filmt seinen Arbeitsbereich als Barkeeper und sendet die Bilder über eine App auf Julias Handy. Richtig?«

Zustimmendes Nicken in der Runde.

»So, und dann macht Julia oder Patrick Fotos von den Bildern?«

»Screenshots«, bestätigte Patrick.

»Diese Shots zeigt ihr dann wem?«

»Leuten aus der Szene«, antwortete Alex.

»Die dann jemanden erkennen, von dem sie sagen, der sei ein Verräter?«

»Genau so«, bestätigte Patrick.

»Prima Plan!«, stellte Alex überzeugt fest.

»Na ja, es ist zumindest einer«, bemerkte Patrick.

»Wird schon gut gehen«, meinte Julia gähnend.

Schröder lehnte sich zurück und faltete die Hände über dem Bauch. »Der Abend wird einer der wenigen sein, an denen ich froh sein werde, ein alter Mann zu sein und daheim im Lehnstuhl sitzen zu dürfen.«

Kapitel 11

Im Morgennebel des Erwachens stellte Julia zwei Dinge fest. Erstens, Patrick lag eindeutig in ihrer Hälfte des Betts. Zweitens, seine Hand lag auf ihrer Hüfte. Schon wieder. Das passierte immer häufiger, seit sie in der Louisenstraße eingezogen war. Julia hatte bisher nie einschlafen können, solange sich der Mann, mit dem sie eine aufregende Nacht verbracht hatte, in ihrer Betthälfte aufhielt. Um wirklich tief und fest zu schlafen, brauchte sie ihre Hälfte für sich – Kissen, Decke fertig. Keine Männerhand, kein Fuß, keine Haarspitze in ihrem Revier. Jede Berührung wirkte entweder klammernd und erdrückend oder brüchig und kraftlos. Viel zu viele Eindrücke, die sie bis in ihre Träume beschäftigten. Was sollte sie davon halten, dass Patricks Hand ihren Schlaf nicht störte?

Noch eine weitere Gewohnheit, die sich auflöste. Seit vier Monaten zahlte sie Miete für ihre eigene Wohnung in der Louisenstraße 13, zweiter Stock links, genau über der Wohnung des Mannes, in dessen Bett sie meistens aufwachte und die Arbeit in der Stiftung war immer noch interessant. Hätte ihr jemand vor einem halben Jahr vorausgesagt, dass sie so leben würde, hätte sie lauthals gelacht.

»Woran denkst du?« Patrick rückte noch ein Stück näher an sie heran.

Julia schloss die Lücke zwischen ihnen und lehnte sich an ihn. Patricks schlafwarme, entspannte Brust war ein guter Platz, um den Beginn des Tages hinauszuzögern.

»Wir hatten unseren ersten ernsten Streit«, murmelte sie.

»Mhm«, antwortete Patrick im Halbschlaf in ihre Haare.

»Wie ist deine Streitstatistik?«

»Ich bin Anwalt, ich streite gern.«

»Aha, interessant.«

»Nur nicht mit den Frauen, mit denen ich das Bett teile.«

»Bin ich eine von denen? Eine, mit der du das Bett teilst?«

»Unter anderem«, flüsterte Patrick.

Julia war plötzlich hellwach. Wollte sie dieses Gespräch weiterführen? Die Grenzpfosten ihrer Beziehung festlegen? Ihr Handywecker klingelte und sie rückte schnell an den Bettrand.

»Ich muss aufstehen«, sagte sie und hoffte, dass Patrick ihre Erleichterung nicht bemerkte. »Frau Schlüter erwartet mich pünktlich in der Stiftung. Sie ist eine gnadenlose Antreiberin und achtet darauf, dass ich nicht noch mehr Fehler mache.«

»Schade«, murmelte Patrick, schob ihre Haare zur Seite und küsste sie auf den Hals.

Julia stand auf, zog sich den Pyjama zurecht und angelte sich den japanischen Seidenkimono vom Stuhl. Ohne Licht zu machen, ging sie im Halbdunkel über den Flur in die Küche. Nachdem sie über dem Arbeitsbereich die kleine Lampe angeknipst hatte, befüllte sie die Espressokanne, entzündete die Flamme des Gasherdes und setzte sie darauf. Der Gasherd war die einzige Extravaganz in Patricks Wohnung. Ansonsten hatte er sie einfach aber geschmackvoll eingerichtet. Keine typische Junggesellenwohnung. Patrick hatte für Dekoration nicht viel übrig, dafür aber für Möbel, die nicht klobig und funktional in den Zimmern herumstanden. Sein Kleiderschrank zum Beispiel war zwar groß, hatte aber petrolfarbene Türen. Oder das kleine Zimmer, in dem ein großes Bücherregal vom Flatscreen-Fernseher ablenkte und eine Sofalandschaft das halbe Zimmer einnahm. Hier verbrachte Julia viel Zeit, arbeitete am Laptop, breitete Fotos aus oder schaute sich Filme in bester Qualität an.

Der Kaffee blubberte durch die Kanne. Julia holte Becher aus dem Schrank. Die passten perfekt zu Patricks Einrichtung.

Sie waren weiß, hatten aber eine schwungvolle Form. Das Einzige, was Julia an der Wohnung fehlte, war Unordnung und Widersprüchliches. Da sie sich zwischen Patricks vier Wänden als Gast fühlte, hielt sie sich an seinen Sinn für Ordnung. Nicht, dass er sich ihr gegenüber wie ein Gastgeber verhielt. Schon seit einigen Wochen bot er ihr weder Getränke, Essen oder einen Platz an, sondern ging davon aus, dass sie sich selbst bediente. Auch ihre Beteiligung an der Hausarbeit nahm er inzwischen ohne besonderen Dank zur Kenntnis. Für Patrick war ihre Anwesenheit in seiner Wohnung offensichtlich zur Normalität geworden. Auch das, stellte Julia fest, fühlte sich gar nicht so schlecht an.

Sie brachte Patrick den Kaffee ans Bett. Gerade als er sich aufsetzte, trällerte sein Handy. Er warf einen Blick auf das Display und zeigte es Julia. *Karsten* stand darauf. Mit einem breiten Grinsen wischte er das Gespräch betont langsam vom Bildschirm.

»Ich bin beeindruckt«, sagte Julia und reichte ihm die Espressotasse.

»Er will sicher nur wissen, wie das Meeting mit Neubert gelaufen ist. Das kann ich ihm auch später berichten«, sagte Patrick und trank einen Schluck.

»Schade!«, sagte Julia und wich Patricks Hand aus, die nach ihrem Bein griff.

»Wieso?«, fragte er verdutzt.

»Ich sage nur«, antwortete Julia, wobei sie das Zimmer mit prophetisch hochgestrecktem Zeigefinger verließ, »Karsten Schäfer ist vielleicht ein netter Mensch, aber sobald man ihm den kleinen Finger hinstreckt, verschlingt er die ganze Hand.«

»Ach was«, hörte sie Patrick rufen, als sie die Badtür hinter sich schloss.

Als Julia aus dem Bad kam, saß Patrick in dem großen Zimmer in einem Sessel, die Beine auf einem Hocker abgelegt, las ein dickes Buch und löffelte Müsli. Der Raum war fast leer. Es fehlten die Büromöbel, die Patrick in seine neuen Kanzleiräume geschafft hatte.

»Sieht traurig aus. Hast du Pläne für dieses Zimmer?«, fragte sie, während sie den Inhalt ihrer Tasche fürs Büro kontrollierte.

Patrick sah auf und schüttelte den Kopf. »Carrera Bahn? Elektrische Eisenbahn? Soll ein tolles Hobby sein«, antwortete er augenzwinkernd. »Bis heute Abend bei Schröder?«

Julia nickte. Eigentlich wollte sie noch was über ihre Situation in der Stiftung sagen, über ihre Gedanken zum Bleiben und Gehen oder über dieses Zimmer, das groß genug wäre, um ein gemeinsames daraus zu machen – da klingelte ihr Handy und heilfroh, wieder vor einem verfänglichen Gespräch gerettet zu werden, nahm sie den Anruf an, ohne aufs Display zu sehen.

»Hallo Julia.« Mikes Stimme klang wie ein tiefes freundliches Summen aus dem Hörer und aktivierte Julias Alarmglocken. Mike, der große, schlaksige, gutaussehende Reporter aus Kairo mit dem Charme eines Abenteurers. Mike, dessen Nachrichten sie solange ignoriert hatte, bis er damit aufgehört hatte. Mike mit dem sie vier wunderbar verliebte Monate in Kairo verbracht hatte, bevor er mit einer international besetzten Journalistengruppe nach Syrien aufgebrochen war. Wochenlang hatte er sich nicht bei ihr gemeldet. Während dieser Zeit hatte Julia die Nachricht von Oma Belle erreicht, dass sie nicht mehr lange zu leben habe. Julia war umgehend nach Hause geflogen, hatte nach der Jugendliebe ihrer Großmutter gesucht und Schröder gefunden und war in die Louisenstraße 13 eingezogen. Mikes Bild wollte sie in der Galerie der Ereignisse ihres Reiselebens aufhängen oder ganz einfach das Kapitel abschließen. Das blöde dabei war nur, dass sie zwei Koffer in Mikes Wohnung zurückgelassen hatte. Darin waren Unterlagen, gute Fotoabzüge und Souvenirs ihrer Reisen rund um den Globus.

»Mike!« Julias Überraschung war anscheinend nicht zu überhören, denn Mike lachte leise.

»Ja, ich bin's. Wie geht es dir?«

Julia verzog sich ins Schlafzimmer. Vor Patrick wollte sie dieses Gespräch nicht führen.

»Mir geht es gut. Wie war Syrien?«, fragte sie, folgte seinem knappen Bericht über die Reise ins Kriegsgebiet und antwortete auf seine Fragen nach ihren Erlebnissen. Das verlief so flüssig und ungehemmt, als hätten sie sich gestern erst getrennt. Als sie kurz Patrick erwähnte, ignorierte er dies und fragte, wie es ihr mit der Stiftungsarbeit erginge.

»Ich hatte zwar Sehnsucht nach deiner Stimme«, gab er säuselnd zu, »Aber ich rufe auch aus einem konkreten Grund an. Ich habe eine neue Stelle bei einer Nachrichtenagentur. Ich ziehe nach Brasilien.«

»Gratuliere! Da wolltest du doch lange schon mal hin.«

»Das stimmt. Es ist nur so, dass hier noch deine Koffer stehen. Immer noch an derselben Stelle übrigens, auf deiner Seite neben dem Bett.«

»Das tut mir leid, waren sie dir sehr im Weg? Du hättest sie auch wegstellen dürfen.«

»Nichts, was dich betrifft, stört«, sagte Mike mit weichem Unterton, der wie eine leise Aufforderung zu einem Geständnis wirkte. Doch ein *›nett von dir‹* oder *›das freut mich‹* brachte Julia nicht über die Lippen.

»Kommst du und holst die Koffer ab?«, fragte Mike schließlich in ihr Schweigen.

»Ich überlege es mir. Wie lange habe ich Zeit?«

»In zwei Monaten breche ich die Zelte hier ab. Ausreichend Zeit für einen Besuch.«

»Mike, danke, dass du angerufen hast«, erwiderte Julia und nutzte ihren Termin bei der Stiftung als Ausrede, um eine eindeutige Antwort auf seine Einladung schuldig zu bleiben und das Gespräch zu beenden.

Julia hing in Gedanken noch in Mikes orientalisch anmutender Wohnung in einem Kolonialbau mit Blick auf die Kashba von Kairo, als sie Patrick duschnass in ein Handtuch gewickelt an der Tür bemerkte.

»Entschuldige, wollte nicht stören«, sagte er und deutete auf den Kleiderschrank. »Ich brauche meine Klamotten.«

Julia packte das Handy in die Tasche.

»Mit wem hast du telefoniert?«, fragte Patrick, während er sich anzog. »Schlechte Nachrichten? Du siehst irgendwie traurig aus.«

»Das war nur Mike. Du weißt schon, der Typ aus Kairo. Er zieht um nach Brasilien.«

Patrick schlüpfte in die Jeans. »Und das macht dich traurig?«, fragte er.

»Nein. Ich weiß nicht ... «

Wieder vibrierte Julias Handy. Schlüter mahnte per SMS den Termin in der Stiftung an. Julia schnappte sich ihre Tasche, drückte Patrick einen Kuss auf die Lippen und machte sich auf den Weg. Während der zehn Kilometer langen Fahrt mit dem Mini zum Büro der Stiftung spulte sich der Gedankenwurm in ihr aus. Musste Mike gerade jetzt anrufen? Musste er gerade jetzt umziehen? Musste sie gerade jetzt entscheiden, was sie mit ihren Koffern machen wollte, ob sie nach Kairo fliegen und Mike wiedersehen wollte? Und die Antworten blitzten in demselben Rhythmus in ihr auf. Mike konnte nicht wissen, welche Entscheidungen gerade vor ihrer Tür standen und sie musste Mike nicht besuchen, um ihre Koffer zu holen. Sie konnte sie schicken lassen. Für ihren Seelenfrieden wäre das sicher die bessere Lösung.

Kapitel 12

Auf dem Weg zum Sunrise Club, um Alex Plan umzusetzen, Hauptkommissar Prechts Hauptzeugen unter den Gästen zu identifizieren, fragte sich Patrick, warum er das nicht schon längst einmal gemacht hatte: Julia um ein Rendezvous mit allem Drum und Dran zu bitten. Natürlich waren sie in den letzten Monaten ausgegangen. Sie hatten die ganze Palette von Kino, Restaurantbesuch über Theater und Konzerte durchgemacht. Es waren durchweg fröhliche, unterhaltsame und auch romantische Abende gewesen. Doch fehlte ihnen das spezielle Flair einer Du-und-Ich-Verabredung.

Julia war in die Louisenstraße 13 eingezogen und damit in sein Leben. Die erste Stufe des Kennenlernens, das Hin und Her bei der Entscheidung ob der andere das Wagnis einer Liebesbeziehung wert war, hatten sie einfach übersprungen. Und das hatte Patrick als so selbstverständlich erlebt, als gäbe gar keine Alternative. Der erste Zweifel kam mit dem Anruf dieses ominösen Mikes aus Kairo. Wie sich das schon anhörte: Mike aus Kairo, der abenteuerlustige Reporter auf dem Weg in den Dschungel Brasiliens. Und Julias Stimme hatte bei dem Telefonat nicht gerade unbewegt geklungen. Er könnte eifersüchtig sein, wenn er der Typ dazu wäre. War er aber bisher nie gewesen. Wenn seine Beziehungen zu Frauen abflauten, dann hatte er immer die Reißleine gezogen, bevor sich Dramen anbahnten. Keine Zeit für Eifersucht. Bei Julia flaute gar nichts ab. Im Gegenteil. Patrick genoss ihre Gegenwart, ihre Zuwendung, ihren Humor, ihre Zärtlichkeit. Wie würde er also reagieren, sollte sich Mike aus Kairo als Auslöser eines Dramas herausstellen? Patrick warf einen Blick auf Julia, die neben ihm ging und auf ihrem Handy herumtippte.

Sie sah fantastisch aus in dem schwarzen Korsett, Minirock und gemusterten Strumpfhose und vor allem mit den offenen Haaren, die wie eine rote Flut über ihre Schultern hingen.

Dieser Abend eignete sich leider nicht als romantische Verabredung. Für Patrick war er die Umsetzung einer unkonventionellen Verteidigungsstrategie für seinen Mandanten. Für Julia vermutlich ein Freundschaftsdienst für Alex. Zu dritt hatten sie lange getüftelt, bis die technischen Einstellungen und Abläufe der Überwachungsaktion im Sunrise Club funktionierten. Dabei hatten sie alberne Filmchen gedreht und Schröder zur Weißglut getrieben, weil er als Überwachungsopfer herhalten musste. Der Anwalt in Patrick verdrängte seine juristischen Bedenken in Bezug auf Datenschutz und sonstiger Paragrafen, die mit dem Fotografieren der Gäste an Alex Bar zusammenhingen. Es ging schließlich um Alex. Seinen Pflegebruder, Schützling und Mandanten, dem nicht anders zu helfen war. Er freute sich jetzt schon darauf, Hauptkommissar Precht den Namen seines geheimnisvollen Hauptzeugen ins Gesicht zu sagen und damit dessen Ermittlungen gegen Alex wie Seifenblasen platzen zu lassen.

Die Schlange vor dem Sunrise Club war lang. Sie reichte bis um die nächste Straßenecke. Gut gelaunte Feierwillige standen sich vor dem Eingang des Tanztempels die Beine in den Bauch. Patrick nahm Julia an die Hand und zog sie an den Wartenden vorbei.

»Wie unangenehm!«, stöhnte Julia und zog an seiner Hand, um stehen zu bleiben. »Wir drängeln uns vor.«

»Wir haben eine Mission«, erwiderte Patrick mit theatralischer Geste. »Alex wartet auf uns und wir dürfen keine Minute seiner Schicht verpassen. Er fängt um 22 Uhr an und es ist jetzt schon fünf vor.«

Mit eingezogenem Kopf ließ sich Julia an den murrenden jungen Leute vorbei ziehen.

»Sie werden es überleben«, flüsterte Patrick ihr zu, als sie vor der Einlasskontrolle ankamen. Ein Hüne in schwarzem Muskelshirt, mit tätowierten Armen und Glatze stand breitbeinig vor ihnen, verschränkte seine muskulösen Arme und grinste sie von oben herab an.

»Na, ihr Süßen? Wollt euch vordrängeln? Das läuft nicht. Das Schnuckelchen«, er deutete auf Julia, »geht von mir aus rein. Aber du?« Er trat einen Schritt zurück und taxierte Patrick mit einem abschätzigen Blick.

»Ich gebe zu, dass Julia der Hammer ist, so wie sie hier steht.« Patrick legte den Arm um Julias Schulter und drückte sie an sich. »Sie sollten sie mal in High Heels sehen. Nichtsdestotrotz …«

»Nichtsdestowas? Redet der immer so geschwollen daher?«, fragte der Türsteher und lächelte Julia mitleidig an.

»Zuweilen«, antwortete Julia schmunzelnd.

»Zuweilen?«, äffte der Türsteher sie nach. »Du redest auch so? Na gut, was glaubt ihr Herrschaften, könnte mich dazu bewegen euch Eintritt zu gewähren?« Der Hüne wedelte mit der Hand durch die Luft, als wäre er ein Gentleman aus dem 18. Jahrhundert.

»Wir sind Freunde von Alex. Er meinte, er würde Bescheid sagen«, antwortete Patrick.

»Ihr seid Alex Gäste?« Der Hüne stemmte die Hände an die Hüften und sah sich zu einem Kollegen um. »Stimmt das?«

Ein kleiner, drahtiger Mann ganz in schwarzes Leder gekleidet zuckte mit den Schultern.

»Na gut«, sagte der Hüne und trat zur Seite.

Sie durchquerten den Eingangsbereich und eine Art Lounge, in der gemütliche Sitzecken bei dämmrigem Licht zu einer

Pause vom Getöse der Tanzhalle einluden. Patrick bemerkte sofort, dass sich sowohl Frauen wie Männer herausgeputzt hatten. Mal mehr, mal weniger. Ihre Strategie zu dieser Überwachungsaktion sah eigentlich vor, möglichst unauffällig zu sein. Das schaffte Julia in ihrem Outfit mit Leichtigkeit. Er dagegen kam sich wie ein verstaubtes Sofakissen vor. Zu seiner Zeit, als er mit seinen Kumpels die Clubs durchkämmt hatte, waren Jeans und Shirt das passende Outfit gewesen. Im Sunrise Club fiel er damit auf. Und das nicht positiv. Er sollte sich in eine Ecke verkriechen, von wo aus er die Bar im Auge behalten konnte. Patrick ahnte, dass er dafür Geduld und Nervenstärke aufbringen musste.

Die Musik, die in der Halle die Gäste zu so etwas wie Tanzen brachte, war keine, sondern aneinandergereihte elektronische Töne unterlegt mit einem immer gleichen Rhythmus der Bässe. Die reinste Folter! Flackernde Scheinwerfer, UV-Licht und blitzartige Laser malträtierten Patricks Netzhaut. Julia dagegen wiegte sich in den ohrenbetäubenden und aufdringlich hinwummernden Reizen. Sie strahlte ihn begeistert an und zog ihn in Richtung Halle. Bei dem Lärm würden sie sich nicht einmal unterhalten können, während sie die Bar überwachten. Patrick machte der Gedanke nervös, Julia könne darauf bestehen, dass er sein Versprechen, mit ihr zu tanzen, einlöste. Er würde sich eine Ausrede einfallen lassen müssen, denn in diese Masse ekstatisch zuckender Körper würde er sich nicht begeben. Vielleicht konnte er Julia als Ersatz den Besuch eines Tanztees für einsame Herzen anbieten.

Patrick stellte Julia an einem Stehtisch am Rande der Tanzfläche ab und machte gestikulierend deutlich, dass sie dortbleiben und die Funktion der Überwachungs-App testen solle. Dann kämpfte er sich durch die unberechenbar wogende Menge zur Bar, wo die Keeper auf Hochtouren arbeiteten. Alex hantierte wie ein Bühnenmagier mit Flaschen, Mixbecher und Gläsern, wobei er mit den Gästen lachte und flirtete. Patrick nickte ihm kurz zu und bestellte zwei Bier. Alex schüttelte entsetzt den Kopf. Mit akrobatischem Geschick mixte er diverse Flüssigkeiten in zwei Bechergläser. Nebenbei deutete er hinter sich auf das Regal. Zwischen den unzähligen Flaschen war die kleine Kamera versteckt, die die Kunden filmte.

Wie er die Cocktails, ohne einen Tropfen zu verschütten, an den Tisch zu Julia balancierte, war Patrick ein Rätsel.

Die Überwachung mittels Handy funktionierte. Dankbar für die Aufgabe, Screenshots von den übertragenen Bildern zu machen, versenkte er sich in diese Tätigkeit, die seine ganze Konzentration erforderte. Das lenkte ihn von dem Getöse um ihn herum ab, bis ihm einfiel, dass er die Prozedur eigentlich auch gemütlich von dem Sofa daheim aus hätte machen können. Er beschwerte sich darüber mit Gesten und Mimik bei Julia. Doch sie schüttelte den Kopf und wies in die ausgelassene Menge. Gut, das war ein Argument, bestätigte Patrick nickend. Der zweite Teil der Aktion bestand nämlich darin, dass einer ein Auge auf die Menschenmasse haben sollte, um verdächtige Gestalten zu identifizieren. Doch woran erkannte man einen Großhändler im Drogengeschäft? War er alt oder jung? Mann oder Frau? Viel so jemand in der Menge durch sein Verhalten oder sein Outfit auf oder machte er sich lieber unsichtbar?

Nach zwei Stunden wurde die Sache ermüdend und das Ende von Alex Schicht war nicht in Sicht. Als Julia mit der zweiten Getränkerunde zurück an den Tisch kam, stellte sie die Gläser ab, drehte sich um und tauchte in die tanzende Menge ein. Patrick hatte Mühe, sich auf die Bilder auf dem Handy zu konzentrieren. Immer wieder suchte er Julias Rotschopf in der Menge, ihre Arme in der Luft oder ihr in Schall, Licht und

Bewegung versunkenes Gesicht. Erstaunt stellte er fest, dass er nichts lieber täte, als ihr jetzt nahe zu sein, auch wenn das bedeutet hätte, dass er tanzen müsste. Eine Kurznachricht von Alex blinkte in seinem Handy auf:

> Mache jetzt halbe Stunde
> Pause

Wie abgesprochen, kam er nicht zu ihnen an den Tisch, sondern verschwand einfach von der Bildfläche. Es sollte keiner merken, dass sie sich kannten. Undercover war die Vorgabe. Patrick suchte Julia in der tanzenden Menge, fand sie aber nicht. Ein neuer DJ wurde angekündigt und vom Publikum jubelnd begrüßt. Eine Gruppe verschwitzter junger Leute stellte sich zu ihm an den Tisch und beäugte ihn skeptisch. Was dachten sie wohl über ihn? War er für sie ein Polizist oder ein verirrter Versicherungsvertreter? Ein seltsamer Vogel, ein Nerd? Als die Musik mit neuem Anstrich, Klang und Rhythmus wieder loslegte, zog die Gruppe weiter. Patrick bemerkte Julia, die sich auf dem Weg zum Tisch durch die Menschen drängte. Er ließ den Blick wandern.

Dann starrte er auf einen breiten Rücken in zerknittertem Leinen-Sakko und graues zurückgekämmtes Haar. Mit einem Glas in der Hand drehte sich der Mann um. Kälte durchfuhr Patrick. Dieses Gesicht, lange, schmale Nase, ausgeprägte Lippen, hohen Stirn, fliehendes unrasiertes Kinn, war ihm ins Gedächtnis eingebrannt. Wie ein Schnappschuss blitzte das Bild in ihm auf. Er als Zehnjähriger vor diesem Mann stehend, dessen Blick aus grauen wässrigen Augen auf ihn und dann auf das Geld in seiner zitternden Hand wanderte. Er hörte die heisere Stimme mitleidig reden, bevor er das Geld gegen ein Tütchen Heroin tauschte. Eberhard Braun, Ebbe! Wieso lebte er noch? Er müsste sich schon längst zu Tode gesoffen, gefixt oder geprügelt haben!

Patrick biss die Zähne so fest aufeinander, dass der Kiefer schmerzte. Durch den Körper pulsierte Strom. Ruckartig stand er auf die Hände zu Fäusten verkrampft. Mit langen Schritten durchquerte er eine konturlose Masse aus Körpern und Klängen, den Leinenanzug im Blick, bis er vor ihm stand, den muffigen Geruch alter Klamotten, kaltem Zigarettenrauch und Alkohol wiedererkannte und seine Faust in die entsetzte Visage donnerte. Lichter blitzten auf, Rufe befahlen loszulassen, Jemand zerrte an seinem Arm. Er riss sich los, packte den jammernden Alten am Kragen, schleift ihn zur Hintertür und stieß ihn auf den Hof, wo er taumelnd stolperte und stürzte. Der keuchende Körper vor ihm wollte sich aufrappeln, doch schon saß Patrick rittlings auf seinem Brustkorb und schlug die Fäuste in das von Panik verzerrte Gesicht.

Plötzlich rissen ihn kräftige Hände von dem Leinenanzug, zerrten ihn hoch und pressten ihn gegen eine Wand. Der Hüne vom Einlass starrte ihm drohend ins Gesicht, seine Hände drückten Patricks Schultern gegen die Wand. Mit einem Mal wurde sein Körper so schwer, dass er froh über die Pranken war, die ihn aufrecht hielten. Er starrte auf die tätowierte Brust des Hünen, erkannte Blumenranken und Tränen. Julia und Alex mit aufgerissenen Augen, fragend, anklagend, fassungslos, ob er den Verstand verloren habe, was in ihn gefahren sei, erklären solle er das Ganze, vernünftig erklären forderte Julia. Alex half Ebbe aufzustehen.

»Leer deine Taschen aus!«, forderte Patrick keuchend.

Ebbe, auf Alex gestützt, wankte, lachte heiser, wischte sich über die aufgeschlagene Lippe. Dann, den Blick auf Patrick geheftet griff er langsam in die rechte Tasche, zog drei Tütchen mit Pillen heraus und warf sie vor sich auf den Boden. Vier Beutel mit weißem Pulver aus der linken Tasche landeten daneben.

»Wer bist du überhaupt?«, fragte Ebbe in die ratlose Stille. Die Blicke der anderen sprangen zwischen Ebbe und ihm hin und her.

»Patrick Mehler, Humboldtstraße, falls du dich erinnerst.«

Ebbe wusste Bescheid. »Ist was aus dir geworden?«, fragte er heiser lachend und spukte blutig aus.

»Also jetzt ist Schluss hier!«, bestimmte der Hüne und lockerte den Griff, der Patrick festhielt. »Gehst du wieder auf Ebbe los?«

Patrick schüttelte den Kopf.

»Ihr haut jetzt alle ab!«, befahl der Hüne. »Ihr habt Hausverbot, das ist klar, oder? Gilt auch für dich, Ebbe!«

Ebbe wandte sich zur Hintertür.

»Nee!«, rief der Hüne. »Ihr verschwindet hinten rum. Will eure zerschlagenen Fressen nicht in dem Laden sehen.«

Ebbe verschwand humpelnd um die Ecke.

»Alex, bring nie wieder solche Freunde hier rein, verstanden?«, schnauzte der Hüne, packte ihn am Arm und schob ihn mit sich zurück in den Club.

Patrick sackte stöhnend in sich zusammen, schloss die Augen und rang nach Luft. Das Rauschen in seinem Kopf hörte nicht auf. Er räusperte durch die trockene Kehle, rieb sich die vom Schlagen gestauchten Handgelenke.

»Ich hole meine Tasche«, sagte Julia leise und verschwand durch die Hintertür in den Club.

Patrick wartete nicht auf sie. Julias Fragen und Blicke konnte er jetzt nicht ertragen. Wie sollte er ihr erklären, dass er sich wie ein tollwütiger Pitbull auf einen alten Mann gestürzt hatte? Alex würde wohl sagen, er habe den Gorilla rausgelassen. Ihm war übel, er fror und ein dumpfes Nichts verhinderte konkrete

Gedanken. Stumpfsinnig ging er geradeaus, bog um die Ecke und wieder gerade aus durch die nächtliche Stadt und setzte sich irgendwo in die dunkle Ecke einer Bar.

Kapitel 13

Dass gar keiner zum Morgenkaffee erschien, hatte es schon lange nicht mehr gegeben. Schröder sah auf die Uhr. Zehn Uhr, genau die richtige Zeit für den zweiten Kaffee. Aber weder Patrick noch Julia tauchten in der Küche auf. Bei Julia dachte er sich nichts dabei. Sie arbeitete auswärts und war um diese Zeit meistens mit der Stiftung beschäftigt. Bei Patrick machte er sich mehr Gedanken. Er nahm sich immer weniger Zeit für einen Kaffee, Abendessen oder einen Besuch im Laden.

Irgendetwas stimmte mit dem Kerl nicht. Es war ein Gefühl oder eine Ahnung. Etwas, was man spürte, wenn man jemanden solange kannte, wie Schröder seinen Pflegesohn. Da Patrick sein Herz noch nie auf der Zunge getragen hatte, konnte Schröder nur mutmaßen, was in ihm vor sich ging. An der Arbeit, die sich auf Patricks Schreibtisch häufte, lag es nicht. Patrick konnte viel arbeiten und dabei dennoch bester Stimmung sein. Mit Julia hatte er sich offensichtlich auch versöhnt. Allerdings war die Ursache ihrer Auseinandersetzung für Schröder symptomatisch für Patricks derzeitiges Verhalten. Er hatte sich nicht bei Julia gemeldet, war scheinbar abgetaucht gewesen. Genau so kam ihm Patrick zurzeit vor. Irgendwie woanders.

Er schüttete den letzten Schluck kalt gewordenen Kaffee in den Ausguss, öffnete die Spülmaschine, um den Becher einzuräumen, da bemerkte er die Leere auf den Gittern. Töpfe und Geschirr vom Abendessen des Vortages fehlten. »Du Hornochse!«, schalt er sich, weil ihm einfiel, dass Patrick, Julia und Alex letzte Nacht ihre Überwachungsaktion im Sunrise Club durchgezogen hatten. Klar, lagen die noch in den Betten. Doch beruhigt war Schröder deshalb nicht. Er beschloss, Patrick im Auge zu behalten und geduldig zu warten, bis dieser sich ihm anvertraute.

Denn Schröder hielt grundsätzlich nichts davon, Leute mit Fragen dazu zu bringen, ihre Probleme zu offenbaren. Wozu sollte das gut sein? Wenn jemand bereit war zu reden, dann tat er es auch. Vor allem ihm gegenüber. Er verfügte über ein Zuhör-Gen, wie Julia seine eigenartige Fähigkeit nannte, Leute ins Reden zu bringen. Alles zu seiner Zeit. Wenn die Kunden ihre Erinnerungsstücke bei ihm abgaben, erwähnten sie oft, dass ›*es an der Zeit sei*‹, sich etwas von der Seele zu reden oder Ereignisse ihres Lebens abzuschließen, indem sie die Erinnerung daran ablegten. Und dann redeten sie oft wie ein Wasserfall.

Er selbst hasste es regelrecht, von Patrick mit Fragen bombardiert zu werden, wenn er tagelang mit mieser Laune herumgelaufen war. Andererseits hatten Patricks Verhöre ihm geholfen, als er sich weigerte, der todkranken Isabelle einen letzten Besuch abzustatten. Patrick hatte nicht lockergelassen und Schröder dazu gebracht, sich seinen Erinnerungen zu stellen. Das war ekelhaft gewesen! Aber im Ergebnis die pure Erleichterung. Schröder musste nichts mehr vor sich selbst und der Welt verstecken. Er schämte sich für seine Taten, an die er sich wieder erinnerte. Er bereute sie sogar, aber er kannte nun die Gespenster, die fünfzig Jahre lang unerkannt in ihm gespukt hatten. Patrick hatte es gewagt, ihn solange zu malträtieren, bis er schließlich nach Antworten gesucht hatte. War er seinem Pflegesohn dann nicht mindestens dasselbe schuldig?

Schröder nahm die Werkstattschürze vom Haken und verließ die Wohnung. Er tauschte an der Garderobe seine Schuhe aus, als er durch die Glasscheibe der Haustür Alex stehen sah.

»Was machst du denn schon da?«, fragte Schröder erstaunt, als er ihn ins Haus ließ. »Ich dachte, nach einer Nachtschicht im Club bist du erst mittags ansprechbar.«

»Ich konnte nicht schlafen«, antwortete Alex und Schröder bemerkte dunkle Ringe unter seinen Augen.

»Wegen eurer Zeugensuche? Wie ist es gelaufen?«, fragte Schröder und band sich die Schürze um.

Alex zog die Augenbrauen hoch und pustete stoßweise Luft aus, wobei sein Blick verstohlen die Treppe nach oben wanderte. Das hieß wohl nichts Gutes.

»Du willst zu Patrick?«, fragte er deshalb und gab ihm den Weg frei. »Falls du etwas brauchst, ich bin in der Werkstatt.«

Schröder hatte sich gerade erst hinter der Werkbank niedergelassen. Er rückte eine Schreibmaschine, ein Erinnerungsstück, das er behandeln wollte, zurecht, da tauchte Alex auch schon in der Tür auf. Er lehnte sich mit verschränkten Armen und finsterer Miene an den Türrahmen.

»Keiner da«, erklärte Alex. »Weder bei Patrick noch bei Julia macht jemand auf.«

»Wenn es gestern spät geworden ist, schlafen sie wahrscheinlich noch«, überlegte Schröder.

»Vielleicht«, antwortete Alex zweifelnd, wobei er sich neugierig die Werkstatt umsah. Er schlenderte an den Regalen mit Tellern, Kerzenleuchtern, Schüsseln und Kisten aus Metall, Holz oder Keramik vorbei, fühlte das Leder alter Schul- und Aktentaschen, zog schwarze Herrenhandschuhe über und setzte sich einen Strohhut auf.

»Reparierst du das Zeug?«, fragte er.

»Teilweise, ja. Andere, wie die Regenschirme im Ständer in der Ecke habe ich aufgegeben. Eine nervtötende Friemelei.«

Alex öffnete vorsichtig einen Damenschirm. Die Stoffbespannung war brüchig und einige Glieder des Gestänges hingen herab.

»Schade, der wäre doch echt schick«, meinte Alex und stellte ihn zurück. »Verkaufst du die Sachen dann im Laden?«

»Ja, so ist es gedacht. Nur, dass sich im Laden alles stapelt, weil zu wenig verkauft wird. Ist aber besser geworden, seit Julia da mitmischt.«

»Verstehe, sie hübscht den alten Schuppen etwas auf.«

Schröder überhörte die Bemerkung. Er zog einen weichen, langhaarigen Pinsel aus einem Ständer und wedelte damit über die Tastatur der Schreibmaschine.

»Die schaut ganz schön fertig aus«, stellte Alex fest und deutete auf eingerastete Tasten. »Das wird auch so eine Friemelei, oder? Lohnt sich das bei der Schreibmaschine? Ist die einfacher zu verkaufen als ein Regenschirm?«, fragte er und setzte sich auf den Hocker vor der Werkbank.

Schröder sah ein, dass er das lebhafte Interesse des jungen Mannes nicht einfach mürrisch in den Boden stampfen konnte. Dafür war Alex erstens zu nett und zweitens schon zu sehr Teil der Louisenstraße 13.

»Das ist ein Erinnerungsstück. Da repariere ich gar nichts. Ich erhalte lediglich den Zustand, in dem die Sachen zu mir kommen«, erklärte Schröder, während er das Gehäuse von der Maschine abnahm. Bevor Alex seine Fragen loswerden konnte, erläuterte Schröder ihm in einer Kurzversion seine Arbeit mit Erinnerungsstücken.

»Während ich die Einzelteile der Schreibmaschine mit einem öligen Tuch abreibe, damit sie nicht rosten oder porös werden, erzähle ich die Geschichte, die mit ihr zusammenhängt. So bleibt die Erinnerung des Kunden lebendig«, erklärte Schröder und sah kurz auf, wobei er Alex skeptischem Blick begegnete. »Du brauchst keine Angst zu haben. Ich bin weder senil noch verrückt«, versicherte Schröder, holte ein Diktiergerät aus der Schublade und legte es neben die Schreibmaschine. »So arbeite ich seit Jahrzehnten mit den Erinnerungsstücken. Bisher haben mich die Gegenstände zuverlässig an ihre Geschichten erinnert. Aber ich werde nicht jünger und deshalb nehme ich meine Erzählungen mit dem Gerät auf.« Schröder rieb mit dem öligen Tuch über die Schienen des Walzenzugs. »Wenn du also die Geschichte der Schreibmaschine hören willst, bleib sitzen. Wenn nicht, kannst du gehen.«

Da Alex sich bequemer hinsetzte und interessiert vorbeugte, schaltete Schröder das Diktiergerät ein und fuhr fort die Teile der Schreibmaschine abzureiben.

»Die Schreibmaschine ist eine ERIKA 32/42, fabriziert von einem Kombinat Zentronik in der DDR. Weißt du damit was anzufangen? DDR?«

»Ja klar, bin ja nicht von gestern« antwortete Alex über seinen Witz lachend.

» *Gebracht hat sie ein Mann vor 35 Jahren, sie war eins der ersten Erinnerungsstücke bei mir. Er war um die vierzig Jahre alt, ein Schriftsteller.*

Er wuchs in der DDR in einer sächsischen Kleinstadt auf. Seine Eltern führten einen Lebensmittelladen. Daher kannten sie viele Einwohner der Stadt. Und wie es so üblich ist, wurde in dem Laden unter den Kunden viel getratscht. Seine Eltern hörten sowohl von den Ereignissen, die laut erzählt wurden, als auch von denen, die nur flüsternd weitergegeben wurden. Als Jugendlicher begriff der Mann, dass seine Eltern nicht nur zuhörten, sondern alle Neuigkeiten aufschrieben. Nach Ladenschluss protokollierten sie, wer was erzählt und wer welche Meinung geäußert hatte, mit dieser Schreibmaschine. Natürlich listeten sie die Namen derer auf, die vermutlich an politisch unerwünschte Aktionen beteiligt waren. Kurz und gut, der junge Mann entdeckte, dass seine Eltern für die Stasi als Inoffizielle Mitarbeiter tätig waren. Irgendwann schlich er sich nachts an den Schreibtisch seines Vaters. Mit einem nachgemachten Schlüssel öffnete er die Schublade und nahm die Mappen mit den Notizen seiner Eltern raus. Er las sie heimlich. Als er sein Abitur gemacht hatte und der Staat ihm ein Literaturstudium verweigerte, wollte er sich rächen. Er begann auf der Schreibmaschine, mit der seine Eltern die Protokolle über die Kunden ihres Ladens tippten, einen Roman zu schreiben. In die Geschichte baute er viel Notizen ein, die seine Eltern an die Stasi weitergegeben hatten.

Er arbeitete jahrelang an dem Manuskript. Dann kam die Wende, die Mauer fiel und er reichte seinen Roman bei westdeutschen Verlagen ein. Als der Schriftsteller mit der Schreibmaschine zu mir kam, stand die Veröffentlichung seines Werkes kurz bevor. Er gab vor mir zu, dass er die Geschichten in seinem Roman aus den Stasiberichten geklaut hatte. Deshalb war seine Freude über die anstehende Veröffentlichung des Romans nicht ungetrübt. Er fühlte sich schuldig. Er wusste, dass er den Zusammenhang zwischen den Berichten und seinem Roman niemals öffentlich machen könnte, ohne seine Karriere schon am Startpunkt zu ruinieren. Aber er wollte die Quelle seines Romanstoffs auch nicht vergessen. Er wählte die Erika als passendes Erinnerungsstück.

Ich gab ihm eine Abholnummer und er verließ den Laden. Sollte er die Geschichte vergessen, so würden spätestens seine Erben zu mir kommen, um zu erfahren, was es mit der Nummer auf sich hat.«

Alex hatte mit offenem Mund zugehört. »Wow, das ist ja selbst eine Geschichte für einen Roman«, seufzte er. »Lebt der Autor noch? Ist das mit den Berichten jemals rausgekommen? Haben sich vielleicht Kunden seiner Eltern in dem Roman erkannt?«

»Du bist clever, Alex. Ob der Autor noch lebt, weiß ich nicht. Der Roman wurde ein Bestseller. Und deshalb haben sich einige gemeldet, die in dem Roman beschrieben wurden. Es gab Gerichtsverfahren und Skandale. Von dem Autor habe ich seitdem nichts mehr in den Zeitungen gelesen«, gab Schröder zu.

»Er hat nichts mehr geschrieben?«

»Nichts, was in der Presse besprochen worden wäre.«

»Da du die Schreibmaschine noch hast, heißt das, es ist noch niemand gekommen, um die Geschichte von dir zu erfahren?«

Schröder nickte, während er die Schutzhaube über die ERIKA 32/42 stülpte.

»Wenn die Katze aus dem Sack ist und sich offensichtlich keiner für die Schreibmaschine interessiert, warum machst du dir dann noch so viel Arbeit damit?«

»So lautet nun mal die Abmachung zwischen dem Abgeber und mir. Ich kümmere mich solange um das Erinnerungsstück, bis jemand mit der Abholnummer kommt und das Objekt und seine Geschichte mitnimmt.«

»Und wenn keiner kommt?«

»Dann muss sich irgendwann mein bedauernswerter Erbe um die ganzen Sachen kümmern.« Schröder räumte die Schreibmaschine in die Kiste, die er später zurück in die Erinnerungswohnung tragen würde.

Alex stand auf und wollte sich verabschieden, doch Schröder ließ ihn nicht so einfach fort. Er warf seine Abneigung, Leute mit Fragen zu löchern über Bord.

»Erzähl, was gestern passiert ist«, forderte er.

Alex zögerte, bevor er antwortete: »Ich glaube, ich rede erstmal mit Patrick. Ist irgendwie seine Geschichte, wenn du weißt, was ich meine.«

Sehr anständig, dachte Schröder, während er die Schürze auszog und an den Haken hängte.

»Ich probiere es nochmal bei ihm«, sagte Alex.

»Ich gehe mit«, entschied Schröder, schob Alex aus der Werkstatt und knipste das Licht aus. »Patrick kann mich ja wegschicken, wenn er mir nichts sagen will.«

Sie klingelten und klopften vergeblich an Patricks Wohnungstür. Auch sein Anwaltsbüro war verschlossen. Enttäuscht setzten sie sich auf die oberste Treppenstufe, um zu beraten, was zu tun war, als Julia das Haus betrat. In legeren Freizeitklamotten und mit zwei Fotoapparaten ausgerüstet, sah sie aus wie eine Touristin.

»Hey, ihr zwei!«, rief sie ihnen zu. »Ist Patrick aufgetaucht?«

Schröder und Alex schüttelten resigniert die Köpfe.

»Hast du ihn seit dem Club noch einmal gesehen?«, fragte Alex.

»Nein«, antwortete Julia. Sie lehnte sich an das Treppengeländer, zog ihr Handy aus der Hosentasche und schaltete es an. »Er antwortet auch nicht auf meine Anrufe oder Kurznachrichten. Schon wieder!«

Schröder sah sich die besorgten jungen Leute an, seufzte tief und lud sie zu sich auf einen Tee ein. Das sei, so meinte er, die beste Art, sich Gedanken zu machen, wenn man gerade nicht weiterwisse.

»Ich weiß nicht. Ich glaube, ich will lieber …«, antwortete Alex und wandte sich zur Haustür.

»Stopp!«, rief ihm Schröder nach. »Das war keine freundliche Bitte, sondern eine schön verpackte Handlungsanweisung. Ab in die Küche und dann erzählt ihr, was passiert ist.«

Wie unartige Schüler, die ins Büro des Rektors beordert worden waren, folgten Julia und Alex Schröder in die Küche. Während er den Tee aufbrühte und Geschirr aufdeckte, erzählten Alex und Julia ausführlich, wie Patrick sich auf Eberhard Braun gestürzt und ihm mit Faustschlägen malträtiert hatte.

»Ich kenne Ebbe nur als harmlosen Gast im Sunrise Club«, sagte Alex nachdenklich. »Ich meine, er ist ein seltsamer Vogel. War aber nie auffällig oder so. Dass er seine Taschen voller Drogen hat, wusste ich nicht. Ich glaube, im Club hat er nie was verkauft. Jedenfalls ist das noch niemandem aufgefallen. Die Sicherheitsleute passen da höllisch auf. Da ist der Boss superstreng. Drogen in seinem Club sind tabu.«

Schröder setzte sich an den Küchentisch und goss den Tee in die Tassen. »Eberhard Braun«, murmelte er, als suche er in einem Karteikasten nach der richtigen Karte. »Ich glaube, den Namen habe ich schon einmal gehört.«

»Wer ist das?«, fragte Julia sofort. »Was hat er mit Patrick zu tun?«

»Das kann ich nicht erzählen. Ist Patricks Geschichte, wenn ihr wisst, was ich meine.«

Alex grinste schief und prostete Schröder mit der Teetasse zu.

»Toll und nun?«, fragte Julia ungeduldig. »Was machen wir jetzt? Sollen wir Patrick suchen?«

Schröder überlegte, rührte in seinem Tee, trank einen Schluck und rührte wieder in der halbleeren Tasse.

»Robert!« Julia zog ihm die Tasse weg. »Suchen? Ja oder nein und wenn ja, wo?«

»Nein«, antwortete Schröder. »Wir warten noch. Vielleicht braucht er einfach etwas Zeit. Wer von ihm hört, der sagt den anderen Bescheid. Mehr können wir im Moment nicht tun.«

»Hoffentlich zeigt dieser Ebbe Patrick nicht wegen Körperverletzung an. Das wäre ziemlich schlecht für seinen Ruf als Anwalt«, bemerkte Julia besorgt.

»Echt jetzt?« Alex stellte klappernd seine Tasse auf den Unterteller. »Das ist nicht gerade das, worum ich mich sorge«, sagte er mit unterdrückter Wut. »Für mich geht es hier nicht nur um meinen Ruf, sondern um Knast oder nicht Knast, Verurteilung oder Freispruch – andere Kategorie. Sollte Ebbe der Kronzeuge sein, hat Patrick ihn so sauer gemacht, dass er mich garantiert nicht von seiner Liste der Dealer streichen wird. Im Gegenteil! Er wird meinen Namen extra dick unterstreichen und mir die doppelte Menge Drogen andichten.«

Schröder sah, wie es in Alex brodelte. Wenn er gekonnt hätte, wie er wollte, hätte er das liebliche Geschirr an die Wand gedonnert, vermutete er. Aber Alex beherrschte sich.

»Du hast recht, Alex«, bestätigte Schröder ruhig. »Patrick hat dich ziemlich in die Scheiße geritten. Entschuldigt den Ausdruck.«

Julia klopfte Alex aufmunternd auf die Schulter. »Vielleicht ist Ebbe gar nicht dieser ominöse Zeuge«, sagte sie tröstend, aber ohne Überzeugung. »Patrick würde dich nicht hängen lassen, Alex. Das weißt du, oder?«

Als sie Alex stumme Bestätigung hatte, fuhr sie fort: »Ich verstehe Patrick sowieso gerade gar nicht. Ich will unsere Beziehung hier nicht auf dem Küchentisch ausbreiten, aber seit einiger Zeit ist Patrick für mich irgendwie anders. Zurückgezogen, in sich gekehrt, er hört nicht mehr zu, nimmt an meinem Leben kaum Anteil. Alex, entschuldige, aber ich glaube, dass es so ist, seit du bei ihm aufgetaucht bist.« Sie zupfte nervös an ihren Fingern und sah Schröder hilfesuchend an. »Liege ich da falsch?«

»Jetzt bin ich's wieder, oder was?«, brauste Alex auf.

»Nein«, widersprach Schröder entschieden. »Natürlich nicht. Aber an dem, was Julia vermutet, ist schon was dran.«

»Sieht es Patrick ähnlich, dass er einfach abtaucht?«, fragte Julia.

»Nein, gar nicht!«, versicherten Schröder und Alex gleichzeitig. Diese Feststellung hing in der Küche und Schröder sah in die ratlosen Gesichter von Alex und Julia. Was konnten sie tun? Im Moment gar nichts, außer abzuwarten, in welchem Zustand und wann Patrick wieder auftauchen würde.

Sie verabredeten, mindestens einen Tag zu warten. Dann würden sie wieder zu einer Krisensitzung zusammenkommen.

Kapitel 14

»Opa, der Mann ist ja immer noch da!« Eine schrille Mädchenstimme drang durch Patricks sumpfiges Bewusstsein. Einer inneren Checkliste folgend prüfte er, wo und in welchem Zustand er sich befand. Er lag auf einem zu weichen Sofa, komplett angezogen, der Nacken schmerzte, ebenso die Hände und das rechte Auge, und in seinem Kopf arbeitete jemand an einer Kreissäge. Vorsichtig öffnete er die Augen und sah durch blendend weißes Licht in die riesigen Augen von Walt Disneys Eiskönigin.

»Jetzt ist er wach!«, schrie das Mädchen in dem Glitzershirt, Lutscher im Mund und schwarzen Zöpfen.

Patrick stöhnte tief und langanhaltend.

»Ooopaaa!« Das Mädchen lief davon. Ihre schrille Kinderstimme wirkte wie spitze Scherben, die durch Patricks Gehirnwindungen schnitten. Licht aus!, befahl er seinen Systemen und schloss die Augen. Er würde erst wieder Licht in seinen Kopf lassen, wenn er sicher sein konnte, zu Hause in seinem Bett zu liegen, wo es still, dunkel und er allein war. Allein? Verdammt! Julia. Wieder stöhnte er. Lauter und länger als vorher.

»So schlimm?« Eine raue Männerstimme näherte sich ihm. Er kannte sie. Aber bitte, wie kam Karlheinz Südhoff hierher?

»Trink das!« Eine Hand rüttelte an seiner Schulter.

Patrick öffnete die Augen, blinzelte, setzte sich halb auf, wobei er jedes einzelne Organ spürte, und nahm mit zitternder Hand das Glas gefüllt mit einer trüben, sprudelnden Flüssigkeit. Nach zwei Schlucken von dem bitter schmeckenden Getränk wagte er, den Mann vor sich anzusehen. Kalles faltiges Gesicht beugte sich über ihn. Eine Strähne löste sich aus dem nassen nach hinten gekämmten Haar. Kam er aus der Dusche? War er Morgen- oder Abendduscher? Wie spät war es überhaupt?

Kalle grinste Patrick an, wobei zwei Goldzähne blitzten. »Herr Anwalt, es ist mir eine Ehre, dass Sie mich besuchen«, sagte er höhnisch, zog sich einen Stuhl heran, wickelte den eleganten Morgenmantel um seinen knochigen Körper und setzte sich. »Täusche ich mich, oder hat der Anwalt seine Besuchszeiten auf den frühen Morgen verlegt?« Kalle nahm Patrick das leere Glas ab und stellte es auf den Couchtisch.

Patrick probierte, ob sein Körper bereit war, sich aufzusetzen. Er sah sich in dem bieder eingerichteten Wohnzimmer um.

»Was mache ich hier? Wie spät ist es?«, fragte er heiser.

»Ich will nicht unhöflich sein«, antwortete Kalle immer noch grinsend. »Aber es ist 18 Uhr 30 und was Sie hier machen, ist eindeutig. Im Augenblick sitzen Sie mit einem fetten Kater auf meinem Sofa. Falls es ganz schlimm um Ihr alkoholgetränktes Gehirn steht, stelle ich mich vor: Karlheinz Südhoff, wohnhaft Birkenallee 123, ich bin Ihr Mandant und stehe unter dem Verdacht, an dem Einbruch bei Juwelier Krämer letztes Jahr beteiligt gewesen zu sein.«

»Ich weiß, wer Sie sind«, erwiderte Patrick zu laut für sein eigenes Gehör. »Ich bin Patrick. Wenn ich schon in diesem Zustand in Ihrer Wohnung sitze, dann duzen Sie mich bitte.«

»Sehr erfreut, Patrick. Man nennt mich …«

»Kalle, ich weiß«, stieß Patrick aus. Das war doch alles absurd. Er rieb sich mit den Händen über das Gesicht und zuckte zusammen. An seinem rechten Auge wölbte sich eine Beule und die Handknöchel schmerzten.

»Ach ja, hier nimm die«, sagte Kalle und zog aus den Taschen seines Morgenmantels zwei Kühlkissen. »Du hast einen Volltreffer am Auge abgekriegt. Wie sieht denn dein Boxgegner aus?«

Patrick drückte vorsichtig ein Kühlpack an das rechte Auge, das andere legte er sich auf die Knöchel der linken Hand. Kalles Zaubertrank schien zu wirken. Patrick konnte gerade sitzen, Übelkeit und Schwindel hatten sich beruhigt. Nur der Schädel wummerte noch bei jedem Atemzug.

»Wann oder warum bin ich hier gelandet?«, fragte er. Das Letzte, woran er sich erinnerte, war Ebbe, der blaugeschlagen davon humpelte, und wie er allein im Hinterhof des Sunrise Club stand.

»Dass du sturzbesoffen warst, brauche ich wohl nicht zu erwähnen«, antwortete Kalle. »Du bist so um halb fünf Uhr morgens hier aufgetaucht, hast geklingelt und gerufen, als ginge die Welt unter. Dann hast du gekotzt, irgendetwas gelallt von einem Schweinehund, den du fertigmachen willst, und zum Schluss bist du zum Sofa gestolpert, hast die Vase meiner seligen Mutter vom Tisch gefegt und bist eingeschlafen.«

Aus der Küche war ein Piepsen zu hören und Kalle ging mit der Bemerkung, der Kaffee sei fertig.

Patrick suchte seine Hosentaschen ab. Wo war sein Handy? Er stand auf, suchte das Sofa ab und setzte sich schnell wieder. Sein Kopf fühlte sich immer noch angeschwollen und ramponiert an. Was war passiert? Klar, das mit Ebbe. Und dann? Pauls Bistro, das Crystal, die Bar mit dem grünen Licht und noch eine. Oder zwei? Und als alle Kneipen geschlossen gewesen waren, erinnerte sich Patrick an einen langen, langen Spaziergang bis an den Stadtrand. Was hatte er sich dabei gedacht, bei seinem Mandanten und Schröders speziellen Freund aufzutauchen?

Kalle brachte eine Becher Kaffee und ein weiteres Glas seiner bitteren Medizin. Mit dem Hinweis, er ziehe sich an und bringe dann Lisa, seine Enkelin, zu ihrer Mutter, verabschiedete er sich.

»Hast du mein Handy gesehen?«, fragte Patrick.

»Klar«, rief Kalle vom Flur aus. »Liegt alles auf dem Tisch vor dir.«

Wann war er das letzte Mal so betrunken gewesen, dass er nicht einmal die nächste Umgebung wahrgenommen hatte? Er steckte Brieftasche und Schlüssel in die Hosentaschen. Dann entsperrte er das Handy. Der Akku reichte gerade noch dafür die Anzeigen der vielen Anrufe und Kurznachrichten von Julia und Alex sowie einer Mail des Mandanten, den Karsten ihm vermittelt hatte. Wie hieß der doch gleich wieder? Neubert. Fluchend blickte er auf das schwarze Display. Mit dem hätte er heute einen wichtigen Besprechungstermin gehabt. Verdammt! Schlimmer war, dass er sich nicht bei Julia melden konnte. Er sah sich um. Stand irgendwo ein Festnetztelefon, von dem aus er anrufen konnte? Natürlich nicht. Ein Ladekabel lag auch nicht herum. »Bitte, bitte nicht sauer sein, Julia«, murmelte er, bevor er zurück auf das Sofa sank.

Es wurde bereits dunkel, als er das Zuschlagen der Haustür und Kalles Schritte im Flur hörte. Patrick hatte die Zeit in einem dämmrigen Halbschlaf verbracht und in seinem Zwischenbewusstsein nach den Erinnerungen an die letzte Nacht gesucht. Was um alles in der Welt hatte ihn bewogen, hierher zu kommen? Zu Fuß! Wenigstens diese Detailfrage war leicht zu beantworten: Er war betrunken gewesen. Nur langsam fügten sich die Teile zusammen. Kalle, jetzt in Hawaiihemd und Jogginghose, schaltete das Deckenlicht im Wohnzimmer an und ließ sich in einen Sessel fallen. Er sah Patrick mit gespannter Erwartung an.

»Kennst du Eberhard Braun, genannt Ebbe aus der Humboldtstraße?«, fragte Patrick den Meisterdieb, von dem er hoffte, dass er sich auch im Milieu der Kleindealer auskannte.

»Ja klar«, antwortete Kalle freimütig. »Ist eine stadtbekannte

Gestalt. Kauft und verkauft dies und das. Hab auch mal mit ihm gearbeitet. Ist schon Jahre her. Wir haben einen Kiosk ausgeraubt. War der Lotto-Tag. Dabei haben wir auch den Zigarettenvorrat mitgehen lassen. Den hat Ebbe für uns verkauft. Oder einmal waren es elektronische Geräte. Der ist in Ordnung. Was ist mit ihm?«

»Kannst du den Mund halten?«

»Was? Habe ich mich verhört, oder was? Meinst du, ich hätte über Jahrzehnte vom Klauen leben können, wenn ich alles ausplappern würde?«, fragte Kalle aufgebracht. Er stand auf, ging in die Küche und holte sich ein Bier aus dem Kühlschrank. »Ob ich den Mund halten kann!«, hörte Patrick ihn in der Küche schimpfen und bereute seine Frage.

Als Kalle wieder im Wohnzimmer auftauchte, sah er ihn finster an. »Gerade du müsstest das wissen. Habe ich jemals Schröder verraten? Dass er damals in seinem eifersüchtigen Liebeswahn wegen dieser Isabelle den Einbruch in die Kellermann Villa eingefädelt hat? Dass ich wegen ihm den alten Kellermann in Notwehr erschossen habe? Halte dich zurück mit so dämlichen Fragen!«

»Es tut mir leid«, beteuerte Patrick.

»Komm zur Sache, Anwalt. Was willst du von mir?« Kalle setzte sich wieder, trank sein Bier und wartete.

Patrick kratzte sich am Kopf. Wo anfangen? Am Anfang oder davor? Er entschied sich für den Anfang und das war der Tag, an dem Alex Schott bei ihm in der Kanzlei aufgetaucht war. Er schilderte dessen Problem mit dem unbekannten Hauptzeugen, der ihn als Zwischenhändler diverser Drogen aufgeführt hatte. Dann war er auch schon bei dem gestrigen Abend und der illegalen Filmaktion von Alex Kunden an der Bar des Sunrise Clubs. Kalle lachte und bescheinigte Patrick einen selbstlosen Einsatz für seinen Mandanten. Das mache sicher die Runde und bringe ihm viele Aufträge. Darüber freute sich Patrick allerdings nicht.

»Ich habe es für Alex gemacht, weil er sowas wie mein Pflegebruder ist. Wir waren in derselben Pflegefamilie, bevor ich mich bei Schröder einquartierte.«

»O. k., du hast also Ebbe in dem Club gesehen, wusstest, dass er mit Drogen rummacht, denkst, er ist der gesuchte Kronzeuge und hast ihn dir geschnappt und verprügelt«, fasste Kalle das Gehörte zusammen.

Patrick lehnte sich zurück, überlegte, wie viel er Kalle erzählen sollte. Alles? Dass er Ebbe schon als Kind gekannt hatte? Dass er bei ihm die Drogen für seine Mutter gekauft hatte?

»Ja, ich war so wütend«, antwortete er schließlich und hoffte, dass Kalle ihm die kurze Version seiner Bekanntschaft mit Ebbe glaubte.

»Warum? Ich meine, warum hast du auf ihn eingeschlagen und ihn nicht einfach gefragt?«

»Weil ...«, Patrick wusste nicht weiter. »... weil er mir das Blaue vom Himmel erzählt hätte. Warum sollte Ebbe mir ins Gesicht sagen: Ja, ich bin das Schwein, das junge Menschen so in Schwierigkeiten bringt? Es geht um Alex!«

Kalle schüttelte verständnislos den Kopf. Patrick sei doch sonst nicht so unbeherrscht, habe seine fünf Sinne beisammen. »Und wegen deines kleinen hilflosen Brüderleins rastest du aus? Was ist los? Bist du wieder zu so einem Straßenroadie geworden? Rückfall erlitten?« Er stand auf, ging zum Fenster und schaute in den Garten. »Nee! Da fehlt noch was«, stellte er fest, drehte sich um und sah Patrick durchdringend an. Der hatte sich hinter sein Anwaltsgesicht verkrochen, entschlossen, Kalle nicht mehr als notwendig zu erzählen.

»Na gut«, seufzte Kalle. »Was habe ich denn jetzt mit der

Geschichte zu tun, außer dass du hier deinen Rausch kuriert hast?«

Jetzt wurde es heikel. Patrick rieb sich die Stirn, suchte nach dem richtigen Ansatz.

»Gegen Alex ermittelt Hauptkommissar Precht.«

»Ach was, den kennen wir doch«, warf Kalle mit finsterem Gesicht ein. »Der geht mir ganz schön auf die Nerven. Er lässt nicht locker, zitiert mich immer wieder auf das Präsidium nur um zum hundertsten Mal zu fragen, wer den Juwelenraub beim Krämer gemacht hat.«

»Genau das ist der Punkt«, erklärte Patrick und rieb sich nervös die Hände. »Precht darf juristisch gesehen den Namen des Kronzeugen verschweigen. Ich brauche aber den Namen, damit ich ihn dazu bringe Alex von der Liste seiner Händler zu streichen. Auf diese Weise hätte der Staatsanwalt nichts gegen Alex in der Hand und die Anklage wäre vom Tisch. Ich denke, dass Ebbe dieser Kronzeuge ist. Ich muss es aber wissen. Precht würde mir den Namen sogar verraten. Allerdings verlangt er dafür etwas.«

»Was? Schmiergeld?«, fragte Kalle amüsiert.

Patrick schüttelte nur den Kopf und sah den Meisterdieb vielsagend schräg an.

Kalle zog die Augenbrauen zusammen, den Mund schief und schnaubte: »Nee, oder? Er will die Namen meiner Leute für den Namen seines Zeugen?« Er klatschte in die Hände, sah Patrick an, warf den Kopf in den Nacken und lachte lauthals. »Wie gut, dass du solche miesen Deals nicht machst, Herr Anwalt. Bist echt korrekt!«

Patrick verschränkte die Hände hinter dem Kopf, streckte sich und stöhnte. »Es wäre für Alex«, beteuerte er. »Wenn du so willst, für mich.«

»Nicht für viel Geld!«, schimpfte Kalle erbost. »Habe ich

nicht vorhin gesagt, ich sei kein tratschendes Waschweib? Was glaubst du, würde passieren, wenn ich meine Kumpel verrate? Die ganze Szene würde mich bis auf die Knochen abnagen. Vergiss es!« Er stand auf und verschwand im Flur.

Patrick ließ sich in die Sofakissen sinken. Was hatte er sich nur dabei gedacht? Welch eine besoffene Idee, Kalle zum Verrat seiner Kollegen anzustiften.

»Komm, Anwalt!«, sagte Kalle, der in der Tür stand und sich eine rote Lederjacke überzog. »Es ist spät geworden. Ich fahre dich nach Hause.«

Patrick folgte ihm aus dem Haus. Er fühlte sich mies. Was hatte er alles verbockt? Ebbe so verprügelt, dass er garantiert so stinkwütend war, dass er Alex nicht aus seinen Klauen freilassen würde, Kalle durch seine dämliche Bitte beleidigt und was ihn in der Louisenstraße erwartete, wollte er sich gar nicht vorstellen. Toll gemacht, Patrick!

Er trat vor die Haustür und entdeckte Kalle in einem neuen Mittelklasse-Elektroauto, auf der Einfahrt.

»Du ein Elektroauto?«, staunte er, als er einstieg. »Ich dacht eher, du fährst einen alten Klassiker, so ein Mustang oder Porsche.«

»Du solltest mal an deinen Vorurteilen arbeiten, Anwalt«, erwiderte Kalle und ließ den Motor an. »Nur, weil ich kriminell bin, heißt das nicht, dass mir das Klima egal ist, oder?«

»Klar«, bestätigte Patrick und schnallte sich an.

Der Wagen summte weich durch den abendlichen Verkehr. Das machte das Schweigen zwischen Kalle und Patrick lauter. Der Weg, für den Patrick in der Nacht scheinbar Stunden gebraucht hatte, dauerte jetzt nur dreißig Minuten. Kalle parkte den Wagen vor der Louisenstraße 13. Alle Fenster waren dunkel. Anscheinend waren Schröder und Julia bereits schlafen gegangen. Kein Wunder, es war spät geworden. Hoffentlich schlief Julia nicht in seinem Bett. Die notwendige Energie, die er für eine Entschuldigung ihr gegenüber benötigte, würde er nicht mehr aufbringen können.

Er löste den Gurt und reichte Kalle die Hand. »Es tut mir leid«, sagte er. »Die Idee war blödsinnig und ich bin froh, dass du nicht darauf eingegangen bist.«

»Du hättest mich auch einfach nach meiner Meinung fragen können«, sagte Kalle trocken. »Gerüchte gibt es auch in der Unterwelt. Verstehst du?«

»Ja, verstehe«, gab Patrick zerknirscht zu.

»Ich halte es für möglich, dass Ebbe sowas macht: Jemanden hinhängen, nur um selber davonzukommen. Es lief nicht so gut bei ihm in den letzten Jahren, habe ich gehört.«

»Danke.«

»Und wenn du wieder mal so ein Problem hast, dann komm zu mir, aber mit der ganzen Geschichte. Was du mir heute präsentiert hast, war nur die Hälfte, richtig?«

»Richtig.«

Kalle beugte sich an Patrick vorbei und öffnete die Beifahrertür. »Jetzt hau ab. Pass auf deinen Alex auf!«

Patrick bedankte sich, schloss die Autotür und sah Kalle hinterher, der mit dem Elektroauto in gemäßigtem Tempo die Louisenstraße entlangfuhr.

Kapitel 15

Julia stand schon wieder vor Patricks Wohnungstür, klingelte, klopfte, lauschte – nichts! Kein Ton! Sie hatte sich zwar gestern Nachmittag mit Schröder und Alex darauf geeinigt einen ganzen Tag auf ein Lebenszeichen von Patrick zu warten, aber untätig herumzusitzen, lag Julia gar nicht.

Statt dessen war sie bis spät in die Nacht durch die Kneipen gezogen, die Patrick gern besuchte. Sie hatte gehofft, ihn irgendwo zu finden. Vergeblich. Freunde von ihm, die sie getroffen hatte, wussten auch nicht, wo er untergetaucht sein könnte. »Bei einer Ex?«, hatte Julia gefragt. Doch Patricks Kumpel hatten nur gelacht. »Patrick? So vertraut ist er mit seinen Frauen nicht, dass er bei einer von ihnen Trost suchen würde!« Das beruhigte Julia nur im ersten Moment. Es gab scheinbar keinen Grund zur Eifersucht. Aber da Patrick mit seinem Problem offensichtlich auch nicht zu ihr kam, lag die Schlussfolgerung nahe, dass sie ihm nicht mehr bedeutete als die Frauen vor ihr. Affären, die nie zu einer festen Beziehung gereift waren. Frustriert und todmüde war sie gegen zwei Uhr nachts in ihrer Wohnung ins Bett gefallen. In Patricks Wohnung hätte sie kein Auge zugemacht, weil sie bei jedem Geräusch gehofft hätte, er würde endlich auftauchen.

Und jetzt stand sie vor seiner Tür und kam sich vor wie eine eifersüchtige Geliebte. Warum meldete sich der Idiot nicht? So etwas tat man einfach nicht! Erst aus unerfindlichen Gründen einen alten Mann niederprügeln, dann abhauen und sich länger als sechsunddreißig Stunden nicht melden. Möglich, dass Patrick sein Handy verloren hatte, möglich, dass der Akku schlappgemacht hatte, aber unmöglich, keine Gelegenheit zu finden, wenigstens Schröder anzurufen.

Sie weigerte sich, zu denken, Patrick läge verletzt und bewusstlos in einem Krankenhaus oder im Straßengraben. Nein, sollte ihm wirklich etwas passiert sein, hätte Schröder längst eine Nachricht von der Polizei oder Notaufnahme erhalten. Hatte er aber nicht, hatte Alex nicht und sie auch nicht. Also, Patrick Mehler, was ziehst du hier ab? Ist das deine Art mit Problemen umzugehen? Untertauchen? Machte er genau das, was er ihr immer vorwarf, wenn er behauptete, ihr Reiseleben beruhe auf einem Fluchtinstinkt? Diese Erklärung konnte er sich in Zukunft sparen! Aber sowas von!

Sie zog den Schlüsselbund aus der Manteltasche und wog ihn nachdenklich in der Hand. Sollte sie Patricks Wohnung aufschließen und nachsehen, ob er da war? Sie hörte Schröder, der seine Wohnungstür zuzog. Ihre Blicke trafen sich.

»Und?«, fragte er.

Julia zuckte mit den Schultern und schüttelte den Kopf. Sie hielt den Schlüsselbund in die Luft. »Soll ich reingehen und nachschauen?« Was sie nicht aussprach war: Bitte sag ja!

»Lass es, Julia«, antwortete Schröder. »Ich habe letzte Nacht gehört, wie du heimgekommen bist. Sonst habe ich nichts und niemanden gehört. Also, wenn du gestern Nacht nicht in Patricks Wohnung gegangen bist, sondern in deiner geschlafen hast, dann hattest du doch einen Grund dafür, oder?«

Julia sah den alten Mann unten stehen, wie er die Hände an die Hüften gestemmt ihr einen undefinierbaren Blick ansah. Wie ein Moralapostel.

»Du meinst Privatsphäre und so?«

»Genau. Bleib stark, Julia, dann hast du eine bessere Position, wenn ihr später die Sache ausstreitet, was wohl unvermeidlich sein wird«, erwiderte Schröder und zwinkerte ihr verschwörerisch zu.

Fast hätte Julia gelacht. So ein Filou!

»Wir haben jetzt sowieso keine Zeit für ein Donnerwetter«, sagte sie, ließ die Schlüssel zurück in die Manteltasche gleiten und ging die Treppe runter zu Schröder.

»Was ist mit dem Laden, während wir bei von Groningen sind?«, fragte sie, während sie zusah, wie Schröder den Lodenjanker überzog.

»Der bleibt geschlossen. Ist ja keiner da, der ihn beaufsichtigen könnte.« Schröders Hände zitterten leicht, als er die Jacke zuknöpfte. Dabei wirkte nicht mehr wie der lebenserfahrene Mann, sondern eher wie ein Schuljunge, der beim Abschreiben erwischt wurde.

»Ich weiß gar nicht, was das soll«, schimpfte Schröder. »Ist der gnädige Herr sich zu fein, um hierherzukommen, was?«

»Nein, so hat Groningen das nicht gemeint, als er uns zu sich nach Hause eingeladen hat«, widersprach Julia und legte Schröder den Wollschal um den Hals.

»Ja, ja«, maulte Schröder. »Er will mit dem ganzen Ensemble der vermaledeiten Familienporträts prahlen.«

Julia schluckte den Widerspruch runter, der ihr auf der Zunge lag. Sie würde es nicht schaffen, Schröder das ungemütliche Gefühl der Unsicherheit zu nehmen. Sie konnte sich ja selber nicht vorstellen, wie das Treffen mit dem Besitzer von Viktors Porträt ablaufen würde.

»Ich tue das nur für dich«, stellte Schröder fest, als er an ihr vorbei das Haus verließ. »Ich habe es dir eingebrockt und löffle es aus, damit du keinen weiteren Ärger damit hast.«

»Das weiß ich zu schätzen«, sagte Julia und schloss ihr Auto auf.

Julia lenkte den roten Mini über die Stadtautobahn. Schröder saß in sich versunken neben ihr. Sie hatte versucht, ihn in ein lockeres Gespräch zu verwickeln. Aber mehr als: »Ja, das

Wetter ist schön«, oder: »So viel Autos unterwegs, wo wollen die Leute nur alle hin?«, hatte sie ihm nicht entlocken können.

In zweihundert Metern haben Sie Ihr Ziel erreicht, informierte das Navigationsgerät, als sie in eine Straße einbog, in der auf großen Grundstücken alte Villen der letzten zwei Jahrhunderte standen, die verschwenderisch mit Säulen, Erkern, Balkonen, Steinfiguren protzten. Alte Linden säumten die Straße und hinter Zäunen gediehen üppige Gärten. Das Haus der Familie von Groningen war mit einer efeubewachsenen Mauer umgeben. Julia parkte am Straßenrand und half Schröder beim Aussteigen.

»Diese Kiste!«, stöhnte er, als er sich aufrichtete.

»Meinst du mein Auto oder das Groningen-Haus?«, fragte Julia schmunzelnd.

»Das Auto. Das Haus dort ist wohl eher ein Kasten«, erwiderte Schröder und deutete auf den ausgedehnten Backsteinbau am Ende der Einfahrt.

Julia gefiel die Schlichtheit des Hauses. Es war groß, aber von klarer Struktur, ohne Schnörkel oder Schmuck.

»Dann lass uns das Kapitel Spendenbild abschließen«, seufzte Schröder, während sie die Auffahrt entlanggingen.

Noch bevor sie die Haustür erreichten, öffnete eine Hausangestellte. »Die Familie hat sich im hinteren Salon versammelt«, sagte sie und führte die Besucher durch eine holzgetäfelte Eingangshalle. Ein gusseiserner Leuchter hing ausladend von der Decke.

»Die Familie?«, flüsterte Schröder irritiert. »Was soll das denn heißen?«

Julia hakte sich bei ihm ein. »Kann ja nichts mehr schiefgehen«, sagte sie aufmunternd. »In der Angelegenheit haben wir schon alle Fehler gemacht, die zur Verfügung standen.«

Ihren lockeren Ton, hätte sie selbst gern geglaubt. Doch die Begrüßung durch eine Mamsell und der Gang zu einer im

Salon versammelten Familie bewirkten, dass sie sich in das antiquierte Rollenkorsett eines starren Protokolls gezwängt fühlte.

Die Hausangestellte öffnete eine hohe Flügeltür. Sie traten in ein Kaminzimmer, orientalische Teppiche bedeckten den Holzboden und eine große Garnitur aus braunen Sofas und Sesseln bildete den Mittelpunkt des Raums. Hohe Fenster nahmen die Schwere. Neun Köpfe drehten sich zu ihnen um. Herbert von Groningen, leger gekleidet, kam mit ausgestreckten Armen auf sie zu, hieß sie willkommen, schüttelte die Hände. Schröder grummelte Unverständliches. Von Groningen interpretierte das wohl als höfliche Begrüßung. Julia wusste es besser. Hoffentlich taute Schröder noch auf, sonst würde das Treffen eine zähe, ungemütliche Angelegenheit mit ungewissem Ausgang werden.

Von Groningen stellte die Anwesenden vor. Seine Gattin, sein älterer Bruder mit Frau, ein Cousin ohne Frau aber mit Tochter, eine Cousine mit Mann und Hund, ein Onkel. Dann führte er sie zur hinteren Wand, die mit Einzel-und Gruppenporträts der letzten vier Generationen der Familie von Groningen behängt war.

»Hier links sehen Sie meinen Großvater 1910«, erklärte von Groningen. »Er übernahm die Apotheke seines Vaters und vergrößerte sie zu einem Pharmaunternehmen. Sie sehen, dass der Malstil der damaligen Zeit, zwischen Impressionismus und Naturalismus durch alle Bilder bis zur heutigen Generation angewandt wurde. Am rechten Ende hängt bereits mein Neffe, der erst kürzlich als Partner in das Unternehmen eingestiegen ist.«

Julia schritt die Bilderreihe ab, betrachtete strenge Männergesichter, mütterliche Frauen, zwei Familienbilder im Grünen, bis sie vor dem Porträt stand, das noch kürzlich als Erinnerungsstück in Schröders Obhut gewesen war. Im Gegensatz zu den anderen Bildern war es klein, scheinbar unbedeutend, zog aber dennoch schnell den Blick des Betrachters auf sich.

»Da hängt es«, sagte sie zu Schröder und führte ihn vor das Bild. »Der Ausdruck des jungen Mannes ist bemerkenswert«, schwärmte sie, »so durchlässig, wie er scheinbar unentschlossen an der Türschwelle steht, ist einmalig in dem Zyklus.«

»Mein Bruder Viktor war das schwarze Schaf unserer Generation«, erzählte von Groningen. »An dem Platz seines Bilds klaffte die letzten Jahrzehnte eine Lücke. Obwohl lange kein gutes Wort im Familienkreis über ihn geredet wurde, hat diese Lücke geschmerzt. Keiner wäre auf die Idee gekommen, ein anderes Bild dorthin zu hängen. Die Leere wirkte wie ein Magnet, der die Blicke anzog.« Von Groningen machte eine Pause, ganz auf das Porträt seines Bruders konzentriert. »Er fehlt mir sehr«, gestand er. »Hoffentlich ist es ein gutes Zeichen, dass sein Bild wieder hier hängt. Vielleicht finden wir ihn doch noch.«

Julia versuchte, sich die Galerie mit einer Leerstelle vorzustellen. Ja, der dunkle Fleck in der Ahnenreihe konnte wie ein ständiger, unterschwelliger Schmerz wirken.

Von Groningen forderte sie auf, sich zu setzen, es wurden Getränke und Gebäck gereicht und schließlich richtete sich die Aufmerksamkeit der Familie ganz auf Schröder. Hatte sich sein Unmut gelichtet? Julia schielte ihn von der Seite an, wobei ihr vor Nervosität die Spuke wegblieb und der Keks am Gaumen klebte.

»Würden Sie uns bitte erzählen, wie Sie zum Porträt meines Neffen gekommen sind?«, bat der Onkel.

Schröder zog aus der Hemdtasche ein kleines blaues Plastikschild mit der aufgedruckten Nummer 23.56.856 und legte es auf den Tisch. Dann erläuterte er der Runde seine Arbeitsweise mit den Erinnerungsstücken.

»Die Regeln sind einfach«, erklärte er abschließend, »Anonymität, Verschwiegenheit und meine Zusage, die Objekte und deren Geschichten solange zu bewahren, bis jemand mit der passenden Abholnummer kommt und beides mitnimmt.«

»Wie soll das denn funktionieren?«, warf der Cousin skeptisch ein, wurde aber vom Onkel mit einem Wink zum Schweigen gebracht.

»Bitte, Herr Schröder«, sagte dieser freundlich. »Erzählen Sie weiter. Viktor kam zu Ihnen in den Laden?«

Schröder erzählte von dem jungen Mann, der ihm vor fast zwanzig Jahren in seinem Salon gegenübergesessen hatte. Von dessen blassem Gesicht und den Sorgenfalten auf der Stirn, von der Wut und Verzweiflung, die mit seinen Worten mitschwangen. Er habe von einem Streit mit seinem Vater erzählt und dass er den Kampf gegen ihn verloren habe. Viktor, so Schröder, wollte sich sowohl vom Familienunternehmen als auch der Verwandtschaft distanzieren und plante auszuwandern. Wohin, habe er nicht gesagt. Der Abholer seines Porträts sollte erfahren, dass Viktor sich nach der bitteren Enttäuschung über seinen Vater, an die Unschuld und den Glauben an das Gute erinnern wollte, die beide im Bild zum Ausdruck kamen.

Julia beobachtete die Reaktionen der Familie auf Schröders Worte. Herbert folgte mit lebhaftem Interesse, bei seinem Cousin verhärteten sich die Kiefermuskeln, eine Frau zog ungläubig die Augenbrauen zusammen, der Hund lag ruhig vor seinem Frauchen, die Cousine tupft sich mit einem Taschentuch Tränen ab, der Onkel nickte mit einem bitteren Zug um den Mund. Julia spürte, wie sich ihr Nacken versteifte. Von der Familie ging wenig Verständnis und Herzlichkeit aus. Sie kannte diese kühle Distanziertheit von ihrer eigenen Familie, in der sie als die *Seltsame* galt.

»Vor drei Jahren«, fuhr Schröder fort und zog aus der

Innentasche seiner Weste einen Briefumschlag, »erreichte mich ein Brief Ihres Verwandten. Er schrieb, ich könne mit seinem Erinnerungsstück verfahren, wie ich wolle, er brauche es nicht mehr.« Schröder faltete den Brief auseinander, fuhr mit dem Zeigefinger über einige Zeilen und las vor:

> *Ich erinnere mich sehr gut an unser Gespräch vor vielen Jahren und muss feststellen, dass mir das Porträt, das mich als achtzehnjährigen Mann zeigt, lebhaft im Gedächtnis geblieben ist. Heute muss ich feststellen, dass ich die Enttäuschung über das Verhalten meines Vaters und über meinen vergeblichen Kampf gegen ihn mehr belastet als früher. Wie kann das sein? Ich habe mich entschieden, das Porträt und alles, was ich damit verbinde, endgültig loszulassen. Deshalb bitte ich Sie, das Porträt zu verkaufen, zu verschenken oder zu verbrennen. Machen Sie mit ihm, was Sie wollen. Ich werde fortan damit leben, dass das Porträt aus meinem Leben verschwunden ist.*

Das Hecheln des Hunds, der sein Frauchen anwedelte, war das einzige Geräusch, das zu hören war. Und dann entpuppte sich der nette Onkel als bissiger Pinscher. Woher Schröder wisse, dass der Brief von seinem Neffen stamme? Ob er ein Gutachten habe machen lassen? Ob die Briefmarke etwas über den Absendeort verrate?

Schröder antwortete kurz und knapp, dass die Abholnummer im Briefumschlag gesteckt habe und der Text ihr Gespräch korrekt wiedergebe.

Unwirsch streckte der Onkel seine Hand aus. »Geben Sie her!«

Julia wollte protestieren, doch Schröder übergab wortlos den Brief und legte dann die Abholnummer zurück auf den Tisch. Julia verstand das als Hinweis, dass Schröder mit dieser Geschichte fertig war.

»Tja, und dann habe ich Robert glücklicherweise von der Auktion erzählt«, sagte sie im Plauderton und heiterer Miene. »Er fand es passend, das Porträt zu spenden. So würde es einen neuen Platz finden und der Verkaufserlös hätte ein soziales Projekt der Kellermann-Stiftung unterstützt.«

Nach wortloser Verständigung mit Schröder erklärte sie entschuldigend, sie müssten sich leider verabschieden, da dringende Termine warteten. Sie schüttelte Herbert von Groningens Hand, winkte grüßend in die Runde, hakte sich bei Schröder ein und lenkte ihn sanft in Richtung Tür.

»Gut gemacht!«, flüsterte Schröder und folgte ihr willig. Sie waren schon an der Haustür, die von der Mamsell aufgehalten wurde, als Herbert von Groningen hinter ihnen herrief: »Was ist mit den Forschungsunterlagen, die Viktor damals mitgenommen hat?«

Schröder stöhnte, blieb aber stehen und drehte sich um. »Welche Unterlagen?«

»Mein Bruder wollte die kriminellen Methoden unseres Vaters, damals Präsident des Pharmaunternehmens öffentlich machen«, erklärte von Groningen, als er sie eingeholt hatte. »Er hat in seinem Labor Unterlagen gefunden, die bewiesen, dass Medikamente in kriminell verdünnter Form verkauft wurden. Hat er diese Papiere nicht bei sich gehabt, als er bei Ihnen war? Hat er davon erzählt?«

Julia blieb vor Entsetzen die Luft weg. Untaugliche Medikamente auf den Markt zu bringen, war nicht nur kriminell, das war widerwärtig. Viktor hätte nichts Besseres tun können, als vor dieser Familie in den letzten Winkel der Erde zu fliehen.

»Ihr Bruder hat von fragwürdigen Methoden Ihres Vaters gesprochen, aber mir keine Papiere übergeben«, antwortete Schröder müde. »Ich wollte davon auch nichts wissen. Ich mische mich nicht in die Geschichten der Erinnerungsstücke ein, hinterfrage sie nicht und ich will auch die Protagonisten nicht kennen. Ich wehrte Viktors Beichte ab.«

Von Groningens Gesicht zeigte, dass er sich bemühte, die Fassung zu bewahren. Julia hoffte, es würde ihm gelingen. Dass er seine Wut lautstark ausleben konnte, hatte sie bei der Auktion hautnah miterlebt.

»Herr Schröder, ich will Ihnen nicht zu nahetreten und vielleicht steht es mir nicht zu, aber das war ein Fehler«, behauptete von Groningen mit vor Erregung brüchiger Stimme. »Sie müssen doch gemerkt haben, in welch aufgelöster, verzweifelter Verfassung mein Bruder gewesen ist. Hätten Sie ihm zugehört, dann hätten Sie erfahren, worum es ihm gegangen ist. Und ich schätze Sie nicht so ein, dass Ihnen der Betrug mit lebenswichtigen Medikamenten gleichgültig gewesen wäre. Wir entdeckten Vaters Verbrechen erst zwei Jahre später. Um es auf den Punkt zu bringen: Sie hätten einige Leben retten können, wenn Sie etwas weniger egoistisch auf Ihre Prinzipien gepocht hätten.«

Julia platzte der Kragen. »Vielleicht, Herr von Groningen«, sagte sie, jede Silbe betonend, »liegt die Verantwortung für diesen kriminellen Betrug Ihres Unternehmens in Ihrer Familie.«

Schritt für Schritt näherte sie sich dem baff erstaunten Mann, bis sie ihm mit dem Zeigefinger jedes Wort an die Brust heftete. »Vielleicht, Herr von Groningen, hätten Sie Ihren Bruder unterstützen sollen, anstatt ihn im Stich zu lassen.«

Dann drehte sie sich um, hakte sich wieder bei Schröder ein und sie spazierten dem Tor entgegen.

»Wow, welch ein Auftritt«, flüsterte Schröder anerkennend und drückte ihren Arm.

Julia parkte vor der Louisenstraße 13. Ihr fiel sofort auf, dass sich im Fenster von Patricks Wohnung etwas verändert hatte.

»Die Gardinen sind aufgezogen«, bestätigte Schröder, der in seinen Taschen nach dem Hausschlüssel suchte.

»Das heißt, es war jemand in seiner Wohnung«, folgerte Julia nervös. Nervös? Warum das denn bitte? Sie hatte keinen Grund, unruhig zu sein. Patrick sollte vor Angst bibbern!

Während Schröder sofort im Laden verschwand, um ihn zu öffnen, stieg Julia die Treppe in den ersten Stock hinauf. Sie zügelte ihren Impuls, zwei Stufen auf einmal zu nehmen und schon von halber Treppe aus nach ihm zu rufen. Sie schüttelte die Hände aus und mahnte sich Mantra-artig zu Ruhe und Gelassenheit. Die Tür zur Kanzlei stand offen und sie ging durch bis zur Bürotür, klopfte und trat ein.

Patrick, ordentlich gekleidet, Haare frisiert und einem Veilchen am rechten Auge, saß, die Beine auf dem Schreibtisch abgelegt, telefonierend in seinem Chefsessel. Als er sie bemerkte, deutete er, ohne dem Gesprächspartner auch nur eine Faser seiner Aufmerksamkeit zu entziehen, auf den Telefonhörer.

»Ja. Natürlich«, und »Selbstverständlich«, und irgendwann: »Vielen Dank für Ihr Verständnis.«

Julia konnte sich nicht bewegen, dabei hätte sie gern dieses Büro verlassen. Wie bestellt und nicht abgeholt, festgenagelt, zur Salzsäule erstarrt. Sie zählte bis zehn, bis zwanzig und als sie bei dreißig war, legte er endlich den Hörer auf die Gabel.

»Wo warst du?«, fragte sic, bemüht, Ungeduld und Ärger zu unterdrücken.

Patrick sah sie kurz an, als hätte sie nach seinem Essenswunsch gefragt und ordnete dann verschiedene Papierstapel aufeinander. Ihr Herz führte einen wilden Kriegstanz auf.

»Patrick!«

»Nach dem Sunrise Club?«

»Nein, vor einem Jahr!«

»Ich bin durch Kneipen gezogen, habe mich restlos besoffen und bei einem Freund übernachtet«, erzählte Patrick lapidar, wobei er weiterhin die Papiere in eine Reihenfolge sortierte.

»Seit wann bist du wieder da?« Julia hätte nicht gedacht, einen Ton zustande zu bringen, so verdorrt fühlte sich alles in ihr an.

»Gestern Abend. Es war schon spät, mir war immer noch schlecht und ich bin gleich ins Bett.«

»Seit gestern Abend? Und du warst nicht in der Lage Schröder, Alex oder mir eine Nachricht zu schicken?«

»Erst war der Akku leer, dann habt ihr ja schon geschlafen und morgens dachte ich, ich treffe euch sowieso.«

Leere. In Julias Kopf tat sich gar nichts. So aalglatte Ausreden hatte sie nicht erwartet. Sprachlos starrte sie auf den Mann, dem sie offensichtlich nicht wichtig genug war, um sich zu erklären, geschweige denn, sich dafür zu entschuldigen, dass er sie erstens nachts auf dem Hinterhof des Sunrise Clubs stehengelassen und sie zweitens fast vierzig Stunden lang nicht darüber informiert hatte, dass er noch lebte. Jetzt stellte Patrick auch noch eine Aktentasche auf den Tisch und packte seelenruhig den Papierstapel ein.

»Patrick!«, rief Julia erbost.

Er sah auf, doch sie konnte in seinem Gesicht nichts lesen. Keine Ungeduld, kein Ärger, kein Verständnis und was am schlimmsten war, keine Freundlichkeit.

»Was ist mit Ebbe?«

»Das regele ich schon«, sagte Patrick, steckte Schlüssel, Brieftasche und Handy ein, nahm die Aktentasche und wandte sich zu Tür. »Entschuldige, ich habe noch einen Termin bei diesem Neubert. Das ist der Mandant, den mir Karsten …«

»Ich weiß, wer dieser verfluchte Neubert ist«, fauchte sie.

»Stimmt. Jedenfalls habe ich den Termin mit ihm heute versemmelt. Aber er ist, Gott sei Dank, bereit, mich jetzt zu empfangen.« Damit ging er an ihr vorbei, drehte sich um und fragte, ob sie ihm den Mini leihen würde. Völlig verdattert zog sie wortlos den Schlüssel aus der Tasche und reichte ihn Patrick.

»Danke«, sagte er, verließ die Kanzlei, stieg die Treppe runter und erst als Julia die Haustür ins Schloss fallen hörte, setzte ihre Atmung wieder ein.

Kapitel 16

Während Patrick in Julias Mini durch die Stadt kurvte, wünschte er sich, ein Taxi genommen zu haben. In dieser Schüssel auf Rädern erinnerte ihn zu viel an Julia. Angefangen vom Hauch ihres Parfüms in der Luft über die bunten Glücksbringer am Rückspiegel bis zu ihrem Halstuch auf dem Beifahrersitz.

Er schimpfte und fluchte laut vor sich hin, was ihm aber nicht dabei half, seine Begegnung mit Julia aus dem Kopf zu kriegen. Was war er für ein Feigling gewesen! Angefangen mit der Lüge, er würde von Neubert erwartet. Dessen Angelegenheit hatte er längst per Video-Anruf erledigt. Neubert hatte umgehend die nötigen Unterlagen für seinen Fall per E-Mail übermittelt und Patrick hatte sie ausgedruckt. Als Julia plötzlich in seinem Büro gestanden hatte, war er froh gewesen, mitten in einem Telefonat mit einer Mandantin zu stecken. So hatte er etwas Zeit gewonnen, um sich für das Gespräch mit ihr zu wappnen.

Doch in dem Moment, als er den Hörer aufgelegt hatte und eigentlich auf Julia hätte zugehen können, um sich mit ihr auszusprechen, legte sich etwas in ihm quer und trat auf die Bremse. Um das plötzlich aufgetretene Luftloch in seinem Konzept zu überbrücken, ordnete er Neuberts Unterlagen, steckte sie in eine Aktentasche und gab vor, das alles wäre sehr, sehr wichtig. Dabei hatte er sich doch auf den Moment vorbereitet, an dem er ihr begegnen würde. Er hatte sich eine Palette Ausreden zurechtgelegt, warum er ihre Anrufe und Nachrichten nicht beantwortet hatte und ihr aus dem Weg gegangen war.

Ausreden – eigentlich hasste er sie. Ob als Anwalt oder als Patrick, sagte er lieber klipp und klar, was Sache war. Das schätzten Mandanten, Richter, Kollegen und seine Freunde. Nur die Frauen, mit denen er zusammen gewesen war, reagierten emotional, wenn er ihnen seine Sicht auf ihr Verhältnis unumwunden darlegte. Manchmal war er dabei etwas grob in der Wortwahl und im Ton, das musste er zugeben. Aber das Ergebnis fiel stets zu seiner Zufriedenheit aus. Die Frauen beendeten erbost, manchmal enttäuscht, oft tränenreich ihre Affäre.

Warum führte er dann so einen Eiertanz bei Julia auf? Warum war er nicht in der Lage gewesen, ihr die Wahrheit zu sagen? Dass ihn seine Vergangenheit kalt erwischt hatte und ihm die Sicherungen durchgebrannt waren, als er Ebbe an der Bar entdeckt und so brutal niedergeboxt hatte? Dass er sich in dem Gefühlstaumel aus blinder Wut, Entsetzen, Scham, ohne einen Funken Reue nicht zurechtfand? Julia die Wahrheit zu sagen, bedeutete, sich selbst, sein Leben, seine verwundbaren Seiten zu offenbaren. Und das hatte er manchmal bei Schröder getan. Aber sicher nicht gegenüber einer seiner Freundinnen.

Im entscheidenden Moment, als er seine sorgfältig ausgesuchten Ausreden bei Julia hätte anbringen sollen, um ihr Verständnis herbeizureden, worauf hin sie ihm verziehen hätte und alles wieder im Lot gewesen wäre – hatte es nicht funktioniert. Er wollte Julia weder anlügen noch die Wahrheit sagen – ein verdammtes Dilemma. Aber Julia so in der Kanzlei stehen zu lassen, war feige, mies und absolut unfair gewesen. Es geschah ihm ganz recht, dass sich seine Eingeweide verkrampften, wenn er an ihren Blick dachte. Und dass ihn ihre Enttäuschung so viel ausmachte, ärgerte ihn obendrein. »Ach gib es einfach zu!«, knurrte er sich über den Rückspiegel zu. »Mit Julia ist es eben etwas Anderes!« Was es war, weigerte er sich auszusprechen.

Patrick fuhr in den dreispurigen Kreisverkehr, der um die Pestsäule führte. Er würde die Sache mit Ebbe in Ordnung bringen und dann Julia alles erklären.

Er drehte bereits die dritte Runde um die Säule, als er endlich die hagere Gestalt von Karlheinz Südhoff an der Bushaltestelle entdeckte. Er blieb vor ihm stehen, öffnete die Beifahrertür und winkte ihm zu.

»Das ist deine Karre?«, stieß Kalle verächtlich aus, als er einstieg.

»Das ist Julias Auto. Habe ich mir nur ausgeliehen«, sagte Patrick, während er sich in den Verkehr einfädelte.

»Julia, die schöne Enkelin der wunderbaren Isabelle!«, schwärmte Kalle. »Wie geht es ihr?«

»Gut«, antwortete Patrick, setzte den Blinker und verließ den Kreisverkehr.

»Gut«, äffte Kalle nach. »Über so eine Frau lässt sich doch mehr sagen. Habe ich das richtig verstanden, dass du mit ihr – na, du weißt schon – eine Beziehung hast? Oder soll ich lieber Affäre sagen?«

»Du sollst darüber gar nichts sagen«, fuhr ihn Patrick an.

Kalle kicherte: »Wie du willst, Anwalt.« Er tippte beim Radio auf On, wobei sich Julias gespeicherte Playlist einschaltete. Als die ersten afrikanischen Trommelrhythmen durch die Lautsprecher hallten, drehte Patrick den Ton weg.

»Konzentrieren wir uns lieber auf den Besuch bei Ebbe«, sagte er ernst. »Du weißt, warum ich dich gebeten habe, mitzukommen?«

Kalle legte seine Hand an die Stirn. »Aye, aye Anwalt. Ich soll dich zurückhalten, wenn du dem armen Alten noch einmal an die Wäsche willst.«

»Richtig«, bestätigte Patrick. »Und du sollst die Augen offenhalten. Wenn Ebbe sich quer stellt, also weder zugibt, Prechts Hauptzeuge in der Drogensache zu sein, noch, Alex zu Unrecht auf seine Verteilerliste gesetzt zu haben, dann finden wir vielleicht etwas in der Wohnung, das ihn verrät.«

»Ich lasse mich aber nicht zum Narren halten«, sagte Kalle nachdrücklich. »Vergiss nicht, ich mache das nur, um Precht zu ärgern. Ich will dabei sein, wenn sein Handel platzt. Von wegen, ich würde meine Kumpel vom Einbruch beim Juwelier verraten, dafür verrät er dir den Namen seines Zeugen.«

»Ja klar.«

»Ich traue dir nicht, Anwalt«, betonte Kalle, wobei er demonstrativ die schweren Ringe an seinen Fingern zurechtrückte. »Du hast mir gestern nicht die ganze Wahrheit gesagt in Bezug auf dich und Ebbe. Egal, sage ich, Hauptsache, du ziehst mich da in keinen Scheiß rein.«

Patrick hob eine Hand zum Schwur. »Ehrenwort. Ich will nur mit Ebbe reden.«

Kalle drehte die Musik wieder laut, verzog das Gesicht, zappte auf den nächsten Song. Zimbeln, Glöckchen und eine jaulende dissonante Melodie erklangen.

»Was ist das denn?«, fragte Kalle abschätzig.

»Indonesische Tempelmusik«, antwortete Patrick schmunzelnd. Schon wieder Julia! Weg damit! Er schaltete das Radio aus. »Muss mich konzentrieren«, erklärte er. »Wir sind gleich in der Humboldtstraße.«

Er bog in die Straße ein, in der er aufgewachsen war, bis seine Mutter gestorben war. Erleichtert stellte er fest, dass sie sich grundlegend verändert hatte. Die mehrstöckigen Wohnhäuser waren renoviert, Balkone angebracht, Mietergärten angelegt, die Spielplätze modern gestaltet. So tendierte die Wahrscheinlichkeit, von unerwünschten Erinnerungen an seine Kindheit zwischen diesen Häuserriegeln überrascht zu werden, gegen Null. Außerdem fürchtete er Erinnerungen nicht. Er war schließlich mit dreizehn bei einem Erinnerungsexperten gelandet. Dass er bei Ebbes Anblick einen Kurzschluss hatte, war nur passiert, weil er Alex in den Fängen von Ebbe vermutete. Ein Reflex aus der Zeit als er Alex Beschützer in der Konradsiedlung gewesen war.

Er parkte das Auto bei nächster Gelegenheit. Kalle stieg aus, sah sich um und pfiff anerkennend durch die Zähne. »Schnieke geworden hier.«

Patrick sah sich um. Hier war das Haus, in dem er mit seiner Mutter gewohnt hatte. Außer dessen Form erinnerte nichts an damals, als alles noch grau, verkratzt und demoliert ausgesehen hatte. Scherbenviertel eben. Eberhard Braun hatte wo gewohnt? Dort im letzten Haus, erinnerte er sich. Er ging zielstrebig darauf zu.

Kalle hielt ihn am Ärmel zurück. »Woher weißt du so schnell, wo Ebbe wohnt?«

Patrick befreite sich von dessen Hand. »Bin hier aufgewachsen.«

»Verdammt!«, zischte Kalle und blieb stehen. »Ich wusste doch, dass da mehr ist als die Sache mit Alex.«

»Komm schon!«, sagte Patrick. »Ich werde lammfromm sein, versprochen.«

Als sie an dem Hauseingang der Nummer 41 standen, klingelten sie bei Eberhard Braun. Da sich nichts rührte, trat Kalle einige Schritte zurück und nahm die Hausfront ins Visier.

»Ich würde uns nicht freiwillig aufmachen«, stellte er fest. »Lass uns die Ecken absuchen, an denen Ebbe gern seine Geschäfte macht.«

Nachdem sie einige Häuser umrundet sowie hinter Garagen und in Kellereingängen gesucht hatten, entdeckten sie Ebbe auf einer Bank in einer Grünanlage. Er saß dort in seinem hellen Leinenanzug, streng zurückgekämmtem grauem Haar in vornehmer Pose mit zwei Männern in Handwerkerkluft. Seinem Gesicht sah man Patricks Fausthiebe deutlich an.

»Au, au!«, sagte Kalle mitfühlend. »Warst du das in Ebbes Fratze?«

Patrick nickte und wollte auf die Bank zugehen, doch Kalle zog ihn zurück. »Wir warten«, sagte er und zog Patrick hinter einen Müllcontainer, von wo aus sie Ebbe beobachten konnten. Während Patrick zusah, wie die drei Männer sich unterhielten, mit Bierflaschen anstießen und lachten, stellte er erleichtert fest, dass weder sein Puls noch Atmung hochdrehten und seine Hände sich nicht zu Fäusten ballten. Ebbes Anblick war dieses Mal kein Schock wie im Sunrise Club und Patrick war fest entschlossen, das, was er Alex mit seiner Prügelei eingebrockt hatte, wieder gut zu machen.

Es dauerte eine halbe Stunde, bis Ebbe aufstand und sich von seinen Freunden verabschiedete. Er ging gemächlich nach Hause. Kalle bedeutete Patrick, ihm mit Abstand zu folgen. Erst, als Ebbe vor der Haustür stand und seinen Schlüssel aus der Sakkotasche zog, trat Kalle dicht an ihn ran und raunte ihm zu, er solle sie ohne Widerworte mit in seine Wohnung nehmen.

Ebbe sah sich kurz um. »Südhoff? Was willst du denn hier?«, fragte er erstaunt. Dann entdeckte er Patrick und zuckte zurück. »Was hast du mit dem Schläger zu schaffen?«

Ebbe drehte sich ruckartig um, trat Kalle gegen das Schienbein und wollte abhauen. Trotz seines Alters und seiner windigen Gestalt war Kalle schneller und kräftiger als Ebbe.

»Hiergeblieben!«, befahl er. »Wir wollen nur ein gepflegtes Schwätzchen mit dir halten.«

Patrick nahm Ebbe den Schlüssel aus der Hand, schloss die Haustür auf, ging zielstrebig in den ersten Stock zur linken Wohnungstür, öffnete diese und hielt sie auf. Ebbe ging mit finsterem Gesicht an ihm vorbei und riss ihm den Schlüssel aus der Hand. Kalle bugsierte ihn ins Wohnzimmer und auf das Sofa. Mit verschränkten Armen setzte er sich dicht vor Ebbe auf den Couchtisch. Patrick setzte sich neben ihn.

»Was wollt ihr?«, stöhnte Ebbe und rutschte auf dem Sofa soweit wie möglich nach hinten.

»Der da«, sagte Kalle und deutete auf Patrick, »ist der Anwalt Patrick Mehler.«

»Anwalt? Der Pimpf von Brigitte ist also Anwalt geworden. Respekt!«, stellte Ebbe höhnisch fest.

»Ihr kennt euch also. Wusste ich es doch, dass du mir etwas verschweigst«, stieß Kalle in Patricks Richtung aus. »Jedenfalls«, fuhr er in bedrohlicher Gelassenheit fort, »hat er den übergroßen Wunsch, mit dir zu reden.«

»Warum benutzt er dafür seine Fäuste?« Ebbe öffnete die Knöpfe seines Sakkos, zog es im Rücken zurecht, gerade so als bereite er sich auf eine harmlose geschäftliche Besprechung vor.

Patrick spürte, wie jetzt doch Hitze in ihm aufstieg und sich ein Gurt um seine Brust festzog. Er stand auf und ging im Zimmer auf und ab. So war es leichter, sich Alex vor Augen zu führen und den Drang zu unterdrücken, Ebbe an die Gurgel zu gehen. Stattdessen fragte er, als sei Ebbe vor Gericht im Zeugenstand. Ob er Alex Schott kenne, ob er schon einmal mit Hauptkommissar Precht zu tun gehabt habe, und stellte mit eisigem Ton fest, dass Ebbe sich abschminken könne, ihn anzulügen, weil er ausreichend Mittel und Möglichkeiten habe, ihn hinter Gitter zu bringen. Letzteres war zwar gelogen, aber er hatte nichts anderes in der Hand, womit er drohen konnte. Ebbe zeigte sich alles andere als kooperativ.

»Erstmal entschuldigst du dich bei mir für das da«, forderte Ebbe und deutete auf sein blauviolett gefärbtes Gesicht. »Dann will ich wissen, was der Südhoff damit zu schaffen hat und drittens wüsste ich nicht, warum ich überhaupt mit dir reden soll.«

»Weil dieser Anwalt«, sagte Kalle leise und drohend, »so eine Scheißwut auf dich hat, dass er sich kaum zurückhalten kann, dir, hier und jetzt ein zweites Mal die Fresse zu polieren. Und ich weiß nicht, warum ich ihn davon abhalten sollte.«

Ebbe riss theatralisch die Augen auf und breitete die Hände zu einer Unschuldsgeste aus. »Was, verdammt habe ich ihm getan?«

Patrick hörte dem Geplänkel in seinem Rücken zu, während er vor einem Regal stand und auf Stapel aus Verpackungen elektronischer Geräte, Tüten voller Goldketten, Ringen und dicken Armbanduhren starrte. Er spürte die Blicke von Kalle und Ebbe in seinem Rücken und die erwartungsvolle Stille summte ihm in den Ohren. Wie konnte er Ebbe zum Reden bringen? Angst konnte er ihm nicht einjagen. Er musste einen neuen Ansatz finden.

»Eberhardt Braun, du warst schon Dealer in diesem Viertel, als ich zehn Jahre alt war«, sagte er mit rauer Stimme, weil sich jedes Wort sträubte, ausgesprochen zu werden. »Meine Mutter starb …«

»Ich weiß!«, stöhnte Ebbe auf. »Glaubst du, ich erinnere mich nicht, wie du immer zu mir gekommen bist, um den Stoff für sie zu besorgen?«

Patricks innere Aufruhr verpuffte bei diesen Worten. Er drehte sich um und sah Ebbe in die Augen, bis dieser den Blickkontakt abbrach und seine Hände studierte.

»Verdammt ungemütlich hier«, flüsterte Kalle und drehte die Silberringe an seinen Fingern.

Ebbe wollte aufstehen, doch Kalle zog ihn fluchend am Sakko zurück auf das Sofa.

»Schau mal in die oberste Schublade«, forderte Ebbe Patrick auf und deutete auf eine Vitrine neben dem Sofa.

Patrick ließ sich darauf ein und zog die Schublade auf. Sein Blick wanderte über das Durcheinander aus Rechnungen, Schlüsseln, Werkzeug und Kulis, bis er eine Ecke eines Fotos entdeckte, das unter einer Schachtel voller USB-Sticks lag. Er zog es hervor und sah in die Augen seiner Mutter. Eine fröhlich lachende junge Frau, mit glatten, langen Haaren, schwarze Augen und prägnante Augenbrauen. Patrick schluckte, er konnte sich nur an eine abgemagerte Mutter mit eingefallenen Wangen, strähnigen Haaren und Einstichen in den Armbeugen erinnern.

»Das Foto habe ich gemacht«, sagte Ebbe. »Das war kurz nach deiner Geburt. Sie war sehr glücklich damals. Ich erinnere mich gut an Brigitte, eine tolle Frau. Ich habe sie gemocht.«

»Ja? Und deshalb hast du ihr diesen Dreck verkauft, oder was?«, presste Patrick hervor.

Das Foto in seiner Hand zitterte. Es war nicht Ebbes Schuld, dass seine Mutter nicht von der Nadel weggekommen war. Dabei hatte er sich so sehr gewünscht, dass sie es wenigstens versucht hätte. Aber Ebbe war immer in der Nähe gewesen. Immer bereit, ihm ein Tütchen weißen Pulvers zu verkaufen. Wie ein Kiosk. 24 Stunden geöffnet mit gut sortiertem Angebot.

»Hast du gewusst, dass deine Mutter schwer krank war?«, fragte Ebbe.

»Natürlich wusste ich, dass sie süchtig war.«

»Nein, ich meine richtig krank. Irgendetwas mit Nieren und Autoimmunkrankheit, soweit ich mich erinnere. Sie hatte ständig Schmerzen. Mit dem Heroin ging es ihr besser. Deshalb habe ich es ihr billiger gegeben.«

Irgendein ätzend saures Gemisch rauschte durch Patricks Gedanken. »Wohltäter, wie?«, spuckte er verächtlich aus.

»Nein, natürlich nicht« erwiderte Ebbe ruhig. »Brigitte war eine kluge Frau. Wir haben uns viel unterhalten. Ich habe sie oft gedrängt in die Klinik zu gehen. Aber sie hat sich geweigert. Dort würde sie auch sterben, nur eben woanders und gespickt mit Kabeln und Schläuchen. Es war ihre Entscheidung. Sie wollte so viel Zeit wie möglich mit dir verbringen. Der Kleine ist dann noch lange genug allein, hat sie gesagt.«

Verdammter Mist! Was war das denn jetzt für eine Geschichte? Passte sie zu einer Mutter, die durch die Küche tanzte, tränenüberströmt auf dem Teppich kauerte, seine Hand beim Einschlafen hielt, lallend auf seine Erzählungen reagierte, tot auf dem Bett lag? Das war jetzt doch gar nicht das Thema. Schließlich war er nicht wegen seiner Mutter hier, sondern um die Sache mit Alex zu regeln. Wie sollte er jetzt diese Bilder wieder loswerden? Er hatte die Vergangenheit heraufbeschworen und jetzt füllte sie Ebbes muffiges Wohnzimmer.

Er legte das Foto zurück und versetzte der Schublade einen Stoß, so dass sie sich krachend schloss. Dann, um Abstand zu kriegen, ging er in die Küche. Dreckiges Geschirr, leere Bierflaschen und Pizzakartons stapelten sich. Im Kühlschrank standen neben geöffneten Wurstpackungen, schimmeligen Möhren und einem Marmeladenglas drei Dosen Bier. Genau das Richtige. Zurück im Wohnzimmer verteilte er wortlos zwei Dosen an Kalle und Ebbe. Sie stießen auf Brigitte an, bevor sie tranken.

»War's das jetzt?«, fragte Ebbe, als er die Dose absetzte.

Kalle schüttelte bedauernd den Kopf und Ebbe seufzte tief. Patrick stand wieder auf und wanderte durch den Raum. Drohen hatte Ebbe nicht dazu gebracht, zu gestehen. Die gemeinsame Zeit wachzurufen, auch nicht. Patrick entschied sich, die Karten offen auf den Tisch zu legen. Er erzählte von Alex, seinem Pflegebruder, von Prechts geheimem Hauptzeugen und dessen Liste der Dealer, auf der Alex stand.

»Tja«, meinte Ebbe schließlich und zerdrückte die leere Bierdose. »Nur, weil du es bist, Patrick und für Brigitte. Ja, ich bin Prechts Zeuge und ja, ich habe Alex auf diese Liste gesetzt, obwohl er niemals etwas von mir bekommen hat außer Trinkgeld.«

Da war es also. Patrick strich sich erleichtert übers Gesicht.

Ebbe hievte sich schwer aus den Polstern des Sofas, schlurfte zum Schrank und stellte einen Sixpack Dosenbier auf den Couchtisch. Als jeder seine Dose geöffnet und den ersten Schluck des lauwarmen Gebräus getrunken hatte, erzählte Ebbe weiter. Es sei reine Notwehr gewesen, als er dem Hauptkommissar die Liste angeboten habe. Precht hatte Beweise für diverse von Ebbe begangene Bagatelldelikte, die aber in der Summe und in Anbetracht seiner Vorstrafen zu einer circa fünfjährigen Gefängnisstrafe geführt hätten.

»Precht hat ein Kilo Kokain bei mir gefunden, dass ich nur gelagert habe. Ehrenwort. Soviel Zeug habe ich normalerweise gar nicht mehr, weil ich das mit den Drogen voll runtergefahren habe. Aber dieser Klaus Makovsky, der ist wirklich gefährlich, und dem schuldete ich noch einen Gefallen. Er bringt mir also das Päckchen, um es aufzubewahren, und zwei Stunden später steht Precht vor meiner Tür. Und auf dem Präsidium, als Precht mir meine Situation klargemacht hat, da habe ich halt angeboten, die Zwischenhändler offen zu legen, damit er mich laufen lässt. Bis auf Alex sind alle auf der Liste echt«, beteuerte Ebbe. »Lauter fiese Schwergewichte in der Szene. Deshalb sollte auch niemand erfahren, dass ich der Kronzeuge bin. Ich meine, die machen mich kalt. Die kennen keinen Spaß!«

»Ich auch nicht, Ebbe«, versicherte Patrick.

»Mir ist halt bei dem Verhör kein anderer Name mehr eingefallen«, sagte Ebbe entschuldigend und wandte sich dann an Kalle. »Zweihundert Gramm Kokain waren übrig. Südhoff, du kennst doch den Precht, weißt, wie der ist, wenn er hochtourig läuft.«

Kalle verzog das Gesicht. »Klar, weiß ich das. Aber das hilft uns jetzt auch nicht weiter.«

»Wieso uns?«, fragte Ebbe aufgebracht. »Was, verdammt nochmal hast du damit zu tun?«

»Vergiss es«, winkte Kalle ab. »Sag einfach, wie wir Alex wieder von der Liste kriegen.«

»Das ist ganz einfach«, bemerkte Patrick trocken, der wieder im Zimmer auf und abging. »Ebbe kommt mit mir zum Präsidium und da klären wir die Sache mit Precht.«

»Was?«, warf Ebbe entsetzt ein. »Kommt nicht in die Tüte!«

»Ebbe!«, sagte Patrick eindringlich. »Du machst das für meine Mutter. Du hängst irgendjemandem auf der Liste Alex zweihundert Gramm auch noch an. Damit wirst du zum Helden, weil du einige miese Dealer dieser Stadt in Schwierigkeiten bringst.«

»Guter Plan«, lobte Kalle und streckte den Daumen hoch.

»Was sage ich, warum ich Alex auf die Liste gesetzt habe?«, fragte Ebbe.

»Da fällt uns auf der Fahrt noch was ein«, versicherte Patrick, zog sein Handy aus der Tasche und tippte die Nummer von Hauptkommissar Precht an. Der war erstmal überhaupt nicht davon begeistert, dass Patrick noch bei ihm im Präsidium vorbeikommen wollte. Schließlich sei es schon spät und er wolle gerade nach Hause gehen.

»Es lohnt sich aber«, beteuerte Patrick. »Ich komme vorbei wegen einer Aussage in Sachen Alexander Schott und Karlheinz Südhoff.«

»Was? Sie haben es sich überlegt mit dem Namenshandel? Das nenne ich offensives verteidigen. Ich bin dabei!«, sagte Precht erfreut.

»In einer halben Stunde sind wir bei Ihnen«, sagte Patrick und beendete zufrieden das Gespräch.

»Jetzt sag schon, was das alles mit Südhoff zu tun hat?«, fragte Ebbe ungeduldig.

»Das wirst du noch erfahren. Jedenfalls kann sich Precht noch eine halbe Stunde über seinen Sieg freuen.«

Er verfrachtete Ebbe auf die Rückbank des Minis, was gar nicht so einfach war, ließ Kalle auf der Beifahrerseite einsteigen und fuhr in der Gewissheit los, wenigstens eines seiner Probleme heute noch zu lösen.

Kapitel 17

Julia fühlte sich in Schröders Küche wohl. Der Raum wirkte mit zugezogenen Gardinen, die die frühe Dunkelheit des Herbstes ausschlossen und dem gelben Licht der Jugendstillampe wie eine Höhle, die einen vor den Widrigkeiten der Welt schützte. Nach dem gemeinsamen Abendessen half Julia Alex dabei, die Spülmaschine einzuräumen, während Schröder sich eine Pfeife ansteckte. Julia hatte Rfissa, ein marokkanisches Gericht, gekocht. Schröder und Alex hatten erst die Nase gerümpft dann aber die exotisch gewürzten Linsen, Zwiebeln und das Hühnerfleisch hungrig in sich hineingeschaufelt.

Dass sie nach dem verstörenden Besuch bei den von Groningens und Patricks kalter Abfuhr überhaupt Lust aufs Kochen gehabt hatte, lag an Patricks Nachricht. Er fahre mit Ebbe zu Hauptkommissar Precht und regele die Sache mit Alex, hatte er als Kurznachricht geschrieben. Deshalb könne er nicht zum Abendessen in der Louisenstraße sein. Irgendetwas schien Patrick also kapiert zu haben.

Sie war sofort in den dritten Stock gelaufen, um Alex die gute Nachricht zu zeigen. Er weißelte gerade die 4-Zimmer-Wohnung unter dem Dach. Da er hatte die Nachricht bereits gelesen und tanzte mit dem tropfenden Pinsel zu Rockmusik durch den Raum.

Dann hatte sie Schröder im Laden aufgesucht. Er polierte mit grimmiger Miene das Besteck, das sie liegen gelassen hatte. Dass Patrick sich gemeldet hatte, machte scheinbar keinen Eindruck auf ihn.

»Alex ist mit der Wohnung oben fertig«, sagte Julia, um das Thema zu wechseln. Doch auch damit hellte sie Schröders Stimmung nicht auf. Im Gegenteil.

»Dann kann sie vermietet werden. Puh, noch mehr Menschen im Haus.«, hatte er nur gemurmelt.

Als die Küche sauber und geordnet war, fragte Julia ob Schröder zum Dessert etwas von seinem Portwein spendieren würde. Sie wollte nicht, dass sich die Runde auflöste. Was sollte sie sonst mit dem angebrochenen Abend anfangen? Vor sich hin sumpfen und ihre Wunden lecken? Erleichtert setzte sie sich wieder an den Tisch, als Schröder schmunzelnd die Pfeife in den Mundwinkel hängte und Flasche und Gläser aus dem Schrank holte. Als er eingeschenkt hatte, studierte Alex skeptisch das Etikett auf der Flasche.

»Was ist das denn für ein Zeug? Sowas wie Eierlikör, was Altmodisches?«

»Ich dachte, du wärst hier der Getränkespezialist«, antwortete Schröder und blies Rauchkringel. »Das ist eine Delikatesse.«

Sie stießen an und während Julia und Schröder an ihren Gläsern nippten, trank Alex einen großen Schluck. »Uuaahh!«, stieß er aus und schüttelte sich.

Julia lachte laut auf. »Alex du bist ein Banause! Es handelt sich um einen süßen portugiesischen Dessertwein.« Sie hob ihr Glas, wobei sie den kleinen Finger abspreizte, spitzte den Mund und nippte an dem dunkelroten Wein.

»Von mir aus«, gab Alex zu und schüttete den Rest seines Glases in sich rein. »Aber mir wäre ein Grappa als Nachtisch lieber.« Er wischte sich mit dem Handrücken über den Mund und schüttelte sich noch einmal. »Übrigens ist die Dachwohnung fertig. Die kannst du jetzt vermieten«, sagte er zu Schröder.

»Hab ich schon gehört. Danke für deine Hilfe«, erwiderte Schröder kurz angebunden.

»Bist du jetzt mit den Arbeitsstunden für Patrick fertig?«, fragte Julia, bestrebt das Gespräch in Gang zu halten. »Ich weiß ja nicht, wie hoch Patricks Stundensatz als Anwalt ist. Aber du hast doch sicher schon so viel im Haus geholfen, dass es für die Verteidigung bei mindestens drei kleineren Straftaten ausreicht, oder nicht?«

Patrick zu erwähnen, war keine gute Idee. Alex zuckte nur mit den Schultern und Schröder paffte scheinbar unbeteiligt an der Pfeife. Sie war offensichtlich nicht die Einzige im Haus, die mit dem Herrn Anwalt ein Hühnchen zu rupfen hatte. Das war eine Begleiterscheinung, wenn man nicht Gast, sondern Mitbewohnerin eines Hauses war. Bei schlechter Stimmung, die sich wie Smog auf alle legte, konnte sie sich dem nicht so einfach entziehen, sondern atmete dieselbe Luft ein.

»Wie ist es heute bei diesem Bildermenschen gelaufen?«, fragte Alex und reinigte damit die dicke Luft.

Schröder legte die Pfeife ab, räusperte sich und erzählte von ihrem Besuch bei der Familie von Groningen. Das tat er mit einer Prise Humor und Selbstironie, was Alex und Julia zum Lachen brachte. Dabei fiel Julia auf, dass Schröder von Groningens Vorwurf, er sei für die Folgen der Verbreitung verdünnter Medikamente mitverantwortlich, mit einem bitteren Unterton erwähnte. Als sich Alex entrüstet zeigte, winkte Schröder grimmig ab. »Vielleicht hat er gar nicht so unrecht«, murmelte er und widmete sich wieder seiner Pfeife, die inzwischen abgekühlt war.

Julia startete einen letzten Versuch, diesem Abend noch zu einem heiteren Ende zu verhelfen. Sie schlug eine Runde Skat vor. Doch Alex verabschiedete sich zu seiner Schicht im Sunrise Club und Schröder winkte ebenfalls ab. Der Tag sei lang und anstrengend gewesen. Er wolle sich noch etwas in die Werkstatt zurückziehen.

Julia zog Schröders Wohnungstür hinter sich zu und stieg die Treppe nach oben. Im Treppenhaus war es klamm und dunkel. Licht schaltete sie trotzdem nicht an. Glühlampen konnten ihre Stimmung auch nicht aufhellen. Im Gegenteil, sie warfen umso größere Schatten. Was für poetische Gedanken!

Im ersten Stock warf sie einen kurzen Blick auf Patricks Wohnungstür. Monatelang hatte sie die ohne Bedenken aufgeschlossen, als wäre das die natürlichste Sache der Welt. Jetzt würde sie ihren Schlüssel nur benutzen, um eine Granate mit Tränengas in die Wohnung zu werfen. Seufzend stieg sie in den zweiten Stock und schloss die Tür zu ihrer Wohnung auf. Allein wie das Klacken der zufallenden Tür durch den Gang hallte, ließ Julia zusammenfahren. So klang Leere.

Sie hängte die Jacke an einen Nagel an der Wand und ließ die Tasche auf den Boden gleiten. Eine Garderobe, Spiegel, Schuhschrank? Fehlanzeige. Sie knipste das Licht in der Küche an. Eine nackte Glühbirne beleuchtete eine praktische Einbauküche, ohne Gebrauchsspuren, in der sie bisher nur Kaffee gekocht hatte. Das kleine Zimmer hatte sie nur einmal geöffnet, um ihre leeren Koffer dort abzustellen. Es war unmöbliert und nicht einmal der Staub bewegte sich darin. Und im großen Zimmer standen Möbel wie aus Uromas Zeiten. Aber nicht die schönen wie in Schröders Laden oder Werkstatt. Ein durchgesessenes Sofa, ein Tisch, ein Schrank und alles Gelsenkirchener Barock. Schauderhaft.

Das Schlafzimmer hatte sie zwar jetzt einige Male benutzt, wohnlicher war es aber auch nicht. Jetzt stand sie da, allein und mit dem ganzen verwirrenden Durcheinander. Durcheinander wäre ja hilfreich gewesen, dachte sie angesichts des spärlich, funktionsmäßig eingerichteten Raumes. Bett, Kleiderschrank, Kommode – da war nichts aufzuräumen. Woher auch? Sie hatte sich bisher kaum in ihrer Wohnung aufgehalten.

»Meine Wohnung! Meine Wohnung? Meine Wohnung!«, deklamierte sie wie eine Schauspielerin bei ihrem Monolog. Nicht Patricks Wohnung, nicht Schröders Küche, nicht eine Gastwohnung in New York, Rom, Sidney oder sonst wo auf der Welt. Sie öffnete den Kleiderschrank, nahm zwei Blusen, Jeans und Strümpfe raus und warf sie auf die langweilig beige Tagesdecke des Betts. Der Klecks persönlicher Sachen nahm dem Raum schon etwas von seiner Forderung, endlich in Besitz genommen zu werden.

Sie zückte das Handy und schaltete den Bluetooth-Lautsprecher an. Welche Musik wäre jetzt hilfreich? Tango? Zu tragisch. Popmusik? Zu oberflächlich. Sie scrollte durch ihre Playlisten und stoppte bei mexikanischer Mariachi Musik. Extrem fröhliche Musik! Tanzend bewegte sie sich auf die schmucklosen Fenster zu, ließ die Rollläden runter, drehte die Heizung an und dann war es mit dem Schwung auch schon vorbei. Wieso ließ sich ihre miese Stimmung nicht einfach von bunten Klängen wegzaubern?

Sie schaltete die Musik aus, warf das Handy aufs Bett und sich gleich hinterher. Schwere und Leere und Stille, vielen Dank auch! Sie starrte an die Decke, und wusste nicht, ob sie sich wie ein übervoller Stausee oder wie eine leere Blechdose fühlte. Auf jeden Fall würde sie alles tun, um nicht wieder das Gedankenkarussell in Gang zu setzen. Davon würde ihr nur schwindelig werden. Da half offensichtlich nur die brutale Tour. Sie holte ihren Laptop, stapelte die Kissen auf ihrem Bett zu einem Berg auf, zog die Bettdecke über ihre Beine und holte sich die einzigen Filme auf den Bildschirm, die es bisher immer geschafft hatten, düstere Stimmungen vergessen zu lassen: Herr der Ringe Teil 1, 2 und 3. Wenn die nicht helfen sollten, warteten neun Stunden »Der Hobbit« auf sie.

Das letzte Mal, als sie sich den Filmmarathon als Therapie

verordnet hatte, war sie in Thailand auf der Insel Koh Samui gewesen, erinnerte sich Julia. Oma Belle war gerade gestorben und sie hatte zu spät herausgefunden, dass Isabelles Studentenliebe, den sie hatte suchen sollen, ständig um sie herum gewesen war. Sowohl Patrick als auch Schröder, hatten sie an der Nase herumgeführt, indem sie die Wahrheit verschleiert hatten. Tolkiens epische Geschichten hatten es geschafft, sie von der Trauer über Oma Belles Tod und der Enttäuschung über die Männer in der Louisenstraße 13 abzulenken.

Sie folgte dem lebensfrohen Hobbit Frodo aus dem Auenland in eine immer dunkler werdende Welt. Himmel nochmal! Ihre Gedanken schweiften ab. Warum? Da musste sich nicht lange in sich reinhorchen. Sie war wütend und verletzt. Da konnte auch Frodo mit seinen großen, staunenden Augen nichts dagegen machen. Patrick hatte sie behandelt wie ... wie ... Dreck? Nein! Nicht einmal das. Er hatte sie wie Irgendjemanden, oder noch schlimmer, wie eine Geliebte behandelt, die für schöne Stunden zuständig war und nicht für die turbulenten Irrlichter, die sein Leben durchstreiften. Seine Kurznachricht vor dem Abendessen reichte nicht, um das auszugleichen.

Gefrustet knurrte sie den Ork an, der schwarz schleimig das Maul aufriss, rollte sich aus dem Bett und schlich auf Strümpfen durch das Haus in Schröders Küche. Dort zog sie die Box mit den Süßigkeiten aus dem Schrank und huschte wie eine Diebin zurück in den zweiten Stock. Mit dem Mund voll Kekse und Schokolade schaltete sie den Film wieder ein und folgte dem Hobbit auf seiner Reise. Das perfekte Setting, um abzuschalten. Doch als Frodo wieder einmal hilflos und verloren in einer karstigen Landschaft stand, fühlte Julia die Enttäuschung und den Schmerz wieder, die sie in Patricks Büro starr und stumm gemacht hatten. Er hatte sie aalglatt abgespeist. Und das erinnerte sie an Mike! Der war auch einfach nach Syrien verschwunden und hatte sich wochenlang nicht bei ihr gemeldet. Als wäre sie ein Niemand, ein Nichts, ein Gebrauchsgegenstand.

Julia spulte den Film vor. Sie brauchte jetzt eine blutige Schlachtszene und keine gefühlsduseligen Dialoge! Verdammt! Sie hatte sich noch nie so einsam gefühlt. Und das nur wegen eines Manns? Wie blödsinnig waren Herz und Hirn gepolt? Alleinsein hatte ihr bisher nichts ausgemacht, solange sie wusste, wo und wer sie war. Und wenn es ganz schlimm gewesen war, hatte sie jederzeit Oma Belle anrufen können. Das war jetzt vorbei! »*Einsamkeit entsteht erst, wenn man den Kontakt zu seinen Leuchttürmen verloren hat*«. Das war einer von Oma Belles schlauen Sprüchen gewesen.

Julia kam sich vor, als schippere sie gerade orientierungslos auf offener See. Kamen die Tränen jetzt wegen Frodo, der sich im Film verlassen von den Gefährten allein durchschlug, oder war es Selbstmitleid? Sie hatte nicht einmal Taschentücher in ihrer Wohnung! Sie schnappte sich einen Strumpf und schniefte hinein.

Patrick war nicht mal ihr einziges Problem. Sein Rückzug von ihr, die leere Wohnung, Oma Belles spürbare Abwesenheit zeigten ihr schmerzlich, dass sie ihrem Leben hinterherhinkte. Was sollte sie denn jetzt machen? Oma Belles Erbe war verteilt, die Aufgaben in der Kellermann-Stiftung waren soweit erledigt, sie hatte ausreichend Geld für ein sorgloses Leben. War doch alles paletti! Ein beneidenswerter Zustand. Sie hatte die Freiheit zu wählen, wie sie ihr Leben weiter gestalten wollte. Verdammte Axt!

Julia wischte sich die Tränen aus dem Gesicht. Auf dem Bildschirm schlachteten sich die Orks gerade gegenseitig ab. Und bei dieser bluttriefenden Szene dachte sie an ihre Mutter. Schon wieder? Wann in den letzten zehn Jahren hatte sie so oft innerhalb so kurzer Zeit den Impuls gehabt, mit ihr reden zu wollen? Ein deutliches Zeichen für das Ausmaß ihrer Krise. Ein Blick auf die Uhr verriet, dass es viel zu spät für einen Anruf war. Auch gut. Denn eigentlich wusste sie, was Frau Professor ihr raten würde. Nicole liebte es, bei Lebensfragen Parallelen zu Experimenten im Labor zu ziehen. ›*Mach dir einen Plan – halte deine Geräte sauber – gehe Schritt für Schritt vor*‹. Pläne ließen sich schlecht schmieden, wenn sie verheult und mit Süßigkeiten vollgestopft im Bett lag und einen Filmmarathon absolvierte. Das mit den Geräten passte auch nicht. Aber das mit den Schritten, fand Julia brauchbar.

»Der nächste Schritt ist doch eindeutig!«, erklärte sie Gandalf, dessen Großaufnahme den Bildschirm ausfüllte. »Es wird Zeit, diese Wohnung zu meiner zu machen!« Schließlich hatte sie sich die Louisenstraße 13 als Landeplatz zwischen ihren Reisen ausgesucht. Also sollten all ihre vertrauten Sachen, der Bettüberwurf aus Indien, der Wandbehang aus Peru, die Gläser aus Murano und alle anderen Reisesouvenirs hierher in diese, ihre Wohnung. Das war doch klar! Und wo waren ihre Lieblingsstücke? Bei Mike in Kairo.

Kurzentschlossen stoppte Julia den Film und rief Mike an. Den konnte sie immer anrufen, der schlief selten und wenn, dann unruhig.

Er meldete sich tatsächlich mit einer wachen Stimme.

»Julia! Wie schön, ich habe gerade an dich gedacht.«

»Wieso? Stehen dir gerade meine Koffer im Weg?«

»Nein, du fehlst mir.«

»Oh.«

»Wieso oh? Ich habe immer gesagt, dass ich dich gern hier bei mir hätte.«

»Ja, das gilt solange, bis du wegen einer Reportage wochenlang in ein Kriegsgebiet reist.«

»Du bist kleinlich.«

»Tut mir leid, war nicht so gemeint. Hör mal, wegen meiner Sachen, ich hätte die gern hier in meiner Wohnung und deshalb wollte ich dich bitten …«

Es klingelte an der Wohnungstür. Um diese Zeit? Julia entschuldigte sich bei Mike, hielt ihre Hand auf den Lautsprecher und öffnete die Tür. Für den Bruchteil einer Sekunde hüpfte ein Freudenmännchen in ihr auf und ab. Patrick stand davor, schüchtern lächelnd und ließ ihren Autoschlüssel vor ihrem Gesicht baumeln. Oh nein! Einfach auftauchen und mit dem Charme eines reuigen Sünders eine schnelle Versöhnung abkassieren. Das lief nicht. Julia blieb cool, nahm den Schlüssel entgegen, deutete auf das Handy und drehte Patrick den Rücken zu.

»Mike, das ist lieb von dir!«, sagte sie flirtend und gerade laut genug, damit Patrick es hören konnte.

»Was? Redest du mit mir?«, fragte Mike irritiert.

»Ich weiß«, hauchte sie, lachte verschämt und als sie merkte, dass Patrick in der Tür stehengeblieben war, sagte sie: »Mike, natürlich, ich komme sehr gern.« Und um ihre Botschaft zu unterstreichen, holte sie aus dem leeren Zimmer ihren Koffer.

»Wirklich?«, fragte Mike begeistert. »Julia, das ist wunderbar. Wann kann ich dich abholen?«

»Ich buche noch heute Nacht und schreibe es dir.«

»O. k.! Ich fang schon mal an die Bude aufzuräumen.«

»Ja, ich freue mich auch sehr, gute Nacht, Mike«, sagte Julia schmeichelnd und fand, dass sie eine gute Schauspielerin war. Sie nahm das Handy vom Ohr, drehte sich um und sah Patrick erwartungsvoll an.

»Brauchst du noch etwas?«, fragte sie und sah genau, dass er nicht verstand, was gerade passierte. »Wenn nicht, dann muss ich jetzt. Hast ja gehört, ich fliege nach Kairo.« Sie wünschte ihm eine gute Nacht, doch bevor sie die Tür geschlossen hatte, fiel ihr Patricks Wohnungsschlüssel ein.

»Moment«, sagte sie, zog die Tür wieder auf und sah überrascht in Patricks Gesicht. Er stand immer noch wie angewurzelt da. Schnell drehte sie sich weg und kramte mit zitternden Händen, was er hoffentlich nicht bemerkte, aus ihrer Handtasche den Schlüsselbund hervor. Sie löste den Schlüssel ab, drückte ihn Patrick in die Hand und schloss die Tür vor seiner Nase. Atemlos ließ sie sich auf den Boden sinken. War das wirklich sie gewesen, die Patrick mal eben eine Retourkutsche verpasst hatte? Sie atmete tief durch und grinste zufrieden. Und jetzt ab nach Kairo.

Kapitel 18

Schröder stand vor der Verkaufstheke und prüfte mit einem schnellen Blick die Auslage in den Schubfächern hinter der Glaswand. Handschuhe, Silberketten, bestickte Taschentücher und Zigarettenetuis lagen präsentabel auf den grünen Filzunterlagen. Dann studierte er die Einträge im neuen Kassenbuch.

Julia hatte es angeschafft. Wenn sie den Laden abwechselnd betreuten, hatte sie gemeint, sei es nützlich, die Verkäufe, Bestellungen, Wünsche der Kunden und ähnliche Informationen für den anderen darin zu notieren. Das Kassenbuch in rotem Einband glich in Umfang und Aufteilung der Seiten Schröders alten Exemplaren. Wo hatte sie dieses Prachtstück nur aufgetrieben? Er hatte sich gefreut, als sie es auf die Theke gelegt und ihren ersten Verkauf eingetragen hatte. Eine Tischdecke mit Lochstickerei. Im Stillen hatte er gehofft, dass die Dicke des Buches etwas über ihre Absicht aussagte, lange in der Louisenstraße 13 zu bleiben. Doch so schlecht wie die Stimmung zurzeit im Haus war, hätte er verstehen können, wenn seine Enkelin die Nase voll hatte. Er an ihrer Stelle hätte wahrscheinlich gerade die Koffer gepackt. Julia war aber anders, dachte Schröder überzeugt. Sie war weitaus klüger, als er vor fünfzig Jahren, als er Hals über Kopf in den Flieger nach Argentinien gestiegen war.

Schröder verfluchte sein Alter. Nicht wegen des körperlichen Verfalls. Ein bisschen wegen des Umstandes, dass er gemachte Fehler rückblickend erkennen, aber nur noch bereuen und nicht mehr ändern konnte. Was ihm am Alter wirklich schwerfiel, war, dass er den jungen Leuten, die ihm am Herzen lagen, dabei zusehen musste, wie sie scheinbar dieselben Fehler machten wie er.

Musste er wirklich tatenlos zusehen? Oder gab ihm sein Alter die Freiheit sich einzumischen? Er könnte sich seinen Sohn mal ordentlich vorknöpfen. Wenn Patricks Zuneigung zu Julia sich verflüchtigt hatte, war das eine Sache. Aber wenn Patrick ihr aus Unachtsamkeit oder Feigheit die Luft abdrehte, wäre das einer der Fehler, die er später schmerzlich bereuen würde. Das wusste Schröder aus eigener Erfahrung mit seiner verpatzten Liebe zu Isabelle Kellermann. Und hatte ihm Herbert von Groningen nicht erst eindrucksvoll vorgehalten, dass er gegenüber dessen Bruder vor zwanzig Jahren an der falschen Stelle geschwiegen hatte? Darüber nachzudenken, war müßig. Ob der Vorwurf berechtigt war oder nicht, ließ sich kaum noch beurteilen. Aber er konnte ihn als Ansporn nutzen, jetzt seinen Kodex, sich nicht in Angelegenheiten anderer einzumischen, zu missachten.

Schröder schnappte sich den Staubwedel und begann seine Runde durch das Antiquitätengeschäft. Als die Ladenglocke bimmelte, erwartete er einen Kunden, den Julia mit einer Notiz im Kassenbuch angekündigt hatte. Ein Geschäftsmann suchte einen schmückenden Sessel als Kontrast zu den harten Kanten und der grauen Farbpalette seines modernen Büros.

»Hallo, Robert!«

Schröder drehte sich um und sah in das faltige, zu einem breiten Grinsen verzogene Gesicht von Karlheinz Südhoff.

»Suchst du dein Pferd?«, fragte Schröder und deutete auf Kalles Cowboystiefel und den schwarzen Ledermantel.

Kalle schnalzte mit der Zunge. »Und du solltest dir eine weiße Schürze umbinden und ein Häubchen aufsetzen. Passt gut zu deinem Staubwedel.«

»Wie geht es dir, alter Mann?«, fragte Schröder, während er den Wedel in die Ecke stellte.

Südhoff ließ sich in die Chaiselongue fallen, als sei sie ein verschlissenes Sofa. Schröder versuchte, dieses sorglose Verhalten zu ignorieren. Doch als Kalle auch noch seine Stiefel auf den Brokatbezug ablegen wollte, schritt er ein.

»Füße auf den Boden!«, befahl er und zielte mit dem Zeigefinger direkt auf Kalles Stiefel, als wollte er auf diese Blitze abfeuern.

Kalle setzte sich gehorsam auf und zog seinen Mantel zurecht.

»Danke der Nachfrage, dem alten Mann geht es leidlich«, antwortete Kalle. »Ich will nicht unhöflich sein, aber eigentlich wollte ich zum Herrn Anwalt. Habe bei der Kanzlei geklingelt, passiert aber nichts. Ist er da?«

»Die Klingelanlage funktioniert nicht«, erklärte Schröder und setzte sich in den Lehnsessel, den er letzte Woche neu gepolstert hatte. »Ich weiß nicht, ob Patrick im Haus ist. Der macht sich gerade etwas rar.«

»Weiß ich übrigens zu schätzen, dass du seine Anwaltsgebühren für mich übernimmst«, sagte Kalle.

Schröder winkte mit der Hand, als wehrte er eine lästige Fliege ab. »Ist das Mindeste«, brummte er.

»Hast recht«, bestätigte Kalle. »Lassen wir das. Führt nur zu alten Geschichten, die keiner wieder aufkochen will.«

Er lächelte schief, zog einen Zahnstocher aus der Innentasche seines Mantels und steckte ihn zwischen die Zähne. Schweigen machte sich breit. Was gab es zu reden, wenn man das Einzige, was einen verband, nicht ansprechen wollte?

»Was brauchst du von Patrick? Soll ich was ausrichten? Geht´s um den Einbruch beim Juwelier?«, fragte Schröder. Er deutete auf den Wasserkocher und das Teegeschirr, die in der Ecke auf einem Tischchen Stande. Julias jüngste Einführung im Laden. »Trinkst du einen Tee mit?«

»Tee? Hast du kein Bier?«

»Nee, ist aus.«

»Dann ja, aber schön kräftig.«

Schröder nickte und machte sich ans Teekochen. Dabei

hörte er Kalle zu, der kurz berichtete, dass Hauptkommissar Precht einen fiesen Informationshandel wegen Alex Platz auf der Drogenliste und dem Einbruch beim Juwelier mit Patrick hatte betreiben wollen. »Deswegen waren wir gestern bei Ebbe. Eberhard Braun, schon mal von dem gehört?«

Schröder hielt in seiner Bewegung inne. »Ist das der Dealer aus Patricks Kindheit?«

»Ja, genau der. Ich sehe schon, der Herr Anwalt hält dicht. Hat dir nichts davon erzählt«, antwortete Südhoff. »Dann werde ich auch nicht mehr ausplaudern. Wollte nur wissen, was er gestern Abend bei dem Superpolizisten erreicht hat. Der Anwalt hat mich nämlich vor der Tür des Präsidiums zurückgelassen wie einen räudigen Köter. Als könnte ich mich nicht ordentlich benehmen.«

Schröder löffelte Tee in das Sieb.

»Schön stark!«, mahnte Kalle. »Wieviel nimmst du pro Tasse? Ist doch kein luschiger Darjeeling, oder?«

»Nein, der Herr«, stöhnte Schröder und schüttete den Tee aus dem Sieb zurück in die Dose, weil er sich verzählt hatte.

»O. k., was dann?«

»Bist du jetzt Teespezialist?«

»Traust du mir nicht zu, ein Feinschmecker zu sein?«

»Ich traue dir alles Mögliche zu. Aber, um ehrlich zu sein, nicht, dass du Darjeeling vom Assam oder Ceylon Tea unterscheiden kannst. Und jetzt lass mich die Löffel zahlen, du bringst mich ganz durcheinander.«

Wieder klingelte die Ladenglocke. Ein junger Mann in, nach Schröders Meinung, viel zu großen Jeans, weißem Hoody und dicker Goldkette, stand unbeholfen zwischen den Antiquitäten.

»Na? Hast du dich verlaufen?«, fragte Kalle, stand auf, zog die Ärmel seines Ledermantels zurecht und schob den Zahnstocher von dem einen Mundwinkel in den anderen.

»Äh, also ich dachte, das wäre ein Laden für Geschenke und so«, antwortete der Kunde verunsichert.

»Ist es auch und ich bin dein staatlich geprüfter Fachmann für jeden Kauf ausgesuchter Feinheiten«, prahlte Kalle.

Schröder goss das Wasser in die Teekanne.

»Also, Alex hat mir gesagt, ich würde hier was für meine Freundin finden. Die liebt so altes Zeug«, sagte der junge Mann, während er sich umschaute.

»Eine kleine Liebesgabe!«, schnarrte Kalle anzüglich. »Soll es schon ein Ring sein?«

Der junge Mann zuckte zusammen. »Eher nicht«, antwortete er erschrocken.

Schröder begab sich auf seinen Beobachtungsposten hinter der Verkaufstheke und verfolgte amüsiert, wie Kalle dem Kunden Porzellanfiguren, Sofakissen, Figurinen und Küchentücher anbot. Zu jedem Stück ratterte er passende Verkaufsargumente runter. Irgendwann stand plötzlich Julia neben ihm und verfolgte ebenfalls Kalles enthusiastische Bemühungen.

»Ein kleines Emaille-Döschen ist das ideale Geschenk für ein junges Ding«, erklärte Kalle dem inzwischen völlig verstummten Kunden. »Du schneidest ein Herz aus rotem Papier aus, schreibst ein Liebesverschen drauf und legst es in diese putzige Dose. Du wirst sehen, sie wird vor Rührung vergehen.«

Der junge Mann nickte überzeugt, bezahlte den Preis passend in bar, steckte das Döschen in die Tasche, grüßte und verschwand auf die Straße.

»Bingo!«, rief Kalle triumphierend. »Wieder einer Liebe auf die Sprünge geholfen!«

Julia lachte und knöpfte Südhoff resolut das Geld ab.

»Tststs, so viel Misstrauen in so einem schönen Kopf«, maulte dieser und händigte ihr mit gespielter Empörung die Scheine aus.

Als sie, jeder mit einer Tasse Tee versorgt, zusammensaßen, kündigte Julia genau das an, was Schröder gerade noch ausgeschlossen hatte. Sie hatte ihre Koffer gepackt und würde morgen Nachmittag in einem Flieger nach Kairo sitzen. Als sie auch noch erwähnte, dass sie diesen Mike besuchen würde, bei dem sie gewohnt hatte, bevor sie an Isabelles Sterbebett geeilt war, überließ es Schröder Kalle, das auszusprechen, was auch ihm auf der Zunge lag.

»Ach komm, was willst du denn in Kairo?«, fragte Südhoff entsetzt und nippte an seinem Tee, wobei er die Tasse mit ausgestrecktem kleinen Finger hielt. »Und was willst du bei diesem Mike? Wer ist das überhaupt?«

»Mike ist Reporter und lebt in Kairo. Er ist ein alter Freund von mir und da wir uns lange nicht gesehen haben, besuche ich ihn«, antwortete Julia ungerührt angesichts Kalles zur Schau gestellten Empörung.

»Das kannst du aber auch lassen, oder?«, bohrte dieser weiter.

»Könnte ich, will ich aber nicht«, sagte Julia, trank von ihrem Tee und machte damit deutlich, dass für sie das Thema erledigt war.

Verdammt, fluchte Schröder in sich hinein.

»Julia, wie lange wirst du wegbleiben?«, frage er endlich. »Nur wegen des Ladens. Lohnt es sich, eine Vertretung für dich zu organisieren?«

Julia sah ihn an, lächelte und Schröder war klar, dass sie ihn durchschaut hatte. »Ich weiß es noch nicht«, antwortete sie verlegen.

Was konnte er gegen ihre Reisepläne einwenden? Nichts, stellte er frustriert fest. Sie war ja nicht seine Angestellte. Was sie für den Laden getan hatte, war auf freiwilliger Basis gewesen. Er hätte ihr einen Knebelvertrag andrehen sollen oder besser gleich Fußfesseln.

»Was ist das denn für eine seltsame Runde?« Patrick betrat den Laden durch die Hintertür. »Du bist noch hier?«, fragte er spitz in Julias Richtung.

»Sie fliegt morgen, ist das nicht fürchterlich?«, fragte Kalle.

»Sie hat es offensichtlich lange genug mit uns ausgehalten«, antwortete Patrick trocken.

Kalle warf Schröder einen fragenden Blick zu. ›*Was bitte ist denn hier los?*‹, sollte das wohl heißen. Schröder schüttelte leicht den Kopf. Das wiederum bedeutete: Halt den Mund!

Kalle verstand. Er stand auf, stellte seine Tasse auf dem Tischchen ab und wandte sich an Patrick: »Herr Anwalt, hast du wohl die Güte mich über den Ausgang des gestrigen Abends zu unterrichten?«

»Klar, Kalle. Komm mit rauf ins Büro«, antwortete Patrick. Er ließ Südhoff vorausgehen. Bevor er den Laden verließ, informierte er Schröder, dass er das Abendessen kochen werde.

»Für mich nicht«, warf Julia ein. »Ich bin mit meinem Vater verabredet.«

»Dann ... gute Reise, falls wir uns nicht mehr sehen«, erwiderte Patrick, als verabschiede er sich von einer gegnerischen Staatsanwältin.

Schröder räusperte sich. Eigentlich ein seit Jahren erfolgreich praktizierter Hinweis an Patrick, sich die letzten Worte noch einmal zu überlegen. Aber der wollte oder konnte die Botschaft nicht verstehen. Wenn das so war, dachte Schröder, war es zweifelsohne an der Zeit, deutlich zu werden.

Kapitel 19

Patrick hob den Deckel vom Topf. Der aufsteigende Dampf roch angebrannt und der Geruch verteilte sich in Schröders Küche. Fluchend zog er den Topf von der Herdplatte. Ein einfaches Reisgericht mit Gemüse und Pilzen hatte sich zu einem klumpigen Brei entwickelt. Na toll! Er rührte die Masse um, kratzte die Kruste vom Topfboden. Er hatte vergessen die Brühe nach und nach zu der Masse zu gießen, wie es im Rezept stand. Patrick schüttete die vorbereitete Brühe mit einem wütenden Schwung in den Gemüsereis, rührte, bis die verklebte Masse sich lockerte und stellte den Topf zurück auf die heiße Platte.

Er hatte vor lauter Arbeit keine Zeit zum Einkaufen gehabt, alles in den Topf gerührt, was er im Kühlschrank gefunden hatte, und jetzt klebte dieser Pampf auch noch an. Kein Wunder. Er war nicht bei der Sache. Neubert, obwohl junger Chef eines innovativen Start-up-Unternehmens, entwickelte sich zu einem lästigen Erbsenzähler, der Patricks Arbeitsrhythmus mit lästigen Detailfragen blockierte. Da er sich bisher nicht besonders für Wirtschaftsrecht interessiert hatte, war die Suche nach Antworten mit ausgiebiger Recherche verbunden.

Und das reichte ihm als Erklärung für klumpigen Reis. Er war gestresst. Einem gestressten Anwalt konnte schon mal die Geduld und Sorgfalt beim Kochen abhandenkommen. Dabei hatte er sich geschworen, niemals in der Kategorie *gestresster* Anwalt zu landen. Anscheinend hatte er die Kontrolle über das, was er werden oder sein wollte, verloren. Und das lag nicht nur an Neubert, musste er sich eingestehen.

Um sich von weiteren Erklärungen für das misslungene Gericht abzulenken, spielte er Candy Crush auf seinem Handy. Die beste Ablenkung, wenn Gedanken sich verhakten oder in einem

Labyrinth verirrten. Denn genau so endete jedes Nachdenken, seit er sein Büro verlassen hatte und nicht mehr mit juristischen Fragen beschäftigt war. Das Bild von Julia, die vertraut mit Mike telefoniert, ihm ungerührt seinen Wohnungsschlüssel zurückgegeben und ihm dann noch die Tür vor der Nase zugeschlagen hatte, lag ihm wie ein Klumpen auf dem Gemüt.

Schröder war ein höflicher Mensch. So kannte Patrick ihn und das zeigte sich schon daran, dass der alte Herr sich bemühte, die Portion Reis, die er auf seinen Teller geladen hatte, aufzuessen.

»Es tut mir leid, das sagen zu müssen, aber es schmeckt grauenhaft«, sagte Schröder, wobei er in dem breiartigen Reis herumstocherte.

Patrick nahm es ihm nicht übel. »Nein, Robert, mir tut es leid. Das habe ich ordentlich versaut.«

»Ist dir lange nicht mehr passiert.«

»Stimmt. War einfach nicht ganz bei der Sache.«

Sie versuchten, das Gericht mit einer dicken Schicht Parmesankäse schmackhafter zu machen. Das gelang einigermaßen und während sie aßen, erzählte Schröder im Plauderton von dem Treffen mit der Familie von Groningen.

Patrick hörte aufmerksam zu und das nicht nur als Anwalt, der die rechtlichen Interessen seines Vaters im Auge hatte. Er hatte bei der ganzen Geschichte nicht gerade eine gute Figur gemacht, sondern mit Abwesenheit geglänzt. Ihm fiel auf, dass Schröder Julias hilfreichen Einfluss auf das schwierige Gespräch über Viktor von Groningens Erinnerungsstück betonte. Besonders lobend erwähnte er Julias kämpferische Verteidigung gegen die Vorwürfe von Herbert von Groningen. Schwang da eine Botschaft an ihn mit? Schröder hatte hoffentlich nicht die Absicht, über Julia zu reden. Sicher nicht, Schröder hatte sich noch nie in seine Beziehungen eingemischt.

»Ich habe dir das so ausführlich berichtet«, sagte Schröder abschließen, »weil dich Viktors Porträt auch etwas angeht. Schließlich bist du beim Jahresempfang der Stiftung dabei gewesen.« Dann schob er den Teller von sich und gestand, nicht einen Bissen mehr von diesem Reisbrei essen zu können. Patrick gab ebenfalls auf. Erleichtert, nicht in ein gewichtiges Vater-Sohn-Gespräch verwickelt worden zu sein, stand er auf, um das Geschirr abzuräumen.

Doch Schröder schüttelte den Kopf. »Lass das stehen und setz dich, bitte.« Er angelte das Tablet mit den Pfeifenutensilien vom Regal.

Patrick schluckte. Er hatte sich offensichtlich zu früh gefreut. Schröders Bitte katapultierte ihn schlagartig in die Rolle des Teenagers von einst, der wieder einmal etwas ausgefressen hatte. Während Schröder sich um seine Pfeife kümmerte, holte Patrick zwei Flaschen Bier aus dem Kühlschrank. Als er die geöffneten Flaschen auf den Tisch stellte und sich wieder setzte, war Schröder immer noch dabei, die Pfeife zu reinigen und zu befüllen. Wenn er dieses Ritual mit bedächtiger Sorgfalt vollzog, wusste Patrick, dass der alte Herr sich dabei genau überlegte, was er sagen wollte. Ein untrügliches Zeichen dafür, dass das folgende Gespräch kein Smalltalk werden würde.

Schröder blickte endlich auf, nahm die Bierflasche und stieß sie gegen Patricks. »Die Angelegenheit von Groningen ist somit erledigt«, sagte er und trank einen Schluck. Dann setzte er die Flasche ab, paffte zwei Züge und fragte nach dem, worüber Patrick auf keinen Fall reden wollte: »Wie war das mit dir, Alex, Ebbe und Kalle?«

»Die Angelegenheit ist auch erledigt«, antwortete Patrick leichthin und prostete Schröder zu. Aber damit ließ sich sein Vater nicht abspeisen. Schröder runzelte die Stirn. Also erzählte er von dem Abend im Sunrise Club. Je mehr er redete, desto leichter fiel es ihm. Auch die Schlägerei mit Ebbe schilderte er ausführlich und dass er abgehauen, sich durch die Kneipen gesoffen und schließlich bei Kalle gelandet sei. Von dem Besuch mit Kalle in Eberhard Brauns Wohnung allerdings erzählte er nur in groben Zügen – die Vorgeschichte, die er mit Ebbe teilte, ließ er weg – die kannte Schröder ja – die konnte er sich dazu denken – und dann war da nur noch der Höhepunkt: Ebbe und er bei Hauptkommissar Precht.

»Ich sage dir, der hat sich vielleicht geärgert. Der Kronzeuge, den er unbedingt geheim halten hatte wollen, stand mit mir vor seinem Schreibtisch. Und dann hat Ebbe geredet wie ein Wasserfall. Er habe Alex auf die Liste seiner Drogenabnehmer gesetzt, weil der junge Fatzke ihm im Club ständig blöd angeredet habe.«

Zufrieden mit sich und der Welt, erwartete Patrick, dass Schröder ihm anerkennend auf die Schultern klopfen und sich zum Schlafen zurückziehen würde.

Doch stattdessen fragte Schröder: »Was sagst du dazu, dass Julia morgen abreist?«

Patrick stand so ruckartig auf, dass der Stuhl umfiel. Die Frage kam ihm wie ein hinterhältiger Dolchstoß vor.

»Was hat das denn damit zu tun?«, fragte er barsch. »Es war doch von Anfang an klar, dass sie wieder verschwinden würde.«

Er wandte sich ab, wollte gehen, raus aus der Küche, weg von dem alten Mann, der in ihm lesen konnte wie in einem Buch.

»Bleib, Junge«, hörte er Schröder eindringlich hinter sich sagen. »Ich will dir noch etwas zeigen.«

Patrick steckte die Hände in die Hosentaschen, drehte sich um und sah Schröder mit hochgezogenen Augenbrauen fragend an. Er fühlte, wie der alte Trotz seiner Jugend in ihm aufstieg.

»Komm mit rüber«, sagte Schröder, stand auf und ging in den Salon nebenan.

In diesem Zimmer, eingerichtet mit Biedermeier Möbeln, die Strenge und Leichtigkeit vereinten, pflegte Schröder die Gespräche über Erinnerungsstücke zu führen. Was sollte das denn jetzt werden? Patrick hatte kein Erinnerungsstück bei Schröder gelagert. Warum auch? Seine Erinnerungen funktionierten prima, wie sich gezeigt hatte, als er Ebbe im Sunrise Club das erste Mal nach zwanzig Jahren wiedergesehen hatte. Ungefiltert war alles wieder da gewesen. Seine Mutter, Ebbes Tütchen, ihre Leiche. Und sonst hatte es in seinem Leben nichts gegeben, was so wichtig gewesen wäre, dass er die Erinnerung daran hätte auslöschen oder konservieren wollen.

Schröder hatte sich auf das Sofa gesetzt und bedeutete ihm, ebenfalls Platz zu nehmen. So sehr Patrick auch versuchte in Schröders Miene dessen Absicht zu erkennen, er scheiterte. Zögerlich ließ er sich in einem der Sessel nieder. »Also gut, was willst du mir zeigen?«

»Ich mache jetzt zwei Dinge, die ich noch nie gemacht habe«, erklärte Schröder ernst, wobei er an seiner Pfeife paffte. »Erstens, ich mische mich in dein Leben ein, weil du gerade dabei bist einen Riesenfehler zu machen. Ich sehe, wie du direkt auf eine Klippe zurennst, und ich halte es für meine Pflicht, dich darauf aufmerksam zu machen.«

»Was denn für eine Klippe?«

»Hör mir erstmal zu«, verlangte Schröder und schob seine Hand in die Tasche der Weste. »Zweitens habe ich noch nie ein Erinnerungsstück rausgegeben, ohne dass mir eine Abholnummer übergeben worden ist.«

Patrick starrte auf Schröders Hand in der Westentasche. Es kam ihm vor, als hätte jemand eine Zeitlupe über dessen Bewegung gelegt. Schröder hob die Hand und zog eine Kette aus der Tasche, an der ein einfaches, silbernes Medaillon baumelte. Patrick schnürte es die Kehle zu. Er wusste genau, wessen Bild in diesem Medaillon steckte. Wenn er es aufklappte, würde ihm seine Mutter entgegenlächeln. Die Kette war ihr Geschenk zu seinem zehnten Geburtstag gewesen. Wenige Wochen später, nach ihrem Tod war es ihm wie ihr vorzeitiges Abschiedsgeschenk vorgekommen.

Schröder legte die Kette in seine Hand und hielt sie Patrick entgegen.

»Du kennst dieses Erinnerungsstück, nicht wahr?«

»Ich habe es vollkommen vergessen«, gab er heiser zu. »Wieso machst du das?«

»Ich weiß, es ist schwer für dich. Aber ich glaube, es ist wichtig. Du hast mir das Medaillon gegeben, wenige Wochen, nachdem du bei mir eingezogen bist. Du warst dreizehn Jahre alt. Ich erzähle dir jetzt, wie bei der Abgabe jedes Erinnerungsstücks, was du mir damals gesagt hast.« Schröder rieb mit dem Daumen über das Medaillon in seiner Hand.

» *Da drin ist ein Foto meiner Mutter, hast du damals gesagt. Sie ist tot – Überdosis Heroin. Das war vor drei Jahren. Sie hat mich oft zu Ebbe geschickt, damit ich ihr den Stoff besorge. Ebbe stand immer zur selben Zeit an einer Ecke. Manchmal war er auch bei Mama und hat lange mit ihr geredet. Einmal, war sie tagelang mit Schmerzen im Bett gelegen, hat gestöhnt und geweint. Dann hat sie die ganze Wohnung nach Geld durchsucht. Mit einer Hand voll Kleingeld hat sie mich zu Ebbe geschickt. Ich sagte, dass das Geld niemals für ein Tütchen Heroin reichen würde. Mama hat mich so komisch angelächelt. Sag ihm, hat sie mir aufgetragen, das ist das letzte Mal. Und dann bin ich los. Ich habe Ebbe das ausgerichtet, was Mama gesagt hat, dann hat er das Klimpergeld genommen und mir ein Herointütchen gegeben. Mama hat es sich gespritzt, wie immer. Ich bin raus und mit meinen Freunden unterwegs gewesen und als ich nach Hause kam, lag Mama tot auf ihrem Bett.«*

Schröder legte das Medaillon auf den Tisch. »Patrick, du warst dreizehn Jahre alt, als du mir das Erinnerungsstück anvertraut hast. In dem Alter hat man keine Ahnung, was Erinnerungen im Leben bedeuten, wie sie einen bestimmen und dass sie sich verändern können. Heute würdest du die Ereignisse sicher anders erzählen. Aber ich will dir die Geschichte dieses Medaillons vollständig erzählen. Auf meine Frage, welche Erinnerung du mit dem Schmuckstück bewahrt haben willst, hast du geantwortet: Dass ich meiner Mutter die Todesdroge gebracht habe. Und: ich war nicht genug.«

Patrick schwirrte der Kopf, er krallte seine kalten Hände ineinander, unfähig, das Medaillon vom Tisch zu nehmen. Jeder Satz, den Schröder in seiner nüchtern, wertfreien Art aussprach, löste Bilder und Stimmen aus, die sich nach und nach zu einem Ganzen fügten. Da war der Zehnjährige, der erleichtert war, dass seine Mutter nach tagelangem Leiden, dieses endlich mit einer Spritze voller seligmachender Flüssigkeit beenden wollte. Er war mit dem wenigen Geld losgerannt, über die Straße, drei Häuserblocks weiter bis zum Garagenhof. Patrick hatte seine Hand vor Augen, mit der er Ebbe die Münzen entgegenhielt und ja, jetzt hörte er seine kindliche Stimme, die Mutters Nachricht wiederholte – Ebbes trauriges Lächeln und wie er seine riesige Hand in die ausgebeulte Tasche seines Leinen-Sakkos schob, um ein Tütchen mit weißem Pulver rauszuziehen.

Patrick stand auf, das Hin und Her in ihm war unerträglich. Er starrte Schröder an. »In dem Tütchen war mehr Pulver als sonst«, stammelte er. »Ich habe das gleich gesehen und dann vergessen. Für die wenigen D-Mark hat Ebbe mir die doppelte Portion in die Hand gedrückt.« Er wanderte durch das Zimmer. »Und«, stöhnte er, wobei endlich Tränen über seine Wangen liefen, »Ebbe hat mir gestern erzählt, dass Mutter krank gewesen sei. Sie hatte was mit den Nieren und etwas anderes Tödliches – sie wollte nicht im Krankenhaus sterben.«

Er hatte das Gefühl keine Luft zu bekommen, stemmte die Hände an die Hüfte, streckte und räusperte sich. Er nahm Schröder neben sich wahr, den leichten Druck seiner Hand auf dem Rücken und seine Stimme, die beruhigend auf ihn einredete. Er atmete tief durch.

»Sie lag so friedlich in ihrem Bett, als ich nach Hause kam, gerade ausgestreckt – nicht wie sonst auf der Seite mit angezogenen Beinen. Ihre Hände lagen gelöst auf der Matratze, ihre Augen geschlossen und das Gesicht faltenlos entspannt. Nur aus den Mundwinkeln war eine schaumige Spur zu sehen.« Er rieb sich die Tränen aus dem Gesicht. »Sie hatte ihr einziges Kleid an – ich habe das alles nicht gewusst oder vergessen oder ...«

Schröder nahm ihn in die Arme.

Patrick atmete durch und aus der Fülle in seinem Kopf wurde Leere. Er richtete sich auf, trat einen Schritt zurück und deutete auf das Medaillon auf dem Tisch.

»Warum jetzt?«, fragte er wütend den Mann, der ihn ungefragt durch den dunklen Gefühlstunnel geschickt hatte.

Schröder reagierte nicht, sondern setzte sich wieder auf die Coach.

»Robert!«

»Wegen Julia«, antwortete Schröder leise.

»Was? Was hat sie damit zu tun?« Patrick warf ihm jedes Wort einzeln entgegen. Was bildete der sich ein? Noch nie hat Schröder mit ihm so geredet, sich derart eingemischt.

»So wie ich euch beide die letzten Tage erlebt habe«, erklärte

Schröder leise, aber bestimmt, »glaube ich, dass du dich von ihr distanziert hast.«

»Bitte? Ich mich von ihr? Sie geht doch!«

»Ja, jetzt geht sie. Seit Alex hier aufgetaucht ist, hast du sie behandelt wie einen Gegenstand, der im Weg steht.« Schröder setzte sich zurecht, fuhr mit den Händen ratlos durch die Luft. »Ich will einfach nicht, dass du Julia aufgibst, nur weil du glaubst, was du als Zehnjähriger geglaubt hast. Ich war nicht genug, hast du als Erinnerung diesem Medaillon zugeschrieben. Und das stimmt einfach nicht. Ist es dieser Satz, der dich dazu bringt, dich von Julia zu entfernen?«

Patrick war mit einem Schlag nüchtern, als wäre er in ein Becken Eiswasser geworfen worden.

»Nein, du Superpsychologe! Julia kommt und geht, wie es ihr passt. Das war von Anfang an klar.«

Patrick spürte, wie sich jeder Muskel verhärtete, der Puls raste, er hörte Rauschen, atmete tief durch, nahm das Medaillon vom Tisch und ließ es vor Schröders Gesicht baumeln.

»Ich sag dir mal, worum es hier geht: Wenn ich ein besserer Sohn gewesen wäre, hätte Mama nicht das Zeug spritzen müssen«, stieß er aus, als spuke er Galle. »Seit meiner Kindheit war ich davon überzeugt! Dabei war sie schwerkrank und vertrieb mit dem Heroin ihre Schmerzen.« Er lachte verächtlich auf. »Und dann schickt sie mich zu Ebbe. Benutzt mich als Sterbehelfer. Ein Kind! Und ich dachte immer, wenn ich besser auf sie aufgepasst hätte, dann hätte sie nicht zu viel von dem Zeug gespritzt. Dabei war das ihre Absicht gewesen.«

Schröder starrte ihn an, blass faltig und wortlos.

Patrick drehte sich um, brauchte Bewegung und Luft. Er verließ das Haus und marschierte die Straße entlang bis zum Südpark und dort, wo es endlich ganz dunkel war, warf er sich auf den Rasen und blieb liegen.

Erst nach einiger Zeit merkte er, dass die Temperaturen in der Nacht bereits gegen Null tendierten. Die Kälte fraß sich durch seine Klamotten bis zu den Knochen durch. Das tat gut, beruhigte und trieb zur Eile an. Denn lange konnte er hier nicht liegen und sich in seinem Schmerz suhlen. Er setzte sich auf und rieb sich die Hände. Genauso fühlte es sich in ihm an. Als wären Granitplatten aus ihrer Verankerung gelöst und rieben knirschend gegeneinander. Da war seine Erinnerung als Zehnjähriger und die Wirklichkeit der Ereignisse vor zwanzig Jahren. Eine Information hatte das Gefüge in ihm in Bewegung gebracht. Und die hatte ihm ausgerechnet Ebbe gegeben. Egal! Entscheidend war, dass seine Mutter vorsätzlich ihr Leben beendet hatte. Patrick stand auf. Er zitterte am ganzen Körper. Nicht weil er noch so erschüttert über die neue Wahrheit war. Es war einfach verdammt kalt ohne Jacke im Park. Er vergrub die Hände tief in den Hosentaschen. Das Medaillon glitt dabei in die rechte Hand. Na gut, es würde Zeit brauchen, bis er begreifen würde, was das jetzt für ihn bedeutete. Granitplatten ordneten sich auch nicht über Nacht neu. Das Leben ging weiter. Dieser Kalenderspruch hatte sich schon oft in seinem Leben bewahrheitet. Vielleicht war es ja leichter, mit der Wirklichkeit seiner Vergangenheit zu leben, als, wie bisher, mit der Erinnerung eines Zehnjährigen.

Kapitel 20

Am nächsten Morgen stand Schröder auf, zog sich an, frühstückte, las Zeitung, machte alles wie jeden Tag, nur dass jede Bewegung sich anfühlte, als stecke er knietief im Morast. Was hatte er gestern Abend nur getan? Himmel! Wie hatte er Patrick so zusetzen können? Als er sich nachts schlaflos im Bett gewälzt hatte, war ihm klargeworden, dass er sich bei Patrick entschuldigen musste, egal, ob dieser ihm Vorwürfe machen würde oder nicht. Er starrte auf die die Textblöcke der Tageszeitung, unfähig, sie in Zeilen einzuteilen und zu lesen. Wie alt musste man werden, fragte er sich mürrisch, bis man einen Fehler mit Gelassenheit erkennen und sich mit Gleichmut entschuldigen konnte?

Schröder wechselte vor der Garderobe im Hausflur seine Schuhe. Dabei horchte er angestrengt, ob aus Patricks Wohnung Geräusche kamen, die verrieten, ob er aufgestanden war. Ob er überhaupt zu Hause war. Vielleicht hatte Patrick wieder eine Frusttour durch Bars und Kneipen unternommen und lag jetzt mit einem Kater in irgendeinem Bett von einem Freund oder einer Frau. Je länger Schröder auf die erste Begegnung mit Patrick warten musste, desto mehr rumorte sein Magen. Das hast du dir selber eingebrockt, sturer Hund! Vor sich hin schimpfend schlurfte er durch den Laden, um zu öffnen.

Alex wartete bereits vor der Ladentür, als Schröder sie aufschloss. Hinter ihm parkte ein blauer, verbeulter Transporter mit dem Wappen der Stadt darauf.

»Hey, Schröder«, sagte Alex munter und deutete mit dem Daumen hinter sich. »Ich habe vier Stühle da drin. Willst du sie dir mal ansehen?«

Schröder zog skeptisch die Augenbrauen zusammen, nickte

aber und folgte Alex zum Heck des motorisierten Ungetüms. Ein kräftiger Mann, um die fünfzig, orangene Handwerkerkluft und Base Cup ebenfalls mit Stadtwappen, tauchte auf und half Alex die Türen zu öffnen.

»Das ist übrigens mein Dad, Manfred Fischer«, stellte Alex den Mann vor und nannte dann Schröders Namen. Sie schüttelten sich die Hände und Schröder verkniff sich die überflüssige Frage, ob dieser Fischer der Fischer aus Patricks Kindheit war. Von Patricks Vergangenheit würde er vorerst die Finger lassen.

»Manfred arbeitet doch beim Recyclinghof«, erzählte Alex munter, »und als ich ihn dort gestern besuchte, habe ich diese Stühle gefunden.«

Schröder starrte in das Dunkel des Kastenwagens auf vier hölzerne Wirtshausstühle, etwas ramponiert und abgegriffen, die Sitzbezüge fransig.

Alex hob einen heraus und stellte ihn stolz auf den Gehweg.

»Was meinst du dazu, Schröder?«, fragt er und sah ihn erwartungsvoll an.

»Ich verstehe nicht. Ein Stuhl für einen Esstisch, nichts Besonderes, Massenware, nicht mehr in bester Verfassung«, antwortete Schröder mit einem Fragezeichen in der Stimme.

»Eben!«, erwiderte Alex. »Diese Stühle wären gestern in der Müllpresse gelandet und ins Nirwana übergegangen. Aber wenn ich sie herrichte und etwas nett gestalte, dann könnte man sie verkaufen, oder nicht?«

»Ich finde die Idee gut«, warf Fischer mit dunkler Stimme ein, der ein Hauch Vaterstolz beigemischt war. »Man braucht doch so Zeug nicht wegwerfen und es gibt bestimmt Leute, die keine teuren Stühle brauchen, um ihren Hintern abzusetzen, sondern einfache solide Gestelle wie die da.«

Schröder sah zwischen Alex und seinem Vater hin und

her und dann dämmerte es ihm. »Du willst meine Werkstatt dafür benutzen?«

»Genau und dann verkaufe ich die Stühle über Ebay. Was hältst du davon, Schröder?«

»Ich heiße Robert«, murrte Schröder.

»Schröder passt aber besser zu dir«, behauptete Alex frech.

Manfred Fischer zog ihn am Hemd zu sich, flüsterte auf ihn ein, schüttelte den Kopf und schob ihn wieder in Schröders Richtung.

»Sorry«, sagte Alex kleinlaut. »Ähh, ich wollte dich natürlich fragen, ob ich deine Werkstatt benutzen darf und ob du mir hilfst.«

Schröder sah in das Schaufenster seines Antiquitätengeschäfts, die Hausfront nach oben und schließlich die lange Straße entlang. Was sollte er antworten? Seine Werkstatt, sein Rückzugssicherheitszentrum mit diesem jungen Kerl teilen? Er sah Fischer an, der mit dem Rücken an dem Transporter lehnte, einen Sicherungsgurt pendeln lies und geduldig abwartete, was passieren würde.

»Ach, wie nett!« Frau Engelbrecht mit frischer Dauerwelle unter einem Filzhütchen und in mintfarbenem Wollkostüm kam über die Straße auf sie zu.

»Frau Engelbrecht, wieder zurück von Ihrem Besuch bei der Tochter?«, fragte Schröder erfreut. Er hatte bei dem ganzen Theater im Haus gar nicht gemerkt, dass ihm die Teestunde mit der Dame gefehlt hatte.

Engelbrecht deutete mit ihrem Gehstock auf den Stuhl. »Ist der für mich? Meinen Sie, ich schaffe es nicht mehr bis in den Laden?«, kicherte sie und setzte sich auf den Stuhl.

»Der ist doch klasse, oder?«, fragte Alex enthusiastisch.

»Nun, junger Mann. Das sind wirklich solide gebaute Stühle. Was haben Sie damit vor?«, fragte sie in Schröders Richtung.

Was sollte er anders tun als unverbindlich zu lächeln? Else Engelbrecht war wirklich zu einem saublöden Moment hier aufgetaucht. Bevor er etwas sagen konnte, erzählte Alex in seiner unbedarften Art von seiner Idee, Möbel vom Sperrmüll zu holen und in Schröders Werkstatt aufzupolieren, um sie dann zu verkaufen. Frau Engelbrecht tippte Schröder mit ihrem Gehstock an und sagte schelmisch: »Herr Schröder, Sie überraschen mich. Werden Sie etwa auf Ihre alten Tage noch ein Menschenfreund?«

»Er hat ja noch nicht zugesagt«, gab Alex zu bedenken.

»Schröder!«, rief Frau Engelbrecht entrüstet aus. »Natürlich lassen Sie den jungen Mann in Ihre muffige Werkstatt. Oder wollen Sie diesen Tatendrang«, dabei deutete sie mit ihrem Stock auf Alex, »etwa bremsen?«

Schröder betrachtete Alex, der die Hände tief in die Hosentaschen vergraben nervös auf und ab wippte. Er kickte ein Steinchen mit der Schuhspitze und suchte nach einer ordentlich klingenden Ausrede. Aber wie sollte er diese finden, wenn ihn alle so anstarrten? Schließlich gab er auf.

»Du kannst jederzeit in die Werkstatt, wenn ich nicht drin bin«, sagte Schröder und Alex reckte eine Siegerfaust in die Luft. »Wenn wir zu zweit sind, dann tust du, was ich sage. Und!« Schröder hob gebieterisch den Zeigefinger. »Du quatschst mir nicht die Ohren voll! Verstanden? Wenn ich meine Ruhe haben will, wirst du dich verziehen. Und du schaffst dir beizeiten einen eigenen Werktisch an.«

»Bravo, Herr Schröder!«, lobte Frau Engelbrecht.

Alex packte Schröders Hand und schüttelte sie lebhaft. »Danke, du wirst es nicht bereuen, Schröder.«

Während Alex mit seinem Dad die restlichen Stühle aus dem Wagen holte, reichte Schröder der mintfarbenen Frau Engelbrecht den Arm und führte sie in den Laden.

Gerade als Alex und Manfred Fischer die Stühle durch den Laden in Richtung Hinterausgang trugen, tauchte Patrick auf. Schröder setzte sich in einen Sessel neben Frau Engelbrecht. Bei dieser Begegnung wollte nicht stören. Als er merkte, dass Else ihren Mund öffnete, um einen ihrer klugen Sprüche loszuwerden, schüttelte er heftig den Kopf und legte den Finger über die Lippen.

»Alex? Was hast du denn damit vor?«, fragte Patrick und stockte, als er Fischer sah.

»Ähh, ihr kennt euch. Das ist Patrick, Dad«, erklärte Alex.

Fischer setzte die Stühle ab, zog sein Base-Cap vom Kopf und fuhr sich mit der Hand durch das Haar.

»Brat mir doch einer einen Storch!«, stieß er hervor. Er wollte Patrick erst die Hand geben, doch dann riss er ihn in seine Arme. »Junge, Junge! Aus dir ist ja echt was geworden!«

»Manni, schön dich zu sehen!«, erwiderte Patrick und klopfte seinem ersten Pflegevater auf den Rücken.

Else Engelbrecht zupfte aus ihrer Handtasche ein Taschentuch hervor. Hoffentlich fing sie nicht an, vor Rührung zu heulen, dachte Schröder, weil er dann selber ein Taschentuch brauchen würde. Da standen die drei und lachten über Alex Missgeschick wegen Ebbes Liste, als hätten sie sich gestern erst gesehen.

»Echt wahr, Patrick«, sagte Manfred und ließ sich auf einen der Stühle sinken. »Du hast uns damals schon einen Riesenschreck verpasst, als du einfach über Nacht abgehauen bist.« Patrick setzte sich neben ihn und klopfte ihm aufmunternd auf den Schenkel. »Das ist zwanzig Jahre her, Manfred.«

»Nee du, sowas steckt einem ein Lebtag in den Knochen. Wenn so ein Kind, um das du dich sorgst, einfach weg ist. Man, was haben wir nach dir gesucht!« Er stupste Alex an. »Erinnerst du dich noch? Wir haben dich gezwungen uns Patricks Verstecke in der Siedlung zu verraten.«

»Das tut mir leid«, sagte Patrick.

»Na ja, hast ja recht, ist lang vorbei«, gab Manfred zu, dem sein Gefühlsausbruch anscheinend unangenehm war. »Dann ist ja auch die Tante vom Jugendamt gekommen und hat uns erzählt, dass du jetzt in so einem Antiquitätengeschäft pennst.«

»Das war etwas mehr als pennen«, lachte Patrick und deutete auf Schröder. »Er hat mich verirrten Knaben aufgenommen und zurechtgebogen.«

Schröder räusperte sich. Wenn der jetzt nicht aufhörte, so zu reden, dann musste er doch noch Engelbrecht nach einem Taschentuch fragen. Er stand auf, ging auf Manfred Fischer zu und schüttelte ihm noch einmal die Hand. »Es freut mich Sie endlich kennenzulernen.«

»Ach, ach, ach«, seufzte Engelbrecht und schnäuzte in ihr Taschentuch. Die Standuhr schlug die volle Stunde an und Manfred stand auf. Er müsse zurück zum Recyclinghof. »Komm mal vorbei, Junge«, sagte er zu Patrick. »Beate wird sich riesig freuen.«

»Mache ich, ganz bestimmt.«

»Ich sorge schon dafür«, versprach Alex, schnappte sich zwei Stühle und trug sie in den Hausgang.

Patrick blieb noch sitzen, fing Schröders Blick auf und schüttelte den Kopf. »Jetzt reicht's aber mit den alten Geschichten. Manfred, echt, den müssen wir mal zum Essen einladen.« Dann holte er einen Zettel, den er irgendwo abgelegt hatte. »Hier lies dir mal das Inserat für dic Dachwohnung durch. Sag mir dann Bescheid, ob es so passt.«

»Nimm es wieder mit. Wird schon in Ordnung sein.« Patrick nickte Else Engelbrecht grüßend zu, nahm die beiden restlichen Stühle und verließ den Laden.

»Sie vermieten noch eine Wohnung?«, fragte Engelbrecht und Schröder seufzte resigniert.

»Ja, leider«, murrte Schröder und kümmerte sich um den Tee.

»Wieso leider?« Frau Engelbrecht steckte ihr Taschentuch zurück in die Handtasche. »Sie sind doch Hausbesitzer. Und ein Haus ist dafür da, dass es von Menschen bewohnt wird, oder nicht?«

»Hmm, vielleicht sollte ich eine Hundepension aufmachen«, murmelte Schröder und hoffte auf eine angenehme Teestunde mit Else Engelbrecht.

Kapitel 21

Julia hatte die halbe Nacht wachgelegen. Es war aber dieses Mal nicht ihre unausgegorene Lebenssituation gewesen, die verhindert hatte, dass sie in das Wolkenbett des Tiefschlafes versunken wäre. Wohnungseinrichtungen in den verschiedensten Formen und Farben hatten sie beschäftigt. Wollte sie ihre Wohnung in der Louisenstraße mit alten Möbeln aus Schröders Fundus einrichten, oder den Schrank aus Oma Belles Appartement aufstellen oder doch lieber alles neu und modern? So gesehen, fand Julia, war das eine gute Nacht gewesen.

Nachdem sie einen Kaffee aus ihrer neu angeschafften Espressokanne getrunken und die restlichen Kekse ihrer Filmnacht gegessen hatte, machte sie sich ans Packen. Sie breitete die Fotoapparate, Objektive, Filter und Stative auf ihrem Bett aus und betrachtete sie. Welche Kameras sollte sie nach Kairo mitnehmen? Sie hatte beschlossen, mit kleinem Gepäck zu reisen. Ein Koffer und ein Rucksack, das musste reichen. Sie packte die Spiegelreflexkamera, zwei Objektive und eine kleine Digitalkamera in die Fototasche, legte diese in den Koffer und polsterte ihn mit Kleidung aus. Unzufrieden packte sie wieder alles aus. Ein Stativ musste unbedingt mit. Wenn sie in Kairo die Al-Azhar Moschee endlich bei Vollmond fotografieren wollte, brauchte sie das Ungetüm. Viermal hatte sie das Motiv in den Monaten ihres Aufenthalts in Kairo festzuhalten versucht. Doch waren Wolken, ein blasser Mond, ein Defekt an der Kamera und eine romantische Vollmondnacht mit Mike in der Wüste dazwischengekommen.

Sie hockte gerade auf dem Kofferdeckel, ruckelte herum und drückte vergeblich auf die widerspenstigen Schließen, als das Telefon klingelte. Mit einem ärgerlichen Stöhnen stand sie auf, holte das Handy vom Bett und nahm den Anruf ihrer Mutter an.

»Hi, Mama! Was gibt es? Ich habe gerade keine Zeit zum Quatschen. Bin beim Packen.«

»Das denke ich mir, Liebes. Deswegen rufe ich auch an. Du hast geschrieben, dass du nach Kairo fliegst. Ich wollte nur hören, ob es dir gut geht.«

Julia tippte auf die Fernsprechfunktion und widmete sich nebenher der Neuordnung des Kofferinhalts.

»Natürlich. Warum sollte es mir nicht gut gehen?«

»Ich dachte nur, weil …«, ihre Mutter machte eine Pause.

»Weil was?«, fragte Julia ungeduldig, während sie das Stativ in den Koffer einpasste.

»Wegen Patrick, habt ihr euch gestritten? Fliegst du deshalb nach Kairo zu diesem Mike?«

»Mama!«, entgegnete Julia entrüstet, während sie ihre Kleidung neu faltete. »Ich mache nur Urlaub. Das hat gar nichts mit Männern zu tun.«

»Ach so, na gut. Jetzt sei nicht gleich empört, aber ich habe gedacht, vielleicht läufst du vor etwas davon. Ist doch so gut gelaufen in der Louisenstraße, oder nicht?«

Julia atmete tief durch. Dass ihre Mutter von sich aus anrief, weil sie sich Sorgen um ihre Tochter machte, war praktisch eine Neuheit. Julia wollte das honorieren und erklärte nüchtern, dass sie nach all der Arbeit mit Oma Belles Testament und der Stiftung lediglich einen Tapetenwechsel brauche. Sie spürte, wie kritisch ihre Mutter zuhörte, wie sie Julias Wortwahl und Stimmlage genau analysierte.

»Dann packe weiter, Liebes. Wir hören uns wieder. Schreib, wenn du angekommen bist, ja?«

Julia versprach, sich zu melden, und beendete das Gespräch, wobei sie sich ein wenig schuldig fühlte. Sie hatte ihren Eltern,

Schröder, Alex und Frau Schlüter nicht die ganze Wahrheit gesagt. Denn, wenn Patrick vor zwei Tagen nicht unvermutet vor ihrer Tür gestanden hätte, während sie mit Mike telefoniert hatte, wäre sie nicht auf die Idee gekommen, nach Kairo zu fliegen. Eigentlich hatte sie Mike angerufen, um ihn zu bitten, ihre Souvenir-Koffer per Luftfracht zu schicken. Wenn diese kleine Flunkerei in Hinblick auf ihre Reiseabsicht ihr dazu verhalf, zu erfahren, ob sich Patrick überhaupt für sie interessierte, was sich durch eifersüchtiges Verhalten beweisen ließe, dann war das ihr schlechtes Gewissen wert.

Dass sie gestern Abend gegenüber Schröder und Patrick behauptetet hatte, mit ihrem Vater zum Abendessen verabredet zu sein, wertete sie als Notlüge. Wie hätte sie mit Patrick harmlos plaudernd an einem Tisch sitzen können? Unmöglich! Statt ihren Vater zu treffen, hatte sie spontan Frau Klausner in der Galerie Habicht & Klausner besucht. Sie hatten über den Erfolg der Ausstellung ihrer Fotografien gesprochen, über deren Abbau und Lagerung. Frau Klausner hätte Julia gern eine weitere Ausstellung angeboten, musste aber zugeben, dass sie in finanziellen Schwierigkeiten steckte. Da Julia durch ihr Erbe Geld hatte, das sie investieren konnte, hatte sie der Galeristin ihre Unterstützung angeboten. Es folgten lebhafte Überlegungen und Diskussionen, die schließlich in einen groben Vertragsentwurf mündeten. Auch eine Angelegenheit, die Julia erstmal niemandem mitteilen würde.

Sie packte die Ausweispapiere in den Rucksack. Zusammengerechnet hatte sie in den letzten Tagen so viele Ausreden und Halbwahrheiten benutzt, dass ihr nicht ganz wohl bei der Sache war. Aber wenn sie ihre wahre Motivation, nach Kairo zu reisen und ihre Überlegungen in Hinblick auf die Galerie offenlegte, würde jeder daraus schließen, sie hätte sich zu einem dauerhaften Leben in der Louisenstraße entschieden.

Und genau das stimmte nicht. Nein, sie wollte sich die Zeit und Freiheit nehmen, alles zu überdenken.

Julia schloss ihre Wohnungstür mit dem vertrauten Gefühl von Reisefieber und Vorfreude. Noch hatte sich der innere Hebel nicht umgelegt, der auf Reisen ihre Aufmerksamkeit und Wahrnehmung weitete und sie das Ungewisse erwarten ließ.

Sie stellte das Gepäck im Hausflur ab und ging in den Laden. Schröder verabschiedete gerade zwei Kunden an der Ladentür.

»Ist es soweit? Bereit zum Abflug?«, fragte er, als er sie bemerkte. »Fährt dich jemand zum Flughafen?«

»Nein, in einer halben Stunde kommt ein Taxi«, antwortete Julia verlegen. Und jetzt? Was sollte sie noch sagen? Abschiedsszenen waren trotz ihres Reiselebens nicht zur Routine geworden. Es blieb immer etwas ungesagt, egal, wie viel sie mit den Personen erlebt hatte, die sie an Bahnsteigen, Flughäfen oder Parkplätzen zurückließ.

»Würdest du auf meine Wohnung aufpassen?«, fragte sie, kramte den Schlüssel aus dem Rucksack und reicht ihn Schröder. »Für alle Fälle, man weiß ja nie.«

Schröder nahm ihn entgegen und steckte ihn in die Westentasche. Er schien ebenso um Worte verlegen zu sein wie sie.

»Was hältst du davon, die Fotos im Laden auszutauschen?«, fragte sie, um das Schweigen zu beenden. »Vielleicht bringe ich brauchbare Bilder aus Kairo mit. Oder wir könnten einige aus der Ausstellung bei Habicht & Klausner aufhängen.«

Schröders Gesicht hellte sich auf. »Ich muss mir sowieso etwas wegen des Ladens überlegen. Du verkaufst so viel, dass ich gar nicht weiß, woher ich neue Ware hernehmen soll.«

»Du Charmeur! Als wenn ich daran schuld wäre, dass dein

Geschäft in letzter Zeit besser läuft«, erwiderte sie und grinste. »Vielleicht bist du ja viel netter geworden und vergraulst nicht mehr alle Kunden.«

Eine schwarze Limousine hielt auf dem Parkstreifen vor dem Laden.

»Ist das dein Taxi?«, fragte Schröder erstaunt.

»Nein, das ist Karsten«, antwortete Julia verwundert. Er betrat den Laden, als wäre er sein Büro. Rechts und links die Ware im Schnelldurchlauf prüfend, marschierte er auf Schröder und Julia zu.

»Was machst du denn hier, Papa?«, fragte Julia erstaunt.

Karsten schüttelte Schröder die Hand und küsste Julia auf die Wange. »Du hast geschrieben, du fliegst heute sonst wohin, und da wir uns lange nicht gesehen haben, dachte ich, schaue ich schnell vorbei.«

Julia beobachtete Schröder von der Seite. Hatte er gemerkt, dass Karsten ihre Notlüge über ihre gestrige Abendgestaltung hatte auffliegen lassen?

Schröder warf ihr mit hochgezogenen Brauen einen kurzen Blick zu. Ja, er hatte es gemerkt. So ein Mist!

»Mutter hat auch schon angerufen« sagte sie schnell, um von ihrer Lüge abzulenken. »Ihr Beiden tut so, als würde ich das erste Mal auf eine Schülerfreizeit fahren.«

»Kontrolliere ich dein Gepäck?«, fragte Karsten spitz, wobei er sich in einen halbhohen Clubsessel setzte. »Halte ich dir einen Vortrag über das, was du tun und lassen sollst?«

»Nein, tust du nicht. Deshalb meine Frage, wieso du hier bist«, antwortete Julia und betrachtete Karsten irritiert, der nun die Chaiselongue ausprobierte.

»Um ehrlich zu sein«, gestand er, lässig ausgestreckt, »ich will dir ins Gewissen reden.«

»In Bezug auf was? Kellermann-Stiftung? Von Groningen?«

»Ach, das mit von Groningen ist ja geklärt, nicht wahr? Herbert von Groningen ist zwar immer noch ziemlich beleidigt und droht damit seine Konten bei uns zu räumen, aber das ist kein so großer Verlust, wie er meint.«

Julia war überrascht. Ihr Vater verlor einen Bankkunden, weil sie einen Fehler gemacht hatte, und beschwerte sich nicht? Drehte sich die Welt heute in die andere Richtung?

»Also? Stiftung?«, hakte Julia nach.

In dem Moment bimmelte die Ladenglocke ein weiteres Mal und ihre Assistentin Hilde Schlüter, das Klemmbrett in der Hand, schritt eilig auf sie zu, grüßte in die Runde und hielt Julia das Brett unter die Nase.

»Wie gut, dass ich Sie noch antreffe, Frau Pfeiffer«, sagte sie etwas atemlos. »Bitte unterschreiben Sie noch die Vergabe der Gelder an das Frauenhaus und für das Projekt in der Obdachlosensiedlung.«

»Wieso, das war doch alles schon abgesprochen. Das könnte auch Dr. Eckart als mein Vertreter unterschreiben«, erwiderte sie verständnislos.

»Der würde die Auszahlung rausschieben, bis die Durchführung der genehmigten Projekte sich in Luft auflöst«, behauptete Schlüter verärgert. »Sie kennen ihn doch! Als Jurist fallen ihm immer irgendwelche Winkelzüge ein, um Projekte, die er nicht unterstützt, auf die lange Bank zu schieben.«

Zwei Frauen mit Kindern betraten den Laden und fragten schüchtern, ob sie sich umschauen dürften.

Schröder ging auf die Kundinnen zu und Julia lenkte Karsten und Frau Schlüter in den Hausgang. Dort unterschrieb sie die Unterlagen, wobei sie Schlüter auf die Möglichkeit einer digitalen Unterschrift hinwies.

»Siehst du«, sagte Karsten überzeugt. »Du musst in drei Wochen wieder da sein, um deine Vorstandschaft bei der Kellermann-Stiftung zu bestätigen. Ohne dich wird die Stiftung alles verlieren, was Mutter am wichtigsten gewesen ist.«

»Papa, ich weiß, dass ich zu dem Termin persönlich anwesend sollte, egal, ob ich den Vorstand weitermachen will oder nicht«, entgegnete Julia genervt.

»Haben Sie sich noch nicht entschieden?«, fragte Schlüter enttäuscht.

»Auch, wenn ihr mich noch tausendmal fragt, bleibt die Antwort gleich. Ich weiß es noch nicht.«

»Julia, ich sage das ungern«, sagte Karsten entschieden, »aber ich bin eindeutig dafür. Du hast das Herz und den Verstand für diesen Job. Deshalb hat Oma Belle dich als vorläufige Vorsitzende eingesetzt. Dr. Eckart oder ich, wir sind Geschäftsleute. Wir haben kein Verständnis für soziale Fragen oder Kulturförderung. Du hast das und du bist klug. Du musst weitermachen.«

»Ich glaube sofort, Papa, dass dir das Lob gerade schwergefallen ist«, feixte Julia und boxte Karsten sanft auf den Oberarm. »Wie lange hast du das geübt?«

»Gar nicht, du Dummchen!«, behauptete Karsten beleidigt. Er überließ es Schlüter, weiter auf Julia einzureden. Dann fiel er ihr doch ins Wort und so argumentierten beide abwechselnd, unterstrichen das Gesagte, widerlegten Julias Einwände, bis sie nicht mehr wusste, wo ihr der Kopf stand. Hatte Dr. Eckart wirklich ein Rundmail an die Mitglieder es erweiterten Vorstandes rausgeschickt, in der er sie wegen der von Groningen Sache als unfähig diffamierte? Hatte Karsten recht mit der Behauptung, Dr. Eckart sähe sich selbst schon an der Spitze der Stiftung? Aber sie hatte jetzt keine Zeit mehr, weiter auf den Wortschwall der beiden einzugehen. Sie war auf dem Weg in den Urlaub! Ihre Gedanken waren schon mindestens zehntausend Meter über dem Mittelmeer.

Als der Taxifahrer vor der Tür stand, verabschiedete sie sich im Schnelldurchlauf und als sie endlich auf die Rückbank des Taxis sank, sog sie tief Luft ein, als wäre sie minutenlang unter Wasser gewesen.

Und dann fühlte sie den Sicherheitsgurt an der Schulter, hörte den Motor anspringen, sah auf die Hand es Fahrers, die den ersten Gang einlegte und erwartete sehnlichst, dass sich das Taxi in Bewegung setzte.

Da wurde die Autotür aufgerissen und Patrick, unrasiert, ungekämmt, in seinen ältesten Klamotten setzte sich neben sie auf die Rückbank.

Julia blieben die Worte im Hals stecken. Nur einen undefinierbaren Laut der Entrüstung brachte sie hervor.

»Jetzt können Sie fahren«, sagte Patrick zum Fahrer, schnallte sich an und schien nicht im Geringsten daran zu zweifeln, zur richtigen Zeit am richtigen Ort zu sein. Während das Taxi sich in den Verkehr einfädelte, rückte Julia soweit wie möglich von Patrick weg.

»Entschuldige, ich habe vorhin eure Diskussion im Hausgang mitgekriegt. Es war nicht zu überhören«, sagte er, als beginne er einen Vortrag über Fischereirecht. »Karsten und deine Assistentin erwähnten einen Dr. Eckart. Stimmt das?«

»Was geht es dich an?«, fragte Julia so trocken wie ein Angler, den das Fischereirecht nicht die Bohne interessierte.

»Nichts, natürlich«, gestand Patrick. »Ich wollte nur der Vollständigkeit halber zufügen, dass ich einen Dr. Eckart in einer Fortbildung zum Strafrecht erlebt habe.«

»Dann freu dich darüber und halt den Mund.«

»Kann ich leider nicht«, entgegnete Patrick und wandte sich Julia zu. »Also dieser Dr. Eckart ist ein ziemliches Arschloch. In seinem Vortrag nahm er die rechtlichen Möglichkeiten durch, mit denen Kleinkriminelle, Arbeitslose, Alleinerziehende und

Kranke vom Staat wegen schädlichen Verhaltens gegenüber dem Gemeinwesen zur Kasse oder zu so einer Art Zwangsarbeit verurteilt werden könnten.«

Julia starrte aus dem Seitenfenster und zählte die roten Autos. Auf diese Weise würde sie die Fahrt zum Flughafen mit dem blinden Passagier überstehen.

»Hast du mich gehört, Julia?«, fragte Patrick.

Julia sah keinen Grund zu reagieren. Denn wie, bitte, sollte sie in diesem Auto mit einem leise surrenden Motor seine Ausführungen nicht gehört haben.

»Halten Sie bitte an«, sagte sie zum Fahrer. »Der Herr will aussteigen.«

Der Mann mit der Schirmmütze sah fragend über den Rückspiegel zu ihr und dann zu Patrick, der heftig den Kopf schüttelte.

»Bestellt wurde ich aber von der Dame«, sagte der Fahrer. »Sie ist der Boss. Ich mache, was sie mir anschafft.«

»Ich zahle Ihnen das Doppelte für die Hin- und Rückfahrt«, schlug Patrick vor. »Fahren Sie weiter, sie will den Flieger erwischen.«

Julia wünschte, sie könnte knurren wie ein Schäferhund mit aufgestelltem Fell und gefletschten Zähnen.

»Patrick, bist du wegen Dr. Eckart eingestiegen?«, fragte sie bemüht, ihren Ärger zu unterdrücken. »Deine herausragende Charakterstudie zu diesem Mann, kannst du mir auch schreiben.«

»Nein, natürlich nicht.«

»Also warum steigst du dann in MEIN Taxi und vermiest mir den Start in den wohlverdienten Urlaub?«

»Ich …«, Patrick stöhnte ausgiebig und setzte sich um, damit er sie ansehen konnte. Sie verfluchte ihre Entscheidung sich auf die Rückbank und nicht auf den Beifahrersitz gesetzt zu haben.

Patrick klopfte dem Fahrer auf die Schulter. »Können Sie

bitte laute Musik anmachen oder sonst Ihre Ohren mit anderen Geräuschen beschäftigen als unserem Gespräch?«

Der Taxifahrer grinste über den Rückspiegel und schaltete das Radio an. Ein null Komma völlig egal Popsong beschallte den Innenraum des Taxis und Patrick nickte dankend in den Rückspiegel.

»Warum fährst du, Julia?«, fragte Patrick so leise, dass Julia ihn kaum verstand.

»Ich mache Urlaub«, sagte sie laut und deutlich.

»Bei Mike dem Kriegsreporter.«

»Nein, in Kairo einer wunderbaren Stadt in einem atemberaubenden Land.«

»Wo Mike, der Kriegsreporter, wohnt.«

»Ich besuche einen Freund, das ist richtig.«

»Wegen mir? Weil ich mich so dämlich benommen habe?«

»Nein!«, entfuhr es Julia wütender als beabsichtigt. »Weil ich mal wieder etwas anders sehen, hören, erleben möchte. Das ist doch der Grund, warum man in den Urlaub fährt, oder?«

»Julia, es tut mir leid.« Der aufheulende Motor eines überholenden Motorrads zerlegte Patricks Worte.

»Was hast du gesagt?« Julia deutete an ihr Ohr. »Ich habe dich nicht verstanden.«

»Es tut mir leid!«, wiederholte Patrick. Er sah sie jetzt doch nicht an, wurde rot und er wurschtelte die Hände ineinander. Wirklich? So hatte sie ihn noch nicht erlebt.

»Was?«, fragte sie. »Was tut dir leid? Dass dein superwichtiger Mandant Neubert unzufrieden mit dir ist? Dass du mich bei der Verhandlung mit von Groningen im Stich gelassen hast? Dass du nach der Prügelei mit Ebbe abgetaucht bist?«

»Du sagtest über dich, du seiest eine Reisende«, Patrick rang mit den Händen und mit den Worten. »Ich war … du kommst und gehst … ich dachte, darauf ist kein Verlass.«

»Und du? Du bist ein Sesshafter«, konterte sie. »Du bleibst unbeweglich hocken, unfähig, deinen Blickwinkel zu verändern.« Das war wohl ihr abschließender Schlagabtausch.

Patrick saß da, ernst, blass, stumm und durchbohrte sie mit Blicken.

»Du musst dich für nichts entschuldigen!«, fauchte sie, wütend über seinen versteinerten Zustand. »Wir sind uns gegenseitig nichts schuldig. Es gab weder Geständnisse noch Versprechen.«

»Doch«, widersprach Patrick. »Ich bin dir etwas schuldig. Eine Bitte um Entschuldigung. Das bin ich dir schuldig.«

Julia wandte sich wieder den vorbeiziehenden Häusern zu. Schutzwand hochfahren, jetzt!, befahl sie ihrem Ich.

»Julia, ich bitte dich um Entschuldigung für mein dämliches Verhalten in den letzten Tagen. Ich habe nicht gewagt, dir … dich …« Er legte den Kopf in den Nacken und stöhnte. »Verflucht! In dem Taxi kann ich das alles nicht erzählen.«

Hydrant, Laternenpfahl, Abfalleimer, Bushaltestelle – Julia heftete ihre Aufmerksamkeit auf den Straßenrand.

»Du bist gegangen, Patrick«, stellte sie bitter fest. »Man muss nicht irgendwohin fliegen, um jemanden zu verlassen.«

»Ja, ich weiß. Nochmal: Es tut mir leid!«

»Damit kommst du jetzt«, beschwerte sie sich leise. Wie leicht wäre der Start in den Urlaub, wenn er nicht in letzter Minute, in Sichtweite des Flughafens mit seiner Entschuldigung dahergekommen wäre. Und überhaupt: Wo war ihre Schutzwand? Nichts funktionierte!

Das Schweigen dauerte bis zur Auffahrt zu den Terminals. Patrick durchsuchte seine Hosentaschen und zog etwas hervor, das er ihr hinhielt. Sie starrte auf einen Schlüsselanhänger in Form eines Männchens aus kleinen Holzperlen. Daran der Schlüssel zu seiner Wohnung. Das war nicht fair!

»Bitte«, sagte er und legte den Schlüssel zwischen sie auf den Sitz. »Nimm ihn mit. Ich hatte neulich Abend nicht eingewilligt ihn zurückzunehmen.«

»Ich brauche und will deinen Schlüssel nicht«, entgegnete sie und ordnete vor dem Aussteigen ihre Jacke.

»Du wirst ihn brauchen, wenn du wieder zurückkommst.«

»Du glaubst, das ist so einfach? Dackelblick und Wohnungsschlüssel?«

»Nein, natürlich nicht«, gestand er kleinmütig, nahm den Anhänger, löste den Schlüssel ab und reichte ihr das Perlenmännchen. »Nimm wenigstens ihn als Erinnerungsstück mit. Wenn du den auf deiner Reise siehst, dann denkst du an mich.«

»Oh Mann! Das ist fies«, stöhnte sie, schnappte den Anhänger und vergrub ihn demonstrativ tief in ihrer Handtasche. »Woran soll mich das Ding erinnern? An einen Hampelmann?«

»Wenn das so ist, dann habe ich es verdient«, lachte Patrick. Das Taxi fuhr die Parkreihe vor dem Terminal entlang und hielt in einer Lücke. Julia öffnete die Autotür und bemerkte beim Aussteigen Patricks erwartungsvollen Blick.

»Was?«, fragte sie schnippisch. »Wartest du etwa auf ein Erinnerungsstück von mir?«

»Nein, mache ich nicht. Ich erinnere mich auf jeden Fall an dich. Keine Sorge«, sagte Patrick und stieg ebenfalls aus.

»Ich sorge mich nicht«, entgegnete Julia als sie vom Taxifahrer ihr Gepäck entgegennahm. Wenn Patrick jetzt eine sentimentale Abschiedsszene versuchen sollte, würde sie ihm gegen das Schienbein treten.

»Schade«, erwiderte Patrick und half ihr den Rucksack aufzusetzen. Der Taxifahrer wünschte ihr eine gute Reise und stieg wieder ein.

»Du zahlst, hast du gesagt?«, fragte sie Patrick, der an der offenen Wagentür stand.

»Eindeutig! Diese Rechnung habe ich mir selber eingebrockt.« Er blieb stehen und sah ihr zu, wie sie den Koffer nahm und ohne ein weiteres Wort auf die automatische Schiebetür zur Halle des Abflugbereichs zuging. Sie spürte seinen Blick im Rücken, ermahnte sich aber, nach vorn zu sehen. Sie wollte weder bei sich noch bei ihm Zweifel an ihrer Entschlossenheit aufkommen lassen. Auf ihre innere Schutzwand konnte sie sich ja nicht verlassen.

Sie passierte die Schiebetür. Als diese sich hinter ihr zuschob, blieb sie stehen. War es das jetzt? Was für eine Art Abschied war das? Sie stellte den Koffer ab, drehte sich seitlich, so dass er sie, sie ihn aber nicht sehen konnte und wühlte durch ihre Handtasche. Das Perlenmännchen verfing sich zwischen ihren Fingern und sie zog es heraus. Mit einer ausladenden Bewegung steckte sie es in ihre Hosentasche. Sie kam sich vor wie eine der orakelnden Hexen aus der Mythologie. Wenn Patrick noch da draußen stand und sie beobachtete, konnte er seine Schlüsse aus ihrer ominösen Zeichensprache ziehen. Sie fand die Übersetzung einfach. Sie hatte sein Erinnerungsstück aus der dunklen Tiefe ihrer Handtasche, nicht in die Jackentasche der Herzgegend, aber immerhin in ihre Nähe umgesiedelt. Schmunzelnd packte sie ihren Koffer und ging zielsicher auf die Check-in-Schalter zu.

Die Autorin

Petra Teufl, 1965 in Niedersachsen geboren, landete nach einigen Stationen in Bayern. Mit ihrer Familie lebt sie in Regensburg. Sie studierte Sozialpädagogik sowie Biografisches und Kreatives Schreiben, schrieb für die regionale Tageszeitung und veröffentlichte Kurzgeschichten, »Das Schreiblustbuch« sowie zwei Kinder- und Jugendromane. »Der Erinnerungsladen« ist der erste Band aus der Reihe mit Geschichten über die Bewohner der »Louisenstraße 13«.

Mehr über die Autorin auf petrateufl.com.